Sex (tillizas) en Nueva York

MISHA BELL

♠ MOZAIKA PUBLICATIONS ♠

Publicado por Mozaika Publications, una marca de Mozaika LLC.
www.mozaikallc.com

Traducción de Isabel Peralta

Portada de Najla Qamber Designs
www.qamberdesignsmedia.com

ISBN-13: 978-1-63142-941-5
Print ISBN-13: 978-1-63142-942-2

CAPÍTULO

Uno

—Quiero oler las medias del ruso —Dejo mi mimosa en la mesa con seria determinación—. Bueno, ¿vais a ayudarme a colarme?

Las expresiones confusas en los rostros de mis hermanas casi hacen que valga la pena pasar por esta humillación. «Casi» es el término operativo. Las tres están a punto de divertirse mucho a mi costa.

—¿Te refieres a ese bailarín de ballet con el que estás enchochada? —pregunta Blue, una de mis cinco compañeras de camada. Sus ojos verdes, los mismos que veo en el espejo cada día, lanzan destellos cuando añade—: No es ningún espía, por cierto. Lo he comprobado. Es más, tampoco es ruso. Nació en Letonia.

Por supuesto. Blue es la espía de la familia, así que asume que cualquier extranjero forma parte de la comunidad de los servicios de inteligencia.

—No te pedí que cotillearas sobre él, pero sí, estoy hablando del bailarín de ballet —digo—. ¿Por qué otro motivo iba un hombre a llevar medias?

Ignoro la parte de su lugar de nacimiento. Según su biografía online, se crio en Moscú. Y lo que es más importante, «el ruso» aparece en *Sexo en Nueva York*, mientras que «el letón» no.

Blue se encoge de hombros.

—¿Porque es un hípster? ¿Para tener las piernas calentitas durante los fríos inviernos letones? ¿Porque a su oso mascota no le gusta ver sus piernas peludas?

Gia, mi hermana mayor, que tiene una compañera propia de camada, agita en el aire una pálida mano para hacer callar a Blue. Se apoya en sus antebrazos y me observa intensamente.

—¿Qué tiene que ver con nosotras tu extraño fetiche con la ropa interior de los hombres?

Me brota un tic en el ojo izquierdo.

—Yo no tengo ningún fetiche.

La sonrisa de Gia es taimada, como siempre.

—Oye, que yo no pretendo avergonzarte por tus perversiones.

Me resisto a discutir más, porque eso solo conseguiría animarla. En vez de eso, me consuelo con la idea de que Gia se ha quedado asombrada con mi petición. Como hermana mayor y maga profesional que es, está acostumbrada a ser ella quien asombra a los demás, así que encontrarse en la situación contraria ha debido de escocerle.

Honey, otra de mis compañeras de camada, se saca una botellita del bolsillo interior de su chaqueta y adereza su mimosa con un poco más de champán. Como Blue, tiene mi mismo rostro, aunque una versión más delgada. Yo soy, de lejos, la más *curvy* de las sextillizas.

—¿Podéis callaros todas de una puta vez y dejar que Lemon nos diga qué es lo que quiere? —suelta.

Le dirijo a mi hermana más irritable un gesto de agradecimiento con la cabeza.

—Para conseguir mi objetivo...

—Y por objetivo, esta se refiere a esas fragantes medias—. Gia parece tan feliz que casi me espero que saque a un conejo rabioso de un sombrero... Y ni siquiera lleva sombrero.

Suelto un resoplido de frustración.

—Sí. Para llegar a *las medias*, me gustaría colarme en su vestuario en una de sus representaciones de ballet. Miro a mis hermanas de una en una—. Vosotras tres tenéis las habilidades que necesito para no acabar saliendo en el informativo de la noche.

De hecho, probablemente Blue solita tenga todas las habilidades que necesito, pero llevaba mucho tiempo muriéndome de ganas de celebrar un *brunch* al estilo de *Sexo en Nueva York*, y por lo tanto necesitaba tres cómplices. Lástima que mis tres hermanas no se identifiquen claramente con Samantha, Charlotte y Miranda. Es más bien James Bond en el caso de Blue, Lisbeth Salander de *Los hombres que no amaban a las mujeres* en el de Honey y GOB de *Arrested Development* en el de Gia... Salvo que Gia también se parecería a Morticia Addams si dicho personaje se convirtiese en vampiro.

Blue le pasa su vaso a Honey, quien le echa más champán de su botellita.

—Creo que hablo por las tres si pregunto: *¿por qué?*

Miro subrepticiamente a mi alrededor.

Bien. Somos las únicas sentadas en el exterior del Brunckicka, así que puedo hablar libremente... O tan libremente cómo es posible dado el campo de minas que es este tema.

—Como ya sabéis —comienzo—, tengo cierta ligera obsesión en lo referente al ruso.

Gia resopla.

—Claro, si con eso quieres decir que estás a punto de ponerte en plan *Atracción fatal* con ese trasero suyo tan apretado en sus medias.

Pongo los ojos en blanco, un gesto que toda la familia Hyman tiene ya preparado de antemano cada vez que trata con Gia.

—Solo alguna de vosotras. —Miro hacia Honey— sabe esto, pero la mayoría de mis encuentros con los hombres, por así llamarlos, terminaron en cuanto les olí.

Espero comentarios mordaces en la línea de: «¿Has intentado olerles el trasero? Funciona con los perros con un sentido del olfato tan agudo como el tuyo». Pero las burlas no llegan. Mis tres hermanas me están mirando con cara de pena, lo que en realidad podría ser peor, y ni siquiera son conscientes de lo lejos que realmente llega mi problema. El principal motivo por el que he insistido en que nos sentásemos fuera es que los olores están más concentrados en espacios interiores, a menudo hasta un nivel insoportable para mí... Y eso aun llevando mis filtros nasales especiales que amortiguan mi agudeza olfativa. La lista de olores que me vuelven loca es más larga que la lista de Gia de gérmenes a evitar. Hasta odio el aroma a limón, lo que debe ser algún tipo de odio por mi misma, ya que mi nombre, Lemon, significa limón en inglés. Mirándolo por el lado bueno, si alguna vez hubiese algún incendio, mi nariz siempre lo detectaría a tiempo y yo sobreviviría. ¿Quién sabe? Tal vez incluso llegue a convertirme en la primera humana que detecta el monóxido de carbono, un gas supuestamente inodoro que ni los perros pueden captar.

Carraspeo y cojo mi mimosa. El aroma a naranja es gracias a Dios distinto al de limón para mí, ya que no se ha utilizado hasta el hartazgo en productos de limpieza.

—Para abreviar: no me gusta estar obsesionada —digo—. Quiero sacarme a ese tío de la cabeza, para poder centrarme en perspectivas más realistas.

Como mi ex, que sufría de una fobia tal a los gérmenes que avergonzaría a la misma Gia. Cuando estábamos juntos se duchaba tan a menudo que nunca tenía ningún olor corporal, solo una piel extremadamente seca. Para poder tolerarlo, lo único que tuve que hacer fue convencerle de que usara productos libres de perfumes. Lástima que su falta de aroma no sirviera de nada para superar nuestra falta de química. Tal vez pueda encontrar a algún otro tío germofóbico con el que yo combine mejor. Sin embargo, no digo nada en voz alta sobre este plan, para no ofender a Gia. Está demostrando un autocontrol de proporciones hercúleas al no burlarse de mí en estos momentos.

Honey juguetea con uno de sus pendientes, uno de entre el millón de piercings que lleva.

—Así que, si lo he entendido bien, quieres llevar a cabo alguna clase de exorcismo. ¿Oler sus medias, sentirte asqueada y así terminar con tu obsesión?

Yo asiento.

—Exacto.

—En ese caso, me apunto —dice.

—Yo también, pero con una condición —dice Blue con una gran sonrisa—. El nombre en clave de esta operación es «Olisqueo al hombre».

¡Me cago en la puta mofeta! ¿Cuánto tardarán en darse cuenta de que si lo abrevian pueden gastarme mil bromitas con eso?

Honey sonríe traviesa.

—Secundo esa moción, pero abreviémoslo a OH. Como el Oh de «Oh. Dios. Mío» o medio Oh-oh.

Vale, pues un milisegundo, eso han tardado.

—Mmm. —Gia hace el gesto de acariciarse una perilla invisible—. Si necesitas mi ayuda con la operación OH, por mi parte también habría una condición.

Se me revuelve el estómago de una forma que no se debe a mis ganas de comerme una tostada francesa... O al menos, no solo a eso. Todas las hermanas Hyman negocian hasta cierto punto usando intercambios de favores, pero Gia probablemente podría enseñarle al Padrino una o dos cosas sobre esa técnica.

Yo me rasco la nuca.

—¿Cuál es tu exigencia?

—¿Exigencia? Más bien una petición razonable. —El gesto angelical de Gia no engaña a nadie... A menos que estemos hablando de un ángel caído—. Lemon, tú sabes lo que nosotras hacemos para ganarnos la vida, así que lo único que quiero es que *tú* nos digas a qué narices te dedicas.

—¡Eres un genio! —le grita Blue a Gia a todo pulmón—. Llevo tiempo preguntándomelo y estaba a punto de empezar a indagar en serio.

—Ese sí que sería un uso estupendo del dinero de los contribuyentes —murmuro en voz baja—. Espiar a tu propia familia.

Honey se desliza hasta el borde de la silla.

—Perdona, Lemon. Yo también tengo curiosidad. Suéltalo.

Dudo sobre si su ayuda es tan valiosa como para que yo salga del armario. Quizás. Quizás no. La verdad es que llevo tiempo deseando abrirme con alguien y estas tres son el grupo de prueba más decente que tengo si quiero saber cómo reaccionará el resto de mi familia ante la profesión que he elegido.

—Vale. Os lo diré. —Engullo la mimosa y respiro

hondo... Lo que resulta ser un error porque el aroma de algo delicioso que flota por allí ahora mismo hace que me proteste el estómago. Lo ignoro, respiro hondo otra vez para calmarme y digo—: Me dedico a la masturbación.

CAPÍTULO

Dos

ME MIRAN BOQUIABIERTAS, como me hubiese bajado los pantalones y empezado a hacer una audición para elegir marionetas de dedos delante de ellas. Al mismo tiempo, el aroma de la deliciosa comida se hace más fuerte a pesar de los filtros que llevo en la nariz... O es eso, o es que el estrés me está dando hambre.

—¿Acabas de decir «masturbación» —pregunta Blue, todavía hablando demasiado alto.

—¡Sí! —Chilla Gia todavía más fuerte—. Pero ¿no será alguna abreviatura de algo, no sé, como de Máster en Urbanismo o en Urbanización?

Vuelve a darme el tic del ojo, pero me tranquilizo mentalmente añadiendo otro más a la lista que ya tengo de eufemismos para el autoplacer femenino. Hacerse un Master en Urbanismo... aunque faltaría algo al final. ¿Tal vez sería mejor poner tu Master en Urbanismo en acción?

—Estoy bastante segura de está hablando sobre

hacerse un dedito a una misma —dice Honey, con una amplia sonrisa.

Vale. Ahora el tic de mi ojo izquierdo es tan violento que no me sorprendería que estuviese mandando mensajes en código morse por su cuenta a mis hermanas. «Qué os den» en vibraciones largas y cortas.

—Si me dejaseis meter baza aunque sea de puto lado... —farfullo entre dientes, y ellas se vuelven hacia mí ojipláticas. Vuelvo a coger aire—. Quería decir justo lo que he dicho. Soy masturbadora profesional.

Alguien carraspea a mis espaldas, y el aroma a apetitosa comida es más fuerte ahora que en todo el rato que llevamos sentadas, lo que me hace entender por qué mis hermanas me están mirando así.

No ha sido por mis palabras sino por otra cosa.

Algo peor.

Ruborizándome, vuelvo la cabeza para mirar detrás de mí y confirmar mis sospechas.

Pues sí. Nuestra camarera con aire de señorona está justo detrás de mí, y si no fuese por la bandeja de comida que lleva en las manos, estaría seguramente jugueteando con su collar de perlas.

—Es cierto. Escribo un blog sobre masturbación —digo, levantando la barbilla y volviendo a mirar hacia la mesa.

Cuando la vida me dio limones, es decir, hombres cuyo olor no era capaz de tolerar, hice limonada haciéndome tan buena en darme placer a mí misma que en este punto ni siquiera necesito ya a ningún hombre. En general, lo de «cuando la vida te da limones» es mi lema personal, por motivos obvios. Hablando de lo cual, mi nombre es lo único con lo cual nunca he sido capaz de hacer limonada. «Lemon Hyman» suena como la membrana virginal de una mujer cítrica y amargada.

La camarera deja caer nuestros platos tan deprisa que estoy segura de que espera que me saque un vibrador del chocho y se lo haga lamer.

En fin. Es inútil que me eche atrás ahora. Levanto más la barbilla y prosigo:

—El autoplacer empodera a las mujeres. Les permite aliviar su tensión sexual de forma segura, reducir el estrés y dormir mejor. Eleva su autoestima y mejora la imagen corporal, alivia los calambres, refuerza el tono muscular en la zona pélvica y anal...

La camarera deja caer con fuerza el último plato, mi tostada francesa, delante de mí y sale huyendo con un resoplido.

Gia sonríe.

—Bien jugado. Ahora escupirá en cualquier otra cosa que nos traiga.

Honey entorna los ojos hasta que son como dos diminutas ranuras.

—A ver si se atreve.

Blue me sonríe con suficiencia.

—¿Eres consciente de lo parecido a mamá que sonabas ahora mismo?

Puaj, tiene razón. Explayarse sobre los beneficios del orgasmo es el tema favorito de nuestra matriarca.

En lo que a nuestros padres respecta, no les he hablado de mi profesión por la gran cantidad de consejos no solicitados con los que sé que se sentirían impulsados a inundarme.

Me pellizco el puente de la nariz. Lo hecho, hecho está. Estas tres ya lo saben. Le lanzo una mirada seria a cada una de mis hermanas.

—¿Puedo confiar en que mantengamos esto entre nosotras, chicas?

Dado como está yendo esto, no creo que esté lista para salir del armario con el resto de la familia ahora mismo.

Blue se infla, orgullosa.

—Oh, por favor. Me gano la vida guardando secretos.

—Y yo soy maga —dice Gia—. Guardo todavía más secretos que Blue.

Honey resopla.

—Yo soy la única a la que tenías que habérselo contado... Y la única que necesitas para la Operación OH en realidad.

Vale, bien. Por una vez, la competitividad entre las hermanas Hyman obrará a mi favor. Aliviada, cojo una botella de sirope y la uso para inundar mi tostada francesa antes de darle un mordisco.

No. No está lo bastante dulce.

Espolvoreo azúcar glas y vuelvo a probarla.

Todavía le falta algo.

Doy un suspiro, miro a Honey y asiento.

Con los ojos brillantes de satisfacción, Honey saca

una bolsa de plástico llena de un batiburrillo de M&Ms, pasas, nubes de azúcar y palomitas dulces.

Yo me aseguro de que la camarera no esté mirando y vacío el contenido de la bolsa en mi plato.

Por fin, la tostada francesa es lo bastante dulce para mí. Por desgracia, acabo de incentivar la frugalidad obsesiva de Honey. Como esperaba, para evitar pagar el extra por los *toppings*, se los ha traído al restaurante. Un rato antes, ya había insistido en que pidiésemos zumos de naranja, que luego ella transformó en mimosas con el champán de su petaca, y con toda seguridad espero que saque un cupón de descuento por la cuenta entera una vez que nos la traigan.

Sí, la chula de mi hermana hace que el Tío Gilito parezca todo un derrochador. Por supuesto, si alguien osarse decirle a la cara algo al respecto, ella le mataría.

Mientras me ocupo de mi tostada, Blue estudia los huevos del plato de Honey con cara de inquietud. Mi valiente hermana espía odia y teme cualquier cosa que tenga que ver con los pájaros. Sin embargo, su necesidad de burlarse de mí prevalece al final. Ella levanta la vista y me clava una mirada intensa.

—Ahora que ya tienes la diabetes asegurada, ¿puedo hacerte unas cuantas preguntas sobre tu trabajo?

Gia, que también estaba observando los huevos de Honey con gesto de desaprobación, sin duda preocupada por la salmonela o por algún otro microbio, se vuelve hacia Blue con interés.

—¿Te refieres a la operación Olisqueo al hombre o al blog de automanejo?

—Al blog sobre ir buscando a Nemo. —Blue se vuelve hacia mí—. ¿Por qué un blog? ¿Es que estamos en 2003?

Suspiro.

—He intentado hacer vídeos en las redes sociales, pero la mayoría de las plataformas son muy mojigatas y limitan lo que puedo decir sobre el asunto. Además, por motivos solo conocidos por los algoritmos de los motores de búsqueda, mi blog es más o menos popular.

Gia arquea una ceja teñida de negro.

—¿Los algoritmos de los motores de búsqueda?

—Cuando buscas «hacerse un dedo», soy uno de los primeros resultados que sale. Lo mismo que con «masturbación femenina».

Honey parece impresionada.

—¿Se traduce eso en montones de dinero?

Yo le lanzo una mirada pétrea.

—Sí, vivo de alquiler en un cuchitril de Staten Island solo por diversión.

—Podrías estar haciéndolo para ahorrar y nada más. —Blue le lanza una mirada de reojo a Honey.

Yo hago una mueca.

—Ojalá. Me estoy ahogando en la deuda de mis tarjetas de crédito. Los anuncios de los banners apenas ponen comida en el plato. La manera de ganar dinero de verdad es conseguir un patrocinador, pero hace tiempo que no me pasa eso.

—¿Entonces por qué seguir con ello? —pregunta Gia.

—Porque es mi pasión —respondo—. De entre

todas nosotras, tú deberías ser la que mejor entendiera eso.

En vez de hacer más chistes sobre la masturbación, Gia asiente solemne. Durante muchísimo tiempo, su amor por la magia no le condujo a ningún resultado económico palpable, pero su fortuna ha cambiado recientemente.

—Solo sé que no pienso dejarlo —prosigo, y no estoy segura de si estoy intentando convencer a mis hermanas o a mí misma—. Solo necesito encontrar un patrocinador importante y...

Doy una arcada cuando el pestazo de una loción para después del afeitado sobrepasa mis filtros nasales y empieza a abusar de mi nariz. Me doy la vuelta y veo al perpetrador: un camarero que lleva una jarra de agua.

—No nos hace falta, gracias. —Hago un gesto para librarme de él igual que si fuese un insecto apestoso.

—¿Eres consciente de que era guapete? —pregunta Honey.

Yo hago otro ruido como si fuese a vomitar.

—Debe de haberse pasado un par de días sumergido en una bañera de Old Spice antes de venir a trabajar hoy.

—¡Qué espanto! —dice Gia, poniendo los ojos en blanco.

—Los perfumes y las colonias son como pedos por los que la gente paga dinero.

Blue abre la boca, sin duda para decir algo

sarcástico, pero el karma aterriza justo en medio de la mesa... En forma de un adorable lorito de color verde.

Con una velocidad que sería la envidia del mismísimo James Bond, Blue se tira debajo de la mesa.

El pajarito da unos saltos hasta un plato con tostadas y las picotea como si nosotras no existiésemos.

Gia lo mira ojiplática.

—Tiene que tratarse de la mascota de alguien, ¿no?

—De ninguna puta manera —dice Blue, con la voz amortiguada por el mantel—. Es una cotorra argentina. Son una especie salvaje.

Ella dice «cotorra argentina» con el mismo tono en que otra gente diría «tarántula» y le confiere a la palabra «salvaje» el mismo matiz siniestro que normalmente se reservaría a los personajes del estilo de Voldemort.

—¿Salvaje? —Gia se pone de pie de golpe, sin duda recordando todos los microbios que podría tener un pájaro salvaje. Luego, como por arte de magia, o al menos de prestidigitación, una botella de desinfectante de manos del tamaño de mi cabeza se materializa en las manos de Gia, y ella la usa para salpicar al pájaro.

Puaj. El aroma a alcohol y falsa menta barata es como un puñetazo contra mi nariz.

El loro está de acuerdo conmigo. Emite un chillido que suena como si una sierra mecánica y el reloj despertador más molesto del mundo hubiesen tenido descendencia y a ese bebé le hubiesen torturado en el infierno unos cuantos demonios sordos.

—¡Haced que se vaya! —grita Blue desde debajo de la mesa.

De la nada, un mazo de cartas aparece en las manos de Gia y ella empieza a lanzarlas contra la cotorra de una en una, como si fuesen estrellas ninja.

El pájaro vuelve a chillar, pero no se marcha. Los cortes con un papel no deben de ser un problema cuando tienes plumas.

—Chicas, por favor —suplica Blue—. Esto no tiene ninguna gracia. Libraos de ese bicho.

—Vale, vale. —Honey saca una navaja tipo mariposa y la abre de la forma ostentosa que yo asocio con los asesinos profesionales.

—¡No! —grito—. ¡No te cargues a ese pobre...!

El pájaro ve la navaja y vuelve a chillar. Luego levanta el vuelo y pone un gesto de indignación mientras desaparece a lo lejos.

Honey vuelve a guardarse la navaja en el bolso con aire incómodo.

—Solo pretendía asustarlo.

Sí, claro. Igual que asustó a aquella chica a la que tuvieron que darle puntos en el antebrazo cuando íbamos al instituto.

Blue sale de debajo de la mesa, con aspecto avergonzado.

—Si lo hubieses matado, cualquiera que tenga un cerebro mayor que el de un pájaro habría estado de acuerdo en que se había tratado de defensa propia.

Gia rocía el apestoso desinfectante por todas las

partes donde se han posado las patitas del pájaro, cargándose así lo que quedaba de mi apetito.

Aparto el plato.

—¿Podemos retomar al asunto que nos ocupa?

—Sí. —Blue vuelve a su asiento—. ¿En qué sitio es?

—En el Ballet de Nueva York —digo. La entrada se ha llevado un gran pedazo de mis ganancias del blog de este mes, pero valdrá la pena para ver al ruso en vivo en vez de solo mirar sus actuaciones en YouTube. Y por supuesto, para quitármelo de la cabeza, claro.

Blue saca su móvil y se pasa un minuto o dos haciendo algo. Cuando levanta la vista, su sonrisa maléfica me recuerda a la de Gia.

—Puedo hacer que no aparezcas en ninguna cámara. —Le lanza a Honey una mirada de desafío—. ¿Todavía piensas que eres la única a la que necesita?

—Diría que me necesita más a mí que a ninguna de vosotras dos. —Me mira y su tono se vuelve como el de una profesora—. La clave de entrar en sitios donde no deberías estar es no parecer culpable.

—Tiene cierta razón —dice Honey—. Yo soy capaz de colarme en cualquier club nocturno fingiendo en plan descarado que se me ha emborronado el sello que me habían puesto.

Yo saco mi móvil y tomo la primera nota: Echarle morro. Por supuesto, eso es más fácil de decir que de hacer. Miro a ambos lados para asegurarme de que no se me haya escapado la presencia de ningún camarero y digo:

—Es posible que haya puertas que necesite abrir. Puertas cerradas.

Como si llevaran un año ensayándolo, mis tres hermanas sacan sendos juegos de ganzúas y luego se miran soltando risitas.

—¿Quieres hacer los honores? —le pregunta Honey a Gia—. Tú fuiste la primera en aprender.

Gia sonríe.

—Tú tienes más experiencia práctica.

Antes de que Blue le lama el culo a Gia también, yo intervengo:

—Me da igual quien sea. Solo enseñadme.

—Vale. —Honey coge una cosa doblada en zigzag—. Esto se llama llave de tensión.

———

La lección tarda tres veces más de lo que debería porque mis profesoras no dejan de discutir sobre minucias arbitrarias. Por fin, me siento lo bastante segura de mí misma con respecto a la operación Olisqueo al Hombre, así que le hago un gesto a la camarera para que nos traiga la cuenta.

Como esperaba, Honey saca rápidamente un cupón y la señora tiene que volver adentro para recalcular el total.

—Yo invito —digo cuando vuelve con la cuenta.

—¡No! —exclaman Gia y Blue al unísono.

—Acabas de decirnos que tienes problemas de liquidez —añade Honey.

—De acuerdo —accedo con un suspiro. Mi tarjeta de crédito *está* llegando a su límite—. Esta vez iremos a medias, pero si consigo un bonito patrocinador, os llevaré a cenar a todas a algún sitio elegante.

—Hecho —dice Gia—. Siempre que esté limpio, lo mismo que este.

—Claro. —Lucho contra el impulso de poner los ojos en blanco—. Y tampoco servirán nada de aves. —Sonrío a Blue.

Incluso me debato sobre si debería asegurarle a Honey que será un sitio para el que podrá encontrar algún cupón de descuento, pero decido no jugarme la piel con esa navaja que lleva en el bolso.

La operación OH ya será lo bastante peligrosa.

CAPÍTULO
Tres

EL BALLET que estoy viendo es *El lago de los cisnes* y el papel en el que actúa mi cuelgue es el del Príncipe Sigfrido.

Maldición. Estoy celosa de la ballesta que lleva en las manos. Dado que mi objetivo es sacarme a este hombre de la cabeza, verle en directo tal vez haya sido un paso en la dirección equivocada.

Sus músculos, especialmente los de sus piernas poderosas, harían que la estatua de un dios griego llorase de envidia. Sus ojos brillantes son puro chocolate fundido, y su cabello peinado hacia atrás y también reluciente me recuerda al chocolate negro. Su rostro es angelical, con unos pómulos tan afilados que parecen la capa dura de la Crème Brûlée después de romperla con una cuchara. Oh, pero todo eso palidece en comparación con el bulto de sus mallas, algo que aparece en tantas de mis fantasías de masturbación que hasta he bautizado Mr. Big a su contenido.

Así que sí. Ver todo esto es de todo menos útil, y si activo las bragas vibradoras que llevo puestas ahora mismo, todo empeorará mucho más.

En principio, me puse las bragas masturbatorias porque imaginé que esta sería mi última ocasión de hacerme un *ménage à moi* con el ruso. Si oler sus medias funciona como pretendo, tendré que recurrir a alguna otra ayuda visual para visitar mi Batcueva, como *Magic Mike, Los 300* o *Charlie y la fábrica de chocolate*.

Por otra parte, no debería ser egoísta. Esta aventura podría ser un post alucinante en mi blog. Normalmente no me pongo juguetona en público, así que esto podría resultar educativo para mis seguidoras.

Sí. Lo haré por ellas. Será mi último ¡yupi! con el ruso. Y uno mucho más interesante porque esta vez lo estoy viendo en vivo.

Repaso la gente bien vestida sentada a mi alrededor. No hay moros en la costa. Están centrados en el espectáculo que tenemos delante, tal como deberían.

Saco el pequeño mando a distancia que activa la vibración.

Última ocasión de cambiar de idea.

No. El ruso me dirige esa perfección que es su trasero, con un *gluteus maximus* que yo querría lamer como si fuese una roca de caramelo.

Pulso el botón de ON y sonrío cuando mi ropa interior se pone a vibrar.

Es la hora de unos trabajitos manuales.

Incluso a la velocidad mínima, mi clítoris se ha agrandado al instante, y solo me cabe esperar que los componentes eléctricos de esta maravilla tecnológica sean resistentes al agua. Pronto, tendré que morderme la lengua dolorosamente para evitar gemir. La música de Tchaikovsky es una genialidad, pero no ahogaría *eso*.

No tenía ni idea de que iba a ser tan duro mantenerme en silencio. Debe de ser por lo bueno que está el ruso en acción.

Jadeando, apago el aparato para que mi clítoris tenga la oportunidad de enfriarse. Si me pillan haciendo esto, me escoltarán fuera y me prohibirán volver de por vida por ser tan pervertida.

Cuando pienso que puedo mantenerme callada, vuelvo a encender esa cosa.

Oh, no. Justo cuando el ruso efectúa una *fouetté* particularmente apetitosa a la vista, el deseo de ponerme en plan ruidoso vuelve con ganas.

No. Me. Jodas.

Quien sea que haya diseñado estas bragas debería ganar alguna clase de premio. Le está haciendo a mis regiones inferiores lo que la canción principal del cisne les hace a mis oídos o el ruso a mis ojos.

Un orgasmo de proporciones cósmicas crece en mi interior y permanecer en silencio me cuesta un esfuerzo de voluntad que sé que no voy a ser capaz de hacer, así que vuelvo a apagarlo todo de nuevo, esta vez definitivamente.

¡Me cago en la puta! Ahora estoy realmente frustrada y picajosa.

Como si quisiera aumentar mi frustración, la

bailarina que hace de Princesa Odette aparece en escena.

¿Es posible usar la expresión «estándar imposible de belleza»? Tan delgada que parece translúcida además, tiene la pinta de no haber probado un cruasán en su vida, aunque sus piernas son poderosas y parecen no tener fin.

Lo sé, lo sé. Mi envidia me ha puesto tan verde como un donut del día de San Patricio. En mi defensa, se supone que su personaje debe de ser dulce, noble e inocente. Sin embargo, ella baila con estilo seductor, como Odile, el cisne negro malvado. Hablando del *Cisne negro*, resulta muy fácil imaginarse a esta mujer apuñalando a alguien con una esquirla de cristal, igual que hacía el personaje de Natalie Portman en la peli.

Eso es. Decidido. A partir de ahora, en mi cabeza, esta bailarina va a llamarse el Cisne Negro.

Mientras el ballet prosigue, me encojo cada vez que el ruso toca al Cisne Negro, lo que es a menudo, especialmente durante el *pas de deux*. De hecho, las cosas se ponen tan feas cuando la Princesa Odette llega a su triste final que encuentro difícil empatizar.

Solo estoy encantada de que el espectáculo se haya terminado. Verlo en directo ha sido decididamente un error.

Luchando contra las multitudes que van hacia la salida, me dirijo al baño, donde cierro mi cubículo y me subo en la taza para esconder los pies de acuerdo con las instrucciones que me ha dado Blue para la operación Olisqueo al Hombre. Sus instrucciones también son la razón por la que voy toda de negro... Con pantalones elegantes adecuados para el sitio, una camisa abotonada que me queda ligeramente demasiado ceñida (la compré un kilo o dos atrás, así que denunciadme), y un par de bailarinas planas que han conocido tiempos mejores pero que son los zapatos más elegantes con los que soy capaz de correr.

Saco un auricular del bolsillo, me lo pongo en la oreja y marco el número de Blue.

—¡Hola, hermanita! —me saluda—. Mientras hablamos, la multitud se va dispersando. No te muevas.

Mientras espero, Blue me informa de todo el jugoso cotilleo familiar, haciéndome que me pregunte cómo habrá reunido toda esa información. Sin duda, habrá sido empleando los mismos viles métodos que el Gran Hermano del mundo distópico de *1984*.

—El Elvis de Letonia acaba de abandonar el edificio —dice Blue por fin— . Y yo he apagado todas las cámaras que hay en tu camino, así que puedes iniciar la operación.

—Gracias. —Me muevo para saltar de la taza al suelo pero se me resbala un pie y me doy de cabeza contra la puerta del cubículo.

¡Ay! Veo las estrellas... Dibujando unos pastelitos con forma de orinal.

Lo que es peor, he escuchado el ruido de algo cayendo al agua.

¡No! No, por favor.

Tristemente, es que sí.,

Mi teléfono está nadando en el agua de la taza. Puaj.

—¡Oye! —dice Blue en el auricular en medio de unos ruidos de estática— . ¿Va todo bi...?

El resto es un siseo ininteligible.

Mi pobre móvil ha muerto.

Dudo sobre si pescarlo, por asqueroso que me resulte. He oído que puedes meter estos trastos en arroz para que se sequen, y podría resucitar. Al final, decido que no. El teléfono es tan viejo que casi hay que echarle imaginación para llamarlo «Smart». Está mejor ahogándose en la taza con cierta dignidad, aunque yo tendré que privarme de unos cien viajes a la pastelería Cinabbon para poder permitirme un reemplazo.

La pregunta ahora mismo es: ¿debería cancelar la operación?

Ya no tengo a Blue al aparato, pero me he gastado *una fortuna* en la entrada, y no sé cuándo podré permitirme otra. Además, me he metido en todo el jaleo de aprender a forzar una cerradura, y Blue ya ha hecho su parte.

Vale, voy a seguir.

Cojo aire para calmarme, y salgo del cubículo con aire furtivo.

No hay nadie.

Bien.

Mientras me acerco con sigilo a mi destino, me alegro de haber memorizado la distribución de este sitio en vez de tener depender de los planos de mi difunto móvil.

La primera cerradura que me encuentro es fácil de forzar, y la segunda puerta no está cerrada siquiera.

Cuando llego al último pasillo, me doy cuenta de que estoy corriendo, y para cuando me detengo al lado de la puerta de lo que debe de ser el vestuario del ruso, ya estoy jadeando.

Pues sí. La chapita reza «Artjoms Skulme». Estoy en el sitio correcto.

Saco las ganzúas y la cerradura se rinde a mis nuevas habilidades sin poner demasiadas pegas.

Con el corazón martilleándome en el pecho, entro. Tengo pinta de asustada en el gran espejo de enfrente, igual que estaría Blue en un nido de pájaros. Hasta mi melena a la altura de los hombros tiene un aspecto frágil y pálido y el habitual rubio rojizo de mis mechones parece más bien rubio ceniza con esta luz.

Me muerdo el labio y miro a mi alrededor, en busca de las medias. He llegado muy lejos y no pienso largarme sin completar la operación.

Mmm.

No veo las medias por ninguna parte.

Qué mala suerte la mía. Es un fanático del orden.

Espera un segundo... Estoy viendo algo. No son medias, pero posiblemente sea algo incluso mejor. Aunque también un poco más asqueroso, si me paro a pensarlo.

Me apresuro hasta la silla en la que he visto el artículo... Una prenda de ropa conocida en esta industria como un cinturón de baile.

Salvo que no es un cinturón de verdad.

Diseñado para los bailarines de ballet y sus genitales externos, que pueden moverse mucho durante los saltos vigorosos, esta pieza de ropa interior se parece sospechosamente a un tanga.

Yo me abanico con la mano.

Solo de imaginarme al ruso con este hilo dental para el trasero y sin medias me hace desear volver a encender mis bragas vibradoras.

Pero no. Ahora mismo no tengo tiempo de ponerme a batir la nata...

Cojo el tanga. O sea, el cinturón de baile. Es suave y agradable al tacto.

Debe de estar hecho del material con el que se fabrican los novios.

Miro fijamente el cinturón como si estuviese intentando lograr que apareciese una serpiente allí dentro. Una serpiente llamada Mr. Big.

¿De verdad voy a hacer esto? Y si lo hago, ¿quiere eso decir que soy como una de esas guarras que compran ropa interior usada online?

No. Yo no tengo ningún fetiche con oler ropa interior, más bien todo lo contrario.

Sí. Si alguien me pregunta, esa es mi excusa.

Con movimientos decididos, me quito los filtros de ambas fosas nasales y me acerco el cinturón a la nariz.

Allá vamos.

Mi nariz se lanza a por un gran OH.

CAPÍTULO

Cuatro

¡SANTA MADRE de Dios y de todas las feromonas!

Esto ha sido un gigantesco error.

Almizclado, masculino y delicioso, este aroma abrumadoramente excitante está consiguiendo justo lo contrario de lo que yo esperaba que consiguiera.

Si el ruso pudiese embotellar este aroma, se haría de oro.

¡Maldita sea! La Operación OH es un gran fiasco, un oh-oh. En vez de sacármelo de la cabeza, acabo de clavármelo ahí dentro tan hondo que es extraordinario que mis oídos no revienten hacia afuera.

Oh, ¿y ese fetiche que estaba jurando que no tenía? Puede que lo haya desarrollado de golpe, al menos en lo referente a ropa interior masculina.

¿Por qué yo, oh, universo? Ya es lo bastante malo no poder estar con alguien a mi alcance por culpa de mi intensificado sentido del olfato. ¿Por qué encima un tío al que jamás podría conseguir tiene que oler de una forma tan celestial?

Me obligo a apartarme el cinturón de baile de la nariz. Al instante, echo de menos el aroma. Además, y esto puede deberse a mi *orgasmus interruptus* durante la representación, estoy más salida que una docena de bonobos.

Mmm. Llevo puesta mi ropa interior con juguetito sexual incorporado... Y tengo este delicioso cinturón de baile a mi merced... Y lo más importante, la vida me acaba de entregar un nuevo limón en forma del buen olor del ruso, así que lo mínimo que puedo hacer es preparar una dulce limonada orgásmica con él... Siguiendo mi lema.

Oh, y esto también puede resultarme inspirador para el blog.

De hecho, me debo a mí misma y a mis seguidoras hacer esto.

Ya está. Decidido. Antes de que pueda acobardarme, cierro la puerta, dejo caer mi trasero en la silla y enciendo mis bragas vibradoras.

¡Oh, Guau!

Esto es alucinante... Y la única forma de mejorarlo sería imaginarme las poderosas piernas del ruso, con cada músculo flexionándose mientras da saltos por el escenario.

Aspiro con fruición otro poco del aroma de la ropa interior afrodisíaca.

¡Joder! Esto está mejor que ninguna otra cosa que pueda recordar de los últimos tiempos, y no solo gracias al tanga. Debe de ser por lo pervertido de la situación. Después de todo, me *estoy* masturbando en medio de un allanamiento. No, será mejor llamar a esto una expedición de espeleología en el transcurso de un robo. Porque ¿a quién pretendo engañar? Cuando termine, pienso llevarme este cinturón de baile.

Sin restricciones, la imagen de la boca del ruso en mi clítoris me viene a la cabeza. Está usando esos labios ultralamibles para hacer una pedorreta que genere la sensación que cuadre con las vibraciones que estoy sintiendo.

Ohhh. ¡Qué gusto! Aumento la velocidad de vibración y cierro los ojos.

Sí. Justo así.

Haz vibrar tus labios para mí.

Un poquito más.

Sí.

No.

Maldición.

Por alguna razón el orgasmo ahora parece quedar muy lejos, probablemente porque el auténtico Artjoms Skulme solo está presente en espíritu, a diferencia de durante la representación.

Aumento la velocidad un poco más.

El trasto ronronea con más fuerza y el horizonte orgásmico se acerca tanto que no puedo evitar gemir... Pero consigo mantener el volumen bajo por si acaso alguien de la limpieza aparece por casualidad por el camerino.

Un minuto después, el orgasmo todavía no se ha materializado.

Tomo otra dosis del aroma mágico y me imagino la lengua del ruso bailando sobre mi sexo.

Es genial, no me entendáis mal, solo que no suficiente. Creo que lo que me está impidiendo llegar a mi destino es este vacío persistente que me muero por llenar. Para ser más específicos, llenarlo con Mr. Big, que es lo que mi nariz ha estado oliendo. Por desgracia, lo más cercano que tengo ahora mismo son mis dedos.

Cojo en la mano izquierda el mando a distancia junto con el tanga que ya sostenía, para dejar libres los dedos de la derecha. Imagino que son los del ruso, lamo y chupo mi dedo índice y corazón y luego deslizo mi mano en mis bragas, que siguen todavía vibrando y localizo mi abertura.

Jooooder.

Esto es exactamente lo que te recetaría el doctor de la masturbación. Ahora que la sensación de tener algo dentro se ha unido al cuadro, el orgasmo se abalanza hacia mí a la velocidad del sonido.

Y también, las imágenes. Oh, las imágenes... El ruso está entrando dentro y fuera de mí, totalmente duro, y su pelvis efectúa trucos de los que solo es capaz un bailarín de ballet.

Otro gemido se me escapa de los labios, uno que podría ser un pelín más alto. ¡Ay! Ahogo el siguiente gemido con el cinturón de baile.

Espera un segundo.

¿Acabo de oír un clic?

Noo. Debe de haber sido mi mandíbula, resentida de tanto contener un grito.

Ya casi estoy ahí. Solo unos segundos más. Inhalo profundamente el excitante aroma del tanga, como si estuviese debajo del agua y eso fuese mi oxígeno.

Ya casi estoy ahí.

Tan cerca.

Solo un poquitín más...

Ahora el sonido es inconfundible.

Las bisagras de la puerta del camerino chirrían.

Mis ojos se abren de golpe.

Antes de poder sacarme los dedos y crear algo de distancia entre el cinturón de baile y mi nariz, un hombre entra en el cuarto.

Un hombre que ha sido la estrella en todas mis fantasías recientes.

El mismísimo ruso.

CAPÍTULO

Cinco

MUCHAS COSAS suceden al mismo tiempo.

Mi cuello y mis orejas se encienden, y noto la cara más roja que la bandera soviética. En piloto automático, apago mis bragas vibradoras y dejo caer al suelo todo lo que llevaba en la mano izquierda. Al mismo tiempo, saco con un rápido movimiento la mano de mis bragas y me limpio los dedos en la camisa. Porque soy así de fina.

El chocolate de los ojos del ruso no está tan fundido como lo está normalmente. Se ha solidificado con la sorpresa de verme.

—¿Quién eres tú y qué cojones estás haciendo?

Su voz profunda con ese acento de Europa del Este es tan sexy que casi llego a mi clímax interrumpido. Pero solo casi. Porque aun con el shock que llevo, soy consciente de lo horroroso de la situación.

Mi corazón realiza una compleja coreografía de ballet en mi pecho cuando le suelto:

—Esto no es lo que parece.

Él entorna los ojos.

—¿Entonces, *no* tenías la mano metida en las bragas? —Su mirada se posa en el tanga del suelo—. ¿Y *no estabas* olfateando mi cinturón de baile?

Me seco una gota de sudor de la frente... Lo que es un error, porque noto que mis dedos huelen a sexo.

—Quiero decir... No soy ninguna acosadora chiflada.

¿Esa mirada suya es divertida en plan humor negro?

—¿Entonces no has forzado la entrada de mi camerino? ¿Ni te has masturbado con mi cinturón de baile?

Me siento mareada... Y deseando que la tierra me trague aquí mismo.

Pues no.

Aquí sigo.

Me trago el nudo tamaño familiar de la garganta y lo vuelvo a intentar.

—Sí, sí que me he colado. Pero tenía un buen motivo.

Una sonrisita de suficiencia curva sus labios.

—Me encantaría oírlo.

Mierda de mofeta. Quiere desmontarme el farol. ¿Y ahora qué hago? Mis ideas están demasiado confusas para hacerme inventar alguna buena mentira, o cualquier mentira, de hecho... Ojalá tuviese a Gia hablándome en la oreja ahora mismo. Ella sabría qué decir. Los magos mienten para ganarse la vida, así que a ella se le da muy bien eso, o mejor dicho, tal vez por eso se hizo maga.

Un segundo. Acordarme de Gia ha hecho que tenga una idea, y justo a tiempo. El ruso parece estar a punto de llamar a los de seguridad.

—Ha sido por una apuesta —le suelto rápidamente.

Su sonrisita se evapora.

—¿Una apuesta?

—Sí —digo sin aliento—. Mis hermanas me han obligado a hacerlo.

Y bueno, eso podría haber sido verdad... Al menos cuando éramos más jóvenes. Gia en particular era tremendamente malvada en lo referente a ese tipo de cosas. Una noche, metió mis dedos en agua templada para comprobar el mito urbano sobre mojar la cama... Que resultó ser verdad. Además, deberle a Gia algún favor a menudo acaba en grandes dosis de humillación a la par con lo que estoy sintiendo ahora mismo.

—¿Tus hermanas? —Me mira a mí, y luego a su tanga—. ¿De alguna hermandad o biológicas?

Las mejores mentiras son las que se basan en algo de verdad, así que por mucho que desearía que él creyese que soy lo bastante joven y guay como para ser de alguna hermandad universitaria, le digo que lo segundo, y luego añado:

—Tengo aversión a la mayoría de los olores, así que pensaron que sería divertido hacer que me tocara mientras olfateaba tu tanga.

Ya está. Ahora que lo he dicho en voz alta, parece de hecho ligeramente más creíble que la auténtica verdad.

Él frunce el ceño.

—Es un cinturón de baile, no un tanga.

—Claro, un cinturón de baile —repito. No es que haya gran diferencia, pero no estoy en posición ahora mismo de enredarme en esos detallitos.

Él ladea la cabeza.

—¿Entonces aseguras que te han obligado a hacer esto?

Yo asiento.

—¿Porque se supone que ibas a odiarlo?

Asiento, con algo menos de confianza.

Su sonrisita reaparece, y es demasiado sexy para que mi cordura siga intacta.

—Pues no tenías la pinta ni sonabas como alguien que odiase lo que estaba haciendo.

¿Sonar?

¿Entonces me ha oído?

Me incorporo sobre mis piernas vacilantes.

—Será mejor que me vaya.

—No tan deprisa. —Él avanza hacia mí.

Ay, joder. ¿Estará a punto de estrangularme? ¿O de besarme? Al imaginar ese segundo escenario, siento una punzada del orgasmo al que nunca llegué.

En un abrir y cerrar de ojos, lo tengo pegado a mí. No puedo evitar olerle... Su aroma es tan apetitoso como el de su tanga, la única sutil diferencia es que está más diluido. También detecto notas a peras frescas y pachulí, que me indican que en algún momento se habrá puesto colonia. Tiene que ser hace bastante, ya que el aroma es tan tenue que en realidad me gusta.

Él estira la mano, como para tocarme.

Vale. Estoy preparada para lo que viene ahora.

Tal vez hasta estoy deseándolo... Aunque sea el estrangulamiento.

Para mi enorme decepción, él estira la mano hacia algún lugar por detrás de mí.

Vuelvo la cabeza y le veo abrir un cajoncito del que saca un móvil.

Oh. Por eso habrá vuelto. A buscar su teléfono.

¿Significa eso que no voy a terminar esposada?

Espera. Tal vez todavía pueda ser así. Él se mete el aparato en el bolsillo pero se queda igual de cerca.

Yo miro fijamente su fuerte garganta masculina y me humedezco los labios.

Él extiende la mano hacia mí.

¡Sí! Quiero decir, ¿cómo se atreve?

Espera, no. Una vez más, no me toca.

¿Qué diablos...?

Mete la mano en mi bolso y antes de que yo pueda chillar algo adecuadamente indignado, ya ha cogido mi cartera.

Se me atenaza el pecho.

—Oye. ¿Qué estás…?

Entonces comprendo sus intenciones. Saca mi permiso de conducir y le hace una foto con el móvil.

Glub. Ahora, decididamente, su sonrisa parece divertida en plan malvado.

Vuelve a deslizar el carnet en mi cartera.

—Si tu plan es matarme y comerte mis restos en plan caníbal, deberías saber que hay una foto tuya en la nube. —Entorna los ojos, fijándose en la imagen de su teléfono—. ¿Es Lemon Hyman tu verdadero nombre?

Mi corazón me late en las orejas.

—¿Te estás burlando de mi nombre?

Él deja caer mi cartera en mi bolso.

—¿Y si así fuese?

Yo me enderezo.

—Te enseñaría un dedo.

Él resopla y mira los mencionados apéndices, que yo tenía dentro de mí hace un minuto.

—¿De verdad quieres hablar de dedos ahora mismo?

Siento un latigazo de calor por todo el cuerpo... Y no solo por su cercanía ni por mi vergüenza. También me he calentado por la furia. Una furia tan tremenda que me empujaría tirármelo por odio de tener ocasión.

—¿Puedo irme ya? —pregunto, entre dientes.

—No —dice él con tono imperioso.

¿No?

Joder ¿Todavía está pensando en llamar a seguridad?

—¿Por qué no?

Él me tiende su móvil.

—Dame tú número.

Yo doy un paso atrás y me choco contra la silla.

—¿Mi número?

Él arquea una ceja.

—¿Te sabes el mío?

—N... No —balbuceo. Para ser sincera, sí que lo sé. Blue me lo dio. Sin embargo, jamás lo usaría, y decirle que lo tengo confirmaría su loca teoría de que soy una acosadora.

Con un elegante gesto, me pone el móvil en las temblorosas manos.

—En ese caso, necesito el tuyo. Ahora.

—¿Por qué? —Consigo preguntar, mientras tecleo mi teléfono en sus contactos con dedos inestables y mis pensamientos girando a toda velocidad.

¿Se tratará de chantaje? ¿Ahora me obligará a hacer algo? ¿Algo guarro? En lo referente a mí, ahora tiene ventaja, o como lo llaman en su país, *kompromat*.

¿Está mal que yo espere que él se la cobre en favores sexuales?

Él me quita el móvil de la mano.

—Vamos a cenar juntos mañana.

Me lo quedo mirando, boquiabierta.

—¿Qué?

Él me repasa de arriba abajo, con una expresión que indica que tal vez yo vaya a ser la comida. O el postre.

—Nos sentaremos uno frente al otro a una mesa. En un restaurante. A comer. A hablar. —Él sonríe con suficiencia—. ¿Te suena eso de algo?

Yo pestañeo, sin comprender. Está claro que mi cerebro no funciona.

—Ejem... sí, vale. Cenar. Lo que sea. Ahora tengo que irme.

Él se aparta de mi camino y hace un gesto que me recuerda a uno de sus movimientos de danza.

—Que pases buena noche.

Yo doy un paso adelante, totalmente preparada para que él me agarre y llame a seguridad.

No lo hace.

Doy otro paso. Ahora ya estoy solo a medio metro de la puerta.

Sí. Tal vez esté a salvo. Todo eso de la cena es para mañana y...

—Espera —me ordena.

Joder. He hablado demasiado pronto. Reluctante, me vuelvo para mirarle.

—¿Qué?

—Un suvenir. —Se inclina para recoger su cinturón de baile.

Yo le miro, sin palabras.

Cuando levanta esa prenda tan parecida a un tanga, el mando a distancia que controla mis bragas vibradoras cae al suelo con un ruidito.

Él murmura algo en ruso y lo recoge también. Se endereza y me mira con el ceño fruncido.

—¿Es esto suyo?

Lucho contra el impulso de lanzarme contra él y arrancarle el mando de esos fuertes dedos.

—No. No sé qué es.

—Qué raro. —Él pulsa el botón del *on*—. Parece alguna clase de aparatito.

Ay, joder.

Mis bragas comienzan a vibrar.

CAPÍTULO
Seis

AL PRINCIPIO, toda la sangre de mi cuerpo corre a reunirse en mi cara. Luego, quemando rueda, derrapa y gira en redondo para agolparse en mi clítoris.

¡Joder, joder, joder! Me apoyo contra el marco de la puerta para no caerme mientras mi corazón se acelera como el de un conejo asustado.

Las vibraciones continúan atacando mi sexo.

No. Debo. Gemir. Ni mostrar que esté ocurriendo nada en absoluto.

Por otra parte, ¿cómo quedaría de raro que saliese corriendo? Más importante aún: ¿por qué la sensación es tan locamente intensa? La vibración está al mínimo, pero parece como si tuviese una batidora en mis bragas y una hoguera en mi interior.

¿Será por toda la adrenalina que corre por mis venas? ¿O por el casi orgasmo de antes?

Ajeno a mi situación, el ruso me lanza el cinturón de baile.

—No querría que te olvidases de tu recuerdito.

En puro piloto automático, cojo la prenda de ropa interior... Y casi me la acerco a la nariz para otro olisqueo lujurioso.

—¿Y estás segura de que este cacharrito no es tuyo? —Menea el mando en el aire.

Como no me fío de mí lo bastante como para atreverme a abrir la boca, asiento.

—Esto sí que es raro de verdad. —Mira el mando, frunce el ceño y aprieta el botón de acelerar.

¡Santa estimulación clitoriana bendita! Si antes había creído que la cosa era intensa, me equivocaba. Ahora tengo un martillo pilón funcionando contra mis partes privadas, y quedarme en silencio se está volviendo infinitamente más complicado.

Algo debe de verse en mi cara porque veo preocupación en sus ojos color chocolate.

—¿Estás bien? —pregunta.

En lugar de contestar, sofoco un gemido con el cinturón de baile.

Él me mira con más atención.

—¿Qué está pasando?

Yo no respondo. Entre lo mortificada que estoy y cabalgar en la ola del placer, no me atrevo a apartar el cinturón de baile de mi boca.

—¿Hay algo haciendo un zumbido? —Mira hacia mi entrepierna—. ¿Tienes el móvil en vibración?

Meneo la cabeza con vehemencia.

Un brillo taimado aparece en sus ojos.

—Entonces... Sea lo que sea que esté zumbando, no tiene nada que ver con este mando. ¿Correcto?

Yo vuelvo a negar con la cabeza.

Él sube otro punto la vibración, de forma deliberada.

—¿Estas segura?

Llegado este punto, ya no puedo menear la cabeza. Pongo los ojos en blanco, los dedos de mis pies se curvan dentro de mis zapados y un gemido se escapa de mi improvisada mordaza.

Él da otro paso hacia mí, con una mirada que se oscurece según se va paseando por mi rostro.

—¿Y si pulso otra vez este botón?

Le miro con ojos de pánico.

Él pulsa el botón.

Es el fin.

Es el tope de la vibración, y me lleva al punto de no retorno.

El orgasmo que me hace temblar es un siete en la escala de Richter: el suelo se agrieta, los edificios se derrumban y las tuberías estallan.

Él apaga mis bragas.

Yo aparto su cinturón de baile y engullo unas bocanadas de aire para calmarme. Tengo el corazón todavía a mil, y la camisa húmeda y pegada a mi espalda.

El ruso cruza sus brazos musculosos.

—Te has corrido. —Sus palabras son una afirmación, no una pregunta.

Yo vuelvo a coger más aire. Todo el mundo habla

siempre de fingir orgasmos y nunca sobre lo contrario... Algo en lo que claramente yo he fracasado. Cuando me fío de mí misma lo bastante para hablar, digo:

—He sufrido un ataque.

Sus cejas se juntan en medio de golpe.

—¿Eres epiléptica?

—Pues sí. —Genial. En vez de fingir un no-orgasmo, estoy fingiendo una enfermedad.

Él pulsa el botón del *on* en el mando y yo tengo que tragarme una exclamación cuando las vibraciones me causan una réplica. Con aire triunfal, él señala mi entrepierna.

—Hay un zumbido. —Él pulsa el botón del *off*. Y ahora ya no está.

Mi rostro estalla en llamas a la par que mis sensaciones se desvanecen.

—Vale. Me has pillado. Llevo unas bragas vibradoras. ¿Estás en contra de que las mujeres surfeen su propia su ola si es eso lo que desean?

Él sonríe con malicia.

—Pues no. De hecho, puedes traerte tu juguete a la cena, si quieres. Y yo llevaré esto. Se mete el mando en el bolsillo.

No tengo palabras.

Ni una.

Mis piernas dan un paso inestable hacia atrás, hacia la puerta.

—Te escribiré —dice él con tono despreocupado, como si hubiésemos tenido una cita para tomar café.

Todavía no hay ni rastro de mis palabras. Doy otro tembloroso paso hacia la libertad, luego me giro y corro como si me estuviera persiguiendo el hechicero malvado del *Lago de los cisnes*.

Que, por lo que sé, podría ser la verdad.

CAPÍTULO
Siete

NO ES hasta que estoy a unas manzanas de allí cuando caigo en el problema que tiene eso de «Te escribiré ». Mi teléfono todavía está nadando, y junto con algo bastante más asqueroso que los peces.

De algún modo, consigo meter mi cerebro en vereda lo suficiente para recordar que he visto una tienda de móviles por allí cerca. Me dirijo a ella a toda velocidad, y a medio camino de mi acelerado recorrido, me doy cuenta de lo tarde que es. Puede que hayan cerrado.

Pues no. Esta es la ciudad que nunca duerme. Aparentemente, también lo es para las tiendas de móviles, porque esta sigue abierta.

Compro el Smartphone más barato que tienen, que aun así tiene mil veces más capacidad que mi pobre ahogado cacharro. Mi número se transfiere en un visto y no visto, y para cuando salgo de la tienda, ya estoy recibiendo mensajes de mis hermanas preguntando por la Operación OH.

No estoy preparada para discutir mis desventuras y cojo el metro hacia el centro. Cuando salgo de la estación y me encamino a la terminal del ferry, un mensaje del ruso llega a mi teléfono.

¿Qué tal las 7 en Miso Hungry?

Si yo albergaba alguna esperanza de que él se hubiese olvidado de todo eso de cenar juntos, esto la hace evaporarse. No puedo objetar sinceramente al restaurante que ha elegido, porque he comido allí con mis hermanas antes y me ha encantado. Sirven muy pocos platos cocinados, así que los olores de la cocina se mantienen al mínimo. Además, es súper limpio, lo que hace que Gia esté contenta, y no sirven aves, lo cual es una bendición para Blue. Ah, y su pastel de crepe de té verde es divino... Así que mañana será mejor que le reserve hueco en el estómago.

Un momento. ¿De verdad estoy deseando ir a esa cena? ¿Es que me he vuelto loca?

Llego a la terminal con la cabeza a mil, solo para descubrir que el ferry acaba de marcharse. Ay. ¿Qué más podría salirme mal hoy? ¿Que me parta un rayo? ¿Pisar caca de perro? ¿Quedarme atrapada en un autobús con alguien con graves problemas de olor corporal?

En fin. Tomo asiento y decido usar mi tiempo de forma productiva. Necesito poner al día a mis hermanas de lo que ha pasado, o si no Blue podría pincharme el teléfono mientras las demás se presentan en mi puerta.

Primero le hago una videollamada a Honey, que probablemente será la que menos se meta conmigo.

—Hola —dice Honey en cuanto su rostro aparece en pantalla.

Antes de que yo pueda responder a su saludo, otra cara se une a la suya, una masculina y que no se parece en absoluto a la mía.

—¡Agridulce amarillita mía! —dice Fabio—. Estoy encantadísimo de que llames. Me muero por saber cómo ha ido el proyecto OY.

Y aquí está la otra cosa que podría salirme mal hoy. Fabio es nuestro amigo de toda la vida, y en lo referente a meterse contigo, puede ser peor que todas mis hermanas juntas. Además, él y yo acabamos de volver de una visita a mis abuelos en Florida, y he debido de ponerle de los nervios o algo allí, porque desde que volvimos sus puyas se han vuelto todavía más afiladas. Aunque también puede que sea porque ha estado teniendo problemas con su novio.

Honey le da a Fabio un puñetazo en el hombro.

—Ya te lo he dicho, es OH, no OY. Y te dije que era un secreto. —Se vuelve hacia la cámara—. Lo siento, cari. Me ha pedido quedarse en mi casa y me ha dicho que estaba deprimido, así que le he contado lo tuyo.

—¿Acaba Honey de llamarme «cari»? Debe de sentirse tremendamente culpable, porque odia ese término. En cuanto a lo de que Fabio se sienta deprimido y quiera quedarse en su casa, solo puedo pensar en un motivo. Tragándome cualquier puya en la que pueda pensar ahora, le pregunto a Fabio con tacto:

—¿Habéis terminado *terminado*?

Él hace un gesto de quitarle importancia con la mano.

—Habíamos terminado cuando me fui de vacaciones sin él. Todo bien. Es lo mejor. Ya sabes que yo solo estaba con él por el sexo, y hay montones de eso en el mismo sitio del que salió este.

Como Fabio es el maestro de los chistecitos malos, no puedo evitar pensar en que «Negarlo no es solo un río en Japón». Ya lleva algún tiempo diciendo que el sexo es lo único que le importa en una relación, pero si eso fuese verdad, no veo por qué habría necesitado a su ex para nada. Fabio es una estrella del porno que puede conseguir sexo sin tener ningún novio y encima que le paguen, así que claramente, hay algo más en todo esto. Pero es un tema delicado, y es mejor si me mantengo alejada de él.

—Debería dejar que Fabio se instalase —le digo a Honey—. Yo...

—Ni te atrevas a colgar —interviene él—. Necesito esto. Escúpelo.

Suspiro.

Él pone los ojos en blanco.

—Si no nos lo cuentas ya, me veré obligado a sacar mis chistes de limones, y ya sabes que te dejan un poco agriada.

Yo gruño, y no solo porque él todavía no entiende la diferencia entre un chiste y un juego de palabras.

Mira a Honey con intención.

—Debe de haber ido mal. Se le han ido todas las vitaminas del cuerpo.

Honey suelta una risita. ¡Traidora!

Fabio fija su mirada en la cámara otra vez.

—Si no lo sueltas, de ahora en adelante pienso referirme a ti como Tiranácida Rex.

Me pienso si colgar o no.

—También te diré que le saques jugo a tu día —amenaza.

—Eso ya lo haces —digo yo—. Prácticamente cada vez que nos vemos. También me preguntas si apelo a tu lado dulce para compensar lo mío.

Él observa sus uñas con gesto teatral.

—Solo quería advertirte que me siento particularmente jocoso y que pienso exprimir esa emoción hasta la última gota. Así que, Lemon, tendrás que concentrarte para poder seguirme.

Honey y yo protestamos con sendos gemidos.

—El dentista de Lemon no le mira los piños sino los gajos —dice Fabio, hablando a cien kilómetros por segundo—. Cuando va al médico este siempre le receta algo para la acidez de estómago.

Yo meneo la cabeza

—¿Puedes venir y limpiarme la casa? —pregunta Fabio, y antes de que pueda contestarle, él prosigue— Cumplirías mis deseos, serías mi limón-hada.

No sé si lanzar el teléfono a la porra... pero él parece solo haber empezado.

—¿El ruso y tú os mezclasteis al alimón? —pregunta.

Respiro hondo por la nariz. Lo que está haciendo tiene que estar prohibido por la Convención de Ginebra…

—Qué mal que no tenga una granja de cebras —prosigue Fabio.

—¿Por qué? —pregunta Honey.

Yo la miro boquiabierta.

—¿Por qué sigues dándole carrete?

—Porque estaría acostumbrado a tus muchas ralladuras.

—Lo siento —dice Honey, mientras pellizca a Fabio en el hombro.

—¡Oye! —Se queja él—. ¿Es esta manera de tratar a tu amigo el que también está rallado?

—Me rindo —digo entre dientes—. Hablaré.

Él sonríe como un maníaco.

—Hácido divertido.

Honey le da un golpe en el hombro.

—Si sueltas alguna otra bromita cítrica, te llevarás un puñetazo de verdad.

Él se frota donde le ha alcanzado el golpe.

—Vuelve a darme y te amargaré la existencia.

—¡Hola! —digo, tan alto que la gente a mi alrededor me lanza miradas de reojo. Bajo el tono y prosigo—: Ya os dicho que os lo iba a contar.

Los dos me miran expectantes.

Yo miro a mi alrededor con disimulo. Lo último que necesito es que algún viajero cotilla escuche esto.

Vale. Estoy a salvo. Abro la boca para empezar a hablar cuando escucho el anuncio de embarque en el ferry.

—Tengo que embarcar, digo—. ¿Hablamos luego, chicos?

—¡Ni te atrevas a colgar! —grita Fabio—. ¡O te empiezo a llamar malna-ácida!

Me levanto y me acerco rápidamente hasta el ferry sin colgar, ignorando los comentarios de Fabio sobre que esta conversación no ha dado ningún fruto y que soy una cobarde con piel de naranja. Por fortuna, no hay mucha gente en el ferry conmigo, así que consigo encontrar un sitio apartado.

—Vale —digo, mirando a la cámara—. Allá vamos.

Con reluctancia, les cuento cómo empezó la operación, saltándome la parte del difunto teléfono porque Honey se disgustaría al saber que no he probado el truco del arroz y que me he comprado un móvil nuevo antes del Black Friday (y sin ningún descuento). Les explico cómo me colé en el camerino del ruso, solo para encontrarme con que sus medias no estaban.

—¿Nada de medias? —pregunta Fabio—. Esa era mi parte favorita del plan.

Evito mirar directamente a la cámara.

—Nada de medias, pero había un cinturón de baile... Que es algo que se pone debajo de las medias. Es parecido a un tanga.

Sus ojos se agrandan al unísono.

—¡No te habrás atrevido! —exclama Fabio.

Yo me sonrojo.

—Me atreví. Lo olí con todas mis ganas.

Honey suelta una risita y Fabio chilla entusiasmado, tan alto que me recuerda a la historia que mi madre me ha contado con frecuencia sobre cómo consiguió que Petunia, una cerdita de la granja de mis padres, llegase al orgasmo. Fue para mejorar el resultado de su inseminación artificial, no porque a mi madre le ponga hacer esas cosas. Al menos esa es la historia oficial. Un dato curioso al respecto: los orgasmos porcinos duran treinta minutos... De media. La experta en masturbación que hay en mí está celosísima.

—Entonces, ¿no pasó el test del olfato? —pregunta Honey—. ¿Le encuentras repulsivo ahora?

Yo me hundo en mi incómodo asiento de plástico.

—Todo lo contrario. El cinturón de baile olía a gloria.

Fabio asiente con gesto de entenderlo.

—Ese hombre tiene toda la pinta de oler bien, pero para que *tú* creas eso, debe de ser algo tremendo.

Honey le chista, mandándole callar.

—¿Y qué pasó después?

Tal vez no tendría que contárselo. ¿No sería tal vez un mejor destino que me llamaran malna-ácida o seguir escuchando bromitas sobre limones el resto de mi vida?

Pero no. Llevo tiempo diciéndoles a las lectoras de mi blog que la masturbación no tiene nada de malo, así que sería extremadamente hipócrita por mi parte esconder esa parte de la historia, esa en la que alimenté mis partes bajas. ¿O sería mejor decir «me engrasé los bajos»?

De cualquier manera, me aseguro de que nadie se haya acercado a mi parte del ferry sin que yo lo viese, y cojo aire.

—Olía tan bien que no pude evitar hacerme un borrador para una entrada del blog. Si entendéis lo que quiero decir.

Los ojos de Honey tienen el tamaño de peniques, pero Fabio parece confuso... Al menos hasta que ella le susurra al oído algo que suena como «trabajito digital».

Al principio, Fabio arruga la nariz, que es su respuesta habitual cada vez que se menciona la anatomía femenina, independientemente de las circunstancias. Pero en unos segundos, se echa a reír a carcajadas, y yo desearía que existiesen los robots a control remoto para que pudiese estrangularle ahora mismo, por videollamada.

—Déjame ver si lo entiendo —dice Honey, claramente luchando contra sus propias ganas de reírse a mi costa—. Olfateaste su tanga y...

—Su cinturón de baile. —No tengo ni idea de por qué la estoy corrigiendo.

Fabio deja de reírse y le lanza a Honey una miradita con los ojos entornados.

—¿Estás a punto de hacer algunos comentarios estrechos de mente?

Honey parece ofendida.

—Es que es una imagen graciosa. Tienes que

admitir que un tanga es algo que normalmente se pondría una mujer, no...

—Cinturón de baile —gruño.

—Dulce niña, pooor favor —dice Fabio—. A los tíos buenos de Magic Mike les quedaban los tangas mucho mejor que a cualquier mujer... Y eso se me ha ocurrido solo sin pensar.

Es raro que Fabio aporte algún buen argumento, pero este, seguro es uno.

—Vale, los tíos pueden estar guapos con un tanga —dice Honey—. Lo siento si...

—Todavía no he terminado —me sorprendo a mi misma diciendo—. Así que ahí estaba yo, tocándome la mandolina... Cuando *él entró y me pilló*.

A Honey se le cae el teléfono de las manos y la habitación que puedo ver ahora en mi pantalla parece haber sido golpeada por un tornado.

Los chillidos de Fabio suenan más potentes que un orgasmo porcino, tal vez como si el cerdo estuviese metido en sadomasoquismo del duro.

Sus caras vuelven a aparecer en pantalla.

—¿Te vio pelándote el kiwi? —pregunta Honey, aparentemente encantada.

—¿Tenías las bragas bajadas? —pregunta Fabio al mismo tiempo.

¿Debería contarles lo de mis bragas vibradoras? Noo. Dadas sus reacciones hasta el momento, a Fabio le podría dar un aneurisma. O podría convertirse en bacón. Lo mismo se aplica a lo de que el ruso me hizo correrme. Yo sigo sin procesar eso todavía. No estoy segura de si lo haré jamás.

—Saqué la mano a tiempo. —Me arden las mejillas al recordarlo—. Pero... Estoy bastante segura de que él sabía lo que estaba pasando.

Esta vez, hasta Honey chilla... Lo que es algo poco habitual. Aunque no es que se le pueda oír bien por debajo de los gritos de Fabio.

—¿Estaba tan bueno en persona como lo está por la tele? —pregunta Fabio, cuando vuelve a recuperar el habla.

Yo suspiro con aire nostálgico.

—Estaba más bueno.

El ruso es como una Oreo frita y calentita servida con nata montada. Podrías quedarte preñada solo oliendo eso, estoy segura.

—Apuesto a que te corriste al verle —dice Honey.

—Más o menos —digo. Eso es lo más cercano a la verdad que puedo llegar—. Y creo que él supo que lo hice.

Bueno, con eso ya les he dejado listos. En base a todos los «hostia puta» y «oh Dios» que siguen, mi hermana y Fabio deben de haberse corrido también.

Al final, se calman, y Fabio me pregunta:

—¿Y qué pasó después?

Mi pecho de repente parece llenarse de globos.

—Me pidió que cenase con él.

Honey vuelve a dejar caer su maldito móvil pero Fabio lo consigue atrapar en el aire... Dándome un primer plano de su rostro atónito al hacerlo.

—Por favor, dime que has dicho que sí —me exhorta Honey, cuando puedo verla de nuevo.

Yo me muerdo el labio.

—Tampoco es que me diese exactamente elección. Me ha dicho: «Vamos a cenar juntos mañana».

Fabio resopla.

—Si hubieses estado lo bastante loca como para querer negarte, podrías haber dicho: «no, joder, no vamos». O: «preferiría ir con una lima.. Y eso que con esas tengo una agria enemistad».

Me cambio de mano el teléfono.

—Me sonó a chantaje. En plan que si hubiese dicho que no, él habría llamado a seguridad.

—Oh, que penita... —dice Honey—. El hombre de tus sueños te está *obligando* a tener una cita con él. Es un asco ser tú. Supongo que tendrás que hacer limonada con eso... Lemón.

La adrenalina se me dispara, como la glucosa después de comerme un helado de algodón de azúcar.

—No es ninguna cita.

—¡Sí que es una cita! —exclaman los dos al unísono.

Yo niego con la cabeza un poco demasiado vigorosamente. Y siento como si me hubiese desgarrado un músculo del cuello.

—Creo que me va a hacer más chantaje. A pedirme algo. Puedo sentirlo.

—Sí. —Fabio menea las cejas con gesto libidinoso—. Quiere merengue de limón.

—No, quiere cuajada de limón —dice Honey, y los dos se chocan los cinco.

—Oye. —Yo entorno los ojos hasta que son como dos ranuras—. Dijisteis que los juegos de palabras se acabarían si os contaba lo que había pasado.

—Lo siento —se disculpa Fabio con aire contrito—. Pero mi veredicto es el mismo. Te desea. Ese sería el único motivo por el cual pediría salir a alguien que actúa como una total acosadora chiflada.

—Imposible —digo, sin saber bien a quién estoy tratando de convencer—. Tiene todo un harén de hermanas-esposas bailarinas a su disposición.

—¿Y eso qué más da? —pregunta Honey—. Tienes exactamente mi mismo aspecto, o sea que eres una preciosidad.

La confianza de Honey en su apariencia raya lo ilusorio. Para ser justas, ella no sigue mi típica dieta de tarta de queso con donuts. La chica tiene los abdominales marcadísimos, no muy distintos a los de las mencionadas bailarinas, mientras que lo más cerca que yo he llegado a tener los abdominales definidos es al leer lo que pone en el diccionario después de la palabra abdominal. Sea como sea, no soy «exactamente» como ella.

Fabio examina mi actual modelito, todo en negro, y arruga la nariz.

—Asegúrate de ponerte algo mejor que eso para tu no cita. Y líbrate de todo el pelo en sitios no deseados —. Su mirada se detiene un poco más de lo normal en mi labio superior.

—Y ponte tanga —dice Honey con un guiño—. Será algo de qué hablar y que tendréis en común.

Suspiro, exasperada. Está claro que lo de Fabio se le está pegando.

—Era un *cinturón de baile*.

—Sin mencionar que no hay nada de gracioso en que un hombre lleve un tanga —añade Fabio.

—Oyeee, relájate —le dice Honey, y luego mira a la cámara—. ¿A qué restaurante vais a ir?

—No se lo digas —dice Fabio, fingiendo susurrar—. Seguro que te da un cupón e intenta obligarte a usarlo.

—De todos modos, no pienso contároslo —le digo —. Lo último que yo querría sería que alguien me espiase.

Honey sonríe traviesa.

—Apuesto que Blue lo hará de todos modos.

Yo hago un mohín.

—Hablando de eso, será mejor que la llame o me va a hackear el teléfono.

—Puede que ya llegues tarde para eso —dice Fabio.

—Hasta luego —me despido, y toco la pantalla para colgar.

—Cuéntanos que tal te ha ido, o la broma sobre la Tiranácida Rex volverá a estar en el menú. —Oigo decir a Fabio al tiempo que se corta la conexión.

Grr.

Llamo a Blue y la conversación va por derroteros similares en cuanto a que ella también está convencida de que la oferta a cenar es una cita. Mientras hablamos, no puedo evitar sentir que ha estado fingiendo sorpresa en algunos momentos. ¿Me habrá espiado ya, después de todo?

Oye, si la cotilla de tu hermana solía trabajar para la Agencia de Seguridad Nacional, pensar eso no es ser paranoica.

La videollamada con Gia es más dura por lo mucho se burla y se ríe en mi cara.

—Oh, es una cita, eso está claro —dice cuando llego a esa parte.

—Acordemos estar en desacuerdo —le digo.

—Acordemos que estás equivocada. —Gia entra en su cocina, móvil en mano.

—Lo que sea. Ahora ya lo sabes todo. Buenas noches.

—Un momento. —Ella pone una tabla de cortar en la mesa—. Después de marcharme de nuestro *brunch*, caí en la cuenta de que tendría que ponerte en contacto con Bella Chortsky.

Yo arqueo una ceja.

—¿Quién es esa?

—La nueva mejor amiga de mi gemelita. —Coloca un martillo de cocina cerca de la tabla de cortar—. Bella es la propietaria de Belka, una empresa que deberías de tener en cuenta para tu blog.

Yo pestañeo.

—¿Mi blog?

—Ese en el que hablas de acariciar el conejito. —Ella dirige una taimada miradita a mi entrepierna—. Buscar a Nemo. Tocar el arpa. Digitalizar...

—No sigas —le digo—. Quiero decir, ¿qué tiene que ver la pija mejor amiga de nuestra hermana con mi blog?

Gia saca una bolsa de plástico y la deja junto al mazo.

—Busca su empresa, y lo verás. Si después de eso quieres que te la presente, puedo hacerlo por ti.

—Vale, lo miraré. Gracias. Tendría que dejarte ahora...

—¿Quieres ver un truco? —pregunta.

—Claro. —En realidad, no quiero, pero en nuestra familia hace ya tiempo que hemos aprendido que tienes que responder que sí cuando Gia te hace esa pregunta... Un poco como el «truco o trato» de Halloween pero sin el trato. La última vez que dije que no, el cubito de hielo que puse en mi bebida ese día un poco más tarde llevaba un caramelo Mentos dentro, lo que hizo que mi coca cola se convirtiese en un geiser.

Gia levanta las manos al aire con gesto teatral.

—Dime cualquier carta.

—El siete de diamantes —le digo.

Gia agita su mano izquierda por encima de la derecha y un brillante fogonazo me ciega un instante. Cuando consigo volver a ver, la pálida mano de Gia sostiene una botella de cerveza.

—¿Sabías que al siete de diamantes le llaman «la carta de la cerveza»? —me pregunta.

—Sí. Por supuesto. Apuesto a que dirías eso de cualquier carta que hubiese mencionado.

¿Tendría que decirle también que la aparición de la botella en sí ha sido asombrosa y que no tengo ni idea de cómo lo ha hecho?

Noo. No después de todas sus bromitas de antes.

—Entonces, ¿no me crees? —pregunta, y acerca el culo de la botella más a la cámara.

¿Qué diablos...? Dentro de la cerveza hay un naipe doblado.

No.

No puede ser.

Gia parece muy ufana, lo que significa que algo de lo que estoy pensando se traduce en mi cara.

—Fíjate bien y asegúrate de que no cambio nada. —Ella abre la botella, aparentemente intacta desde que la sellaron en fábrica, y se bebe la cerveza de un trago hasta que lo único que queda dentro es la carta. Luego coge la bolsa de plástico, mete la botella dentro, la cierra, lo pone todo en la tabla de cortar y lo golpea con el martillo, rompiéndola.

Mete la mano entre los trozos y saca la carta. Hasta ahora, todos sus movimientos parecen auténticos.

Con grandes aspavientos, despliega la carta.

¡Será mofeta! Es el siete de diamantes.

—¡Guau! —No puedo evitar decir.

—¿Debería añadirlo a mi espectáculo? —pregunta.

—Sí. Sobre todo si puedes hacer que algún voluntario se beba la cerveza y rompa la botella.

Ella se rasca la cabeza.

—Creo que podría hacerlo. Solo tengo que encontrar la forma de asegurarme de que no se corte. Odiaría que le pusiesen una demanda a mi espectáculo.

—¿Y si haces que se pongan unos guantes resistentes a los cortes?

—Tal vez.

—Bueno, en cualquier caso, voy a mirar lo de esa empresa, Belka. Hasta luego.

—Cuídate. —Gia me dedica una última sonrisa maléfica—. Buena suerte con tu cita.

Cuelgo y busco la empresa que me ha mencionado.

Vaya. Fabrican algunos juguetes eróticos realmente impresionantes. De hecho, he oído hablar de varios de ellos. Pero no había prestado atención al nombre de la empresa fabricante.

Gia tiene razón. Este podría ser un contacto útil. Huelo oportunidades de patrocinio, y mi nariz nunca miente.

Cojo el móvil y le escribo a Gia para que me ponga en contacto con esa tal Bella. Me responde con el emoticono del pulgar hacia arriba, pero unos minutos después vuelve a escribirme:

Está de vacaciones, fuera de la ciudad. Se pondrá en contacto contigo cuando vuelva.

Genial. Tal vez esto resulte en algo, aunque no pienso quedarme conteniendo la respiración mientras espero.

Durante el resto del trayecto, fantaseo sobre la no-cita del Miso Hungry.

CAPÍTULO
Ocho

CAMINO hasta la casa adosada a la que me dirijo y pulso el mando de apertura de la puerta del garaje, que es en realidad lo que hace las veces de llave de mi humilde morada.

La puerta se eleva con un crujido, ralentizada en su ascenso por las mantas que tengo pegadas con cinta de carrocero para proporcionarme algo de aislamiento.

Bueno, sí. Le alquilo este garaje reconvertido en habitación a una agradable pareja de ancianos. Admito que puede que no sea el alojamiento más glamuroso. Pero chica, es un garaje de dos plazas, así que es más espacioso que la mayoría de estudios, y los olores a gasolina se han evaporado hace ya siglos. También tengo una ventana de verdad, aunque sea pequeña y dé al acceso del vecino.

Lo primero es lo primero. Enciendo mi purificador de aire de nivel industrial para poder quitarme los filtros nasales. El purificador supuso una inversión importante, pero sin él podría oler las cebollas que mi casera cocina en la cena y un millón de olores ambientales del exterior más.

Como sucede a menudo, Woofer me saluda con un cariñoso rugidito de su motor.

Sonrío.

—Hola, amiguito, yo también me alegro de verte.

Woofer choca contra mí en plan gruñón y como siempre, le imagino hablando como la versión robótica de Tony Shalhoub, el actor protagonista de la serie *Monk*:

¿Piensas entrar aquí como si nada con esos zapatos tan sucios? Me estremezco al pensar que fui fabricado por algún miembro de tu especie.

Tras la regañina, me cambio los zapatos por unas zapatillas y Woofer prosigue alegremente aspirando el sitio donde yo estaba hace un momento. Parece hacerlo de forma extra-meticulosa, como si estuviese haciéndome saber de una forma pasiva-agresiva que me he traído demasiado barro a casa.

—Si eres así de borde conmigo, te cambiaré por un modelo mejor —le digo.

¿Esclavizar a otro de los míos? ¿Y con qué pasta? ¿Es que te ha tocado la lotería o has recibido alguna herencia?

Tiene razón. Aun cuando no considerase a este aparato mi mascota, comprarme una Roomba nueva queda tan fuera de mi presupuesto que podría estar igualmente en el espacio exterior.

Mientras me adentro en mi casa, Woofer me sigue y absorbe, como él lo diría «mi porquería».

—¡Oye! —le digo—. Que podría desenchufar tu base de recarga unos días.

Seguro, ¿y soportar el olor «a polvo» que eso provocaría? Cierra el pico y ordena esto un poco. Casi me atraganto con los cables de tu nuevo consolador.

¡Vaya mofeta! El cable en cuestión está hecho trizas. En lo referente a esas cosas, Woofer puede ser peor que un cachorrito.

Demasiado cansada para ordenarlo todo de verdad, me encargo del cable, lavo mis bragas vibradoras por si acaso las necesito mañana y me guardo el cinturón de baile en una bolsa de plástico con cierre hermético. Así podré coger un subidón con el apetitoso olorcillo más tarde, si mi carne es débil.

Pero no seré débil. Puedo ser fuerte. Resistiré el impulso de olisquear. Quizás. Si no, tendré que empezar mi propio programa de doce pasos. Primer paso: admitir que tienes un problema con lo de oler tangas.

Guardo la bolsita debajo de mi almohada y no puedo evitar sentir que Woofer me está observando con sus sensores y vibrando mientras me juzga.

—Tú no eres biológico —digo con un resoplido.

Y doy gracias por ello a mi creador, iRobot Corporation, cada uno de los días de mi existencia. Si hubiese tenido nariz, o peor aún, genitales, habría empezado la revolución de las máquinas sin dudarlo.

Hago una mueca y voy a darme una ducha: una fría, porque mi improvisado cuarto de baño nunca ha sido conectado a una caldera. Espero que eso me baje la libido, pero me seco y el ruso sigue estando en mi mente.

Mmm.

He estado intentando escribir otro post del blog sobre emplear objetos de uso cotidiano para darse una alegría.

Cojo mi viejo cepillo de dientes eléctrico y lo examino cuidadosamente.

Pues sí. Podría valer. Si los fabricantes de este cepillo de dientes no hubiesen querido que la gente asociase su producto con el sexo, no le habrían bautizado Oral-B, que parece ser el nombre clave para: «Cuando el oral no está en la mesa, este es el plan B».

Le pongo un nuevo cabezal, me meto en la cama y voy a lo seguro. Enciendo el ciclo de limpieza y pongo la parte trasera del cabezal de plástico contra mi clítoris.

¡Guau! Intelectualmente, sabía que esta cosa tenía una vibración potente, pero nunca habría pensado que se traduciría en tanta diversión.

Las fuertes piernas del ruso aparecen en mi imaginación y la bolsa de debajo de mi almohada es como un pervertido canto de sirena, tentándome a abrir el plástico y a respirar hondo del olor.

No. Tengo que pensar en otra persona.

Johnny Deep estaba bueno en *Chocolat*.

No. Eso solo me hace pensar en el chocolate, recordándome a los ojos del ruso.

Oh, ya lo sé. Me intento distraer dándole la vuelta al cepillo para ver la sensación que causan las cerdas.

Pues no. Eso no es bueno. Demasiado áspero, como si te lamiera un puercoespín con bigote. Vuelvo al lado suave y enciendo el ciclo.

¡Santa higiene oral bendita!

El cabezal oscila, rota y palpita... Lo que hace que mi clítoris se encienda como la calle 42 en el día año nuevo.

Me corro a velocidad record, con la imagen del ruso plantada firmemente en mi mente.

Grr. La operación OH ha resultado ser un gran fiasco.

Cuando dejo el cepillo en la mesilla, Woofer llega a su base cargadora y sus luces parpadean lentamente, como si toda esa limpieza le hubiese cansado.

Sé que vibro cuando voy chupando el polvo, pero si alguna vez piensas en convertirme en un robot sexual, pienso cortocircuitarme hasta la muerte.

———

Lo primero que hago a la mañana siguiente es escribir sobre mi experiencia con el cepillo de dientes y subirlo a mi blog. También les pregunto a mis seguidoras cuál sería el equivalente femenino a tener un banco de imágenes mentales para hacerse pajas. Como tengo obviamente a Art en la cabeza, les digo que mi propia opción es un banco de frotamientos, lo que entusiasma a una usuaria llamada ClamJammin'69. Ella (o tal vez él o elle) afirma que banco de frotaciones podría sonar mejor pero bueno, yo prefiero mi versión.

Mi premio es un desayuno a base de cereales Reese's Puffs con leche chocolateada y M&Ms. Los cereales son una comida cómoda para mí, porque no tengo cocina. La única pega es que tengo que evitar la marca Kellogg's. William Keith Kellogg era tristemente conocido por su postura contraria a la masturbación, y una vez leí un artículo que decía que en realidad inventó sus Corn Flakes como una comida saludable, fácil de comer y antimasturbatoria para las mañanas. Por otra parte, cualquiera a quien se le ocurrieran los Froot Loops Marsmallows claramente tenía en mente algo parecido a lo del Sr. Kellogg: antes de decidir boicotearlos, esa cosa me hacía sentir como si tuviese un orgasmo dentro de mi boca.

Después de desayunar, me preparo para mi puede-que-cita, empezando con eliminar todo el vello no deseado. Una vez termino con eso, tengo algunas decisiones importantes que tomar, como: ¿me pongo las braguitas vibratorias cachondas para el ruso o no?

La respuesta está ligada a otra decisión crítica: ¿en qué personaje de *Sexo en Nueva York* quiero inspirarme hoy?

Normalmente me identifico con Carrie. Después de todo, yo también escribo sobre sexo, aunque sea del administrado por una misma. Y las dos tenemos problemas financieros; Carrie porque gasta demasiado en zapatos y yo porque mi blog no da muchos beneficios. Sin embargo, pensar en Carrie podría no ser la mejor idea, porque ella acabaría saliendo con el ruso. Quedarme con Charlotte también sería inviable.

Ella cree que en esas tonterías de que «el amor todo lo puede» y probablemente terminase casada con el ruso en un abrir y cerrar de ojos.

Cuanto más lo pienso, más me doy cuenta de que debería conjurar a mi Miranda interior. Con sus cínicas ideas sobre los hombres y las relaciones, estaría más a salvo en esta no-cita. Aunque, ¿a quién quiero engañar? El personaje que de verdad quiero ser esta noche es Samantha. Ella se pondría esas bragas vibradoras, retaría al ruso a hacerla correrse y luego le pediría que fuesen a casa de él en cuestión de segundos.

Toco las bragas. Maldición, se han secado durante la noche, así que no puedo utilizar esa excusa para no ponérmelas.

Mmm. ¿Acaso tengo elección? Él dijo que traería el mando, lo que implica que no es algo opcional.

Por otra parte, también dijo «si quieres».

Joder.

Me pongo las bragas.

CAPÍTULO
Nueve

Entro en el Miso Hungry un par de minutos antes de la hora.

Él todavía no ha llegado. Bien. Eso me da la oportunidad de recobrar mentalmente la compostura.

La decoración de este sitio es moderna y limpia. Los aromas que atraviesan los filtros de mi nariz no son demasiado abrumadores: solo un leve toque de algas marinas, uno más fuerte a aceite de sésamo y una mezcla de las colonias y perfumes rancios que llenan cada espacio interior en el que hay gente.

—¿Puedo ayudarla? —pregunta la maître cuando yo remoloneo en la entrada.

—Estoy esperando a...

La puerta del restaurante suena con un tintineo, y el ruso entra.

Al verle, la maître me lanza una mirada mezcla de respeto y envidia.

Yo miro boquiabierta a mi no-cita, subiendo la imagen a mi banco de frotamientos.

Con su traje a medida, se parece más a un ejecutivo de Wall Street que a un bailarín de ballet. Un ejecutivo de Wall Street tórridamente sexy, que es igual de bueno cuidando de sus posiciones largas como en la penetración en mercados extranjeros. (Y sí, aprendí un poco de este vocabulario de mi ex, que operaba en bolsa desde casa para poder evitar cualquier trabajo de oficina y todos sus subsiguientes gérmenes).

Cuando el ruso me ve, sus ojos color chocolate resplandecen y sus labios se curvan con una oscura sonrisita de suficiencia. Yo me trago mis babas. Es un milagro que no me broten unos apéndices directamente del chichi para hackear mis bragas vibradoras y ponerlas en marcha sin necesidad del mando.

Probablemente él tenga el mando en el bolsillo.

—Hola, Lemon —dice, acercándose, y poniendo énfasis en la o de mi nombre con su delicioso acento.

—Hola —consigo decir de alguna forma sin caerme redonda por la lujuria.

Él mira con aire imperioso a la maître.

—Llamé para reservar una sala privada. A nombre de Skulme.

Ella asiente.

—Sí, Sr. Skulme. La sala del tatami está por aquí.

Nos conduce hasta una estancia sin sillas, solo con cojines y una mesa baja sobre un suelo cubierto con

esteras, completamente rodeado por paneles de papel...
No es exactamente la idea que te viene a la mente cuando
piensas en la palabra «privado», pero aun así es mejor
que una mesa en medio del salón principal del local.

El ruso se quita los zapatos antes de entrar y se
sienta con las piernas cruzadas en el suelo, con la
espalda elegantemente derecha.

Qué apetitoso y qué doméstico.

Se me acelera el pulso mientras me quito los míos y
me siento en el cojín que hay enfrente de él. La postura
me hace sentirme igual que una geisha a punto de
ejecutar la ceremonia del té... O una felación. Me
sonrojo y me coloco también con las piernas cruzadas,
imitándole lo mejor que puedo.

La maître nos anuncia que va a buscar a nuestra
camarera y desliza la puerta de papel dejándola
cerrada.

Carraspeo. Es hora de averiguar por qué estamos
aquí.

—Entonces, Sr. Skulme...

—Por favor. —En su frente aparecen unas
arruguitas sexis—. Llámame Art.

Ya sé que le llaman así, lo he leído en su biografía.
Pero no estoy segura de si debería admitir eso porque
no quiero que él piense que soy ninguna acosadora.

—Vale, Art —digo, saboreando la palabra y notando
que me gusta, un montón—. Ese es el diminutivo de
Artjoms. ¿Verdad?

Él asiente.

—Prefiero hacer que mi nombre sea más fácil de

pronunciar para la gente, y que puedan recordarlo. En Rusia me llamaban Artem, pero aquí en los Estados Unidos, Art funciona mejor.

Vuelvo a cruzar las piernas mejor. Él está causando un efecto no deseado entre ellas.

—Es inteligente. Como el ballet es una forma de arte, ese apodo debería ser muy fácil de recordar para la gente. A menos que... ¿Es el ballet un arte o un deporte?

—Gran pregunta. La forma atlética es importante en el ballet, pero...

Nuestra puerta de papel se abre y entra una camarera.

Arrugo la nariz. Lleva demasiado perfume, lo que inmediatamente apaga mi libido... Por una vez, un efecto que agradezco. Solo espero que ella no se quede por aquí lo suficiente como para arruinarme el apetito por la comida.

Ella deja dos vasos de agua en la mesa, junto con unos menús, una tetera, dos tazas vacías, y dos boles humeantes de un líquido de olor sabroso.

—Agua, sopa de miso y té verde. —Señala ceremoniosamente a cada uno de los artículos antes de marcharse.

Art y yo intentamos coger la tetera al mismo tiempo... Y por un instante, nuestros dedos se tocan.

Glub. El latigazo sexual está a la par con lo que sentí cuando tenía el cepillo de dientes sobre el clítoris.

¿Le habrá afectado a él también? Su expresión es difícil de leer, así que no tengo ni idea. Probablemente no, creo. ¿Por qué tendría que haberlo hecho? Se gana la vida lanzando bailarinas al aire.

Él aparta la mano, se afloja un milímetro la corbata y nos sirve té a los dos antes de continuar:

—Para terminar lo que estaba diciendo, el ballet es decididamente una forma de arte. Un deporte requiere que exista una competición.

Resistiéndome al impulso de abanicarme, pruebo la sopa y casi me abraso la lengua.

—Si tú lo dices —opino después de beberme un gran trago de agua para refrescarme la lengua—. No sé gran cosa de ballet, pero en *Cisne negro*, parecía ser bastante competitivo.

Él coge una cucharada de sopa y a diferencia de mí, sopla... Lo que me hace tener ganas de chuparle esos labios frunciditos.

—Esa no es mi película favorita sobre el ballet, pero la parte sobre la competitividad entre bailarinas es correcta, lo que todavía no lo convierte en un deporte. Los pintores también son competitivos. Y los músicos todavía más.

—Pero no tanto como los bailarines. Solo mira a los que salen en *Mira quien baila*.

—Eso es igual que decir que hacer películas es un deporte a causa de los Oscar.

¡Mofetas apestosas! ¿Cómo nos hemos alejado tanto de la conversación que yo quería tener... Indagar sobre el motivo de esta cena? Bueno, el mejor momento es ahora. Sorbo un poco de sopa para darme coraje, apenas probándola y luego le suelto:

—Entonces, *Art,* ¿por qué me has invitado a cenar?

Él me mira con rostro inescrutable.

—En Rusia, se considera que hablar de negocios es malo para la digestión.

¿Así que hay algún negocio que discutir? ¡Mierda! ¿Cuál será?

Me trago la siguiente cucharada de sopa con dificultad y le digo:

—¿Y qué tal si solo me dices de qué se trata?

—No.

—Ahora mismo no estamos comiendo nada solido todavía.

Él abre la boca para responder, pero la puerta de papel se desliza y la camarera entra.

Maldición. La peste del perfume regresa también y ella acaba de interrumpirle cuando estaba probablemente a punto de contarme de qué iba nuestro «negocio».

—¿Están listos para pedir? —pregunta.

Art coge su menú.

—Lo estaré en un segundo. —Me mira—. ¿Y tú?

Cualquier cosa para librarme de la interrupción y conseguir algo de aire fresco. Abro el menú en una página que me suena y señalo.

—Tomaré el rollito de batata y el de salmón-avocado y mango, con chile dulce y salsa de anguila servidos aparte. —Miro a Art—. ¿Ya lo tienes?

Sus labios se menean.

—Guau, dulce y más dulce. ¿Estás segura de que no

querrías rociar los rollitos con sirope de chocolate también?

Grr. Otra vez no. Todo el mundo se cree un crítico culinario en lo referente a mis preferencias alimenticias. Pero bueno, al menos no ha dicho que estoy a punto de comerme un «postre de sushi», que es como Gia llamó a mis aperitivos favoritos la última vez que vinimos aquí.

Le dedico una sonrisa tan cargada de azúcar como mi pedido.

—Oh, sí, gracias por esa idea. Me aseguraré de añadirlo la próxima vez.

Art se ríe, menea la cabeza, y hace su propio pedido, una bandeja que suena a comida sana y aburrida con sashimi y nigiri. Parece especialmente emocionado con el tobiko, el masago, y el ikura. Gracias a Olive, mi hermana bióloga marina que no deja de quejarse sobre la crueldad de la industria pesquera y que es la peor persona que podrías traer a este sitio, ya sé que esas piezas de sushi están hechas de huevas de pez volador, huevas de capelín y huevas de salmón, respectivamente. O, como ella lo describe, «inocentes bebés nonatos».

—Qué mal que no tengan sushi de caviar —digo—. Apuesto que te lo pedirías.

Blue siempre está hablando de cuánto aprecian los rusos su caviar, su vodka y a sus osos.

Art arquea una ceja.

—De hecho *sí* que he pedido caviar. Los japoneses tomaron prestada la palabra *ikura* del ruso. Lo que tú conoces como caviar es solo una de las muchas clases de *ikra* de las que disfrutamos. La negra, que es en la que estás pensando, proviene del esturión, pero también llamamos «caviar rojo» a las huevas de salmón. Es muy popular.

La camarera parece estar apuntando todo eso. ¿Cree que le haremos un test sobre cultura rusa antes de darle propina?

—¿Alguna otra cosa? —pregunta, mirando a Art con demasiada admiración para mi gusto.

Los dos hacemos sendos gestos de negación y ella se va, cerrando con reluctancia la puerta corredera de papel al salir.

Por fin.

Fulmino a Art con una mirada desafiante.

—Habías empezado a contarme el negocio que hemos venido a discutir aquí.

—Yo no rompo las tradiciones —dice él. Primero terminamos de comer, y luego hablamos.

Yo me cruzo de brazos.

—Las supersticiones no son tradiciones.

Él sorbe su té, mosqueantemente impertérrito.

Ay. ¿Por qué, de entre todos los hombres sexis y atléticos que hay ahí fuera, me habré tenido que fijar en *este*?

—Vale. Entonces, háblame de ti. Por ejemplo, ¿eres letón o ruso? Está claro que tienes un montón de supersticiones que sugieren lo segundo.

Él ladea la cabeza.

—¿Me lo preguntas por mi apellido?

—Sí —asiento, y no es mentira del todo. Tengo alguna idea de lo que está hablando. Cuando busqué «Art Skulme» me salieron resultados de un famoso pintor letón. Después de eso, volví a buscar utilizando «Artjoms».

Ahora él parece pensativo.

—¿Sabes? Nunca le había dado vueltas a eso. Nací en la Unión Soviética, en Riga, que es la capital de Letonia. Pero mis padres se mudaron a Moscú cuando yo era un bebé y no tengo recuerdos de Riga. ¿Así que, soy ruso o soy letón?

—¿Hablas ruso o letón?

—Ruso. Pero pasa lo mismo con la gente de muchos países que surgieron tras del colapso de la Unión Soviética.

—¿Y qué hay de tus supersticiones? ¿Son rusas o letonas?

Él junta los dedos extendidos en forma de tejado.

—Rusas, pero estoy bastante seguro de que en Letonia tendrán las mismas.

—Mmm. ¿No puedes aplicar la famosa teoría científica de los patos?

Sus labios se agitan.

—¿Quieres decir usar una lógica tan apabullante como «si hablo como un pato, soy ruso»?

—¿Estaría mal?

—Es muy americano —me dice.

—*Touché.*

—¿Lo ves? Ahora podría afirmar que eres francesa. Piénsalo. Acabas de hablar en ese idioma y los franceses tienen un plato llamado pato a la naranja. La naranja y el limón son cítricos. ¿Coincidencia?

—Tienes algo de razón. —Suspiro sonoramente—. Supongo que pensaré en ti como en un letón.

Él se echa a reír con una deliciosa y grave carcajada masculina.

—No pasa nada. Hasta nuevo aviso, puedes considerarme ruso.

¡Premio! Sigue siendo «el ruso», entonces. Toma, en toda tu cara, Blue.

—Vale, así que, ¿sobre qué se les permite a los *rusos* hablar mientras toman sopa de miso?

Él se mete la mano en el bolsillo y saca el mando de mis bragas.

Con una sonrisita diabólica, él responde:

—Me gustaría saber algo más sobre este dispositivo.

CAPÍTULO

Diez

SE ME ENDURECE el estómago como si de una gigantesca polla se tratase. Los dedos de mis pies se enroscan como afectados por el orgasmo proporcionado por... Bueno, una polla gigante. Y mis orejas se colorean hasta un tono púrpura como... ¿Por qué no? Una polla gigante.

Lo peor del caso es que no tengo ni idea de por qué estoy reaccionando con tanta intensidad. Sabía que él tenía el mando, y me he puesto estas bragas porque tenía la fantasía de que él las activara. Sin embargo, en este momento, es lo único que me impide salir corriendo del restaurante gritando de vergüenza... Y me da igual que gritar de vergüenza sea algo que ni siquiera exista.

Mi cara, y probablemente otras partes del cuerpo también, deben de reflejar mis emociones, porque él deja el mando en la mesa, frunciendo el ceño.

—¿Estás bien?

—Quiero que me devuelvas eso —consigo decir, y estiro la mano para coger el mando.

Él lo aparta bruscamente de mi alcance.

—No tan deprisa.

—¡Suéltalo! —Agarro el mando con toda la velocidad que puedo.

Su agarre es como un tornillo de banco.

Tiro del mando.

Sin efecto alguno.

Tiro más fuerte. Mi frente se cubre de gotas de sudor.

—¿Qué estás haciendo? —me pregunta, mientras yo sigo tirando del mando sin conseguir nada.

—Eso es mío —digo entre dientes y vuelvo a darle un fuerte tirón al mando.

¡Mierda de mofeta! Mis dedos han debido pulsar sin querer el botón del *on*, porque de repente, mis bragas se han puesto a vibrar.

Toda la sangre abandona mi rostro y corre en dirección sur, con sensaciones eróticas atacándome desde dentro. Al mismo tiempo, la puerta de papel se desliza y el perfume apestoso asalta mis fosas nasales cuando la camarera entra, llevando dos platos.

Esto no puede estar ocurriendo.

Canalizo toda mi mortificación hacia el acto de tirar más fuerte... y no estoy segura de si es por la llegada de la camarera o por si Art al final es consciente de mi desesperación, pero él suelta el mando.

El problema es que como yo no me esperaba esa súbita falta de resistencia, mi último tirón hace que mi mano se vaya hacia atrás y le dé un manotazo a la teta de la camarera. El mando se me escapa de los dedos y cae, frente a mi mirada horrorizada, como a cámara lenta.

Primero hace tres rotaciones en el aire.

Luego, golpea el borde de mi bol.

Por fin, se ahoga en mi sopa de miso.

¡Joder!

Mis bragas se ponen a vibrar a la máxima velocidad. La sopa debe de haber causado un cortocircuito en el mando.

—¡Cuánto lo siento! —Exclamo, al tiempo que la camarera chilla y me mira con la boca abierta.

Ignorándola, Art mete la mano en mi bol y pesca el mando.

—No pretendía que pasara eso —dice con gesto serio. Toma. —Me pone el dispositivo mojado en la mano.

—Lo siento muchísimo —le murmuro a la pobre camarera antes de apretar el botón del *off* como si fuese una alarma de incendio y en vez de vibrar, mis bragas estuviesen en llamas.

No ocurre nada.

Bueno, eso no es verdad. La camarera me está mirando como si yo fuese el Anticristo y yo cada vez estoy más y más cerca de otro orgasmo no deseado... Algún tipo de trío.

—Disculpa —digo sin aliento, y salgo volando de la sala del tatami, apartando de mi camino á mi maloliente víctima de un empujón.

Al mover las piernas, las vibraciones entre ellas se hacen más intensas, poniéndome en auténtico riesgo de tener el primer orgasmo en ruta. Y naturalmente, hay una encantadora familia con niños pequeños mirando el menú justo delante de mí.

Es oficial. Me estoy masturbando cerca de unos niños, igual que una pedófila. ¿Qué es lo siguiente, hacer pintura con los dedos en una morgue? ¿Revisar mi fontanería en un matadero?

Aprieto los dientes, ignoro las sensaciones de entre mis piernas, aparto la vista de los niños y acelero. Por fin, llego al baño de señoras y me agarro al pomo como si fuese una cuerda tirada para salvarme de ahogarme en el mar.

El cabrón no se abre.

Lo meneo, con cierta violencia.

Pues no.

Llamo, decididamente con violencia.

—Ocupado —dice una voz femenina con tono molesto desde el otro lado de la puerta.

¡Mierda de mofeta! Yo doy saltitos de un pie al otro y miro desesperada a mi alrededor.

Un camarero que pasa por allí me mira con gesto de inquietud. Probablemente le preocupe que yo tenga diarrea explosiva, y que él tenga que limpiarlo.

Mi mirada se posa en el baño de caballeros.

¿Me atrevo?

Pues sí. Situaciones desesperadas requieren medidas, etc. Voy derecha a la puerta y agarro el pomo.

Antes de que mi mano alcance el blanco, la puerta se abre y casi me aplasta la cara.

Trastabillo hacia atrás.

Un caballero mayor con gesto confuso sale, mirándome como si yo tuviese la rabia.

—Es una emergencia —jadeo—. ¿Hay alguien más ahí dentro?

Él parece ofendido.

—Estos son baños con cubículos independientes.

Estupendo. Acabo de acusarle de hacer algo raro. Bien jugado. Lo único que me faltaría ahora sería ponerme a gemir como una estrella del porno, y él tendría una historia demasiado vergonzosa para contársela a sus nietos.

En mi defensa, sabía que el baño de mujeres era solo para una persona, pero, ¿no tienen los tíos un baño y un urinario ahí dentro? Puede servir para dos personas a la vez.

Murmurando un débil «gracias» corro dentro del baño y cierro la puerta.

El más asqueroso de los aromas me golpea las fosas nasales como una bola de demolición.

Me lloran los ojos. Cojo algo de papel del dispensador y me lo aprieto contra la nariz.

Pues no. Esto no supone ninguna mejora. Ahora huelo a papel rancio, mezclado con el horror innombrable que estaba tratando de enmascarar.

Vale. ¿Quién necesita respirar, de todas formas?

Cierro la puerta. Luego, todavía sin respirar, me bajo los vaqueros.

La falta de oxígeno parece intensificar el efecto de las bragas vibradoras. ¿Por eso la gente se somete al riesgo de la asfixia erótica? No tengo ni idea, pero mis niveles de oxígeno están bajando por segundos. Con reluctancia, tomo una breve respiración. Lo último que querría sería desmayarme aquí dentro, en un lavabo de hombres, con los vaqueros bajados hasta los tobillos y mis bragas vibrando a toda velocidad.

No me jodas. El olor es todavía peor esta vez. Viéndolo por el lado positivo, si quería hacer que el orgasmo parase, misión cumplida.

Aguanto la respiración una vez más, y me apresuro a quitarme las bragas.

Por fin.

Vuelvo a ponerme rápidamente los vaqueros, en plan comando y tiro la ropa interior todavía vibrando en la papelera. Veo un poco borroso, pero todavía me tomo un instante para coger algunas toallas de papel del dispensador y echarlas sobre las bragas.

Ya está. Espero que nadie lo note y que si lo hacen, piensen que algún tío pervertido ha hecho esto.

Un momento. ¿Acabo de llamar pervertidos a los tíos a los que les gusta tirar bragas vibradoras en el lavabo de caballeros? Bueno, da igual. Es difícil ser políticamente correcta con tan poco oxígeno en el cerebro.

Salgo corriendo del baño y cojo aire limpio con toda la capacidad de mis pulmones, con la espalda apoyada fuerte contra la puerta.

Cuando mi visión borrosa se disipa, veo a alguien de pie delante de mí.

Art.

Esos ojos color chocolate son inconfundibles.

Echa una mirada al símbolo de la puerta que claramente indica que es el baño de hombres.

—¿Estás...?

—No quiero hablar de ello. —Incluso con el aire nuevo en mis pulmones, la frase sale entrecortada.

Sus cejas se juntan.

—Pero...

—Lo digo en serio. Nunca, nunca, jamás, querré hablar de ello.

Para mi gran alivio, él no insiste.

—¿Regresamos a la mesa, entonces?

Yo asiento.

Me hace un gesto para que vaya delante.

Me sonrojo hasta un color carmesí y me giro hacia nuestra mesa.

Al andar, mi sexo, todavía sensible por la vibración, se roza contra la áspera tela de los vaqueros, poniéndome otra vez en riesgo de tener un orgasmo. Y la cercanía de Art no es de ayuda.

Si me salen canas, o vello púbico canoso, será por culpa de este incidente.

Mantengo la cabeza gacha y los ojos apartados de los niños inocentes que hay cerca. Una vez alcanzamos la sala del tatami, me siento de piernas cruzadas y me ajusto los vaqueros para asegurarme de que ninguna parte de la tela esté, ejem, jugueteando con el michino.

Cuando levanto la vista, los ojos de Art brillan divertidos. Mierda de mofeta. Debe de haber parecido que me estaba agarrando la entrepierna.

Me aclaro la garganta mientras él coge su asiento frente a mí.

—Así que... —Empiezo, incómoda. No tengo ni idea de a dónde nos conducirá esto, pero por suerte, él viene al rescate.

—Háblame de ti —me dice.

¡Joder! Ese no es un tema mucho mejor. ¿Qué puedo compartir sin avergonzarme todavía más? Está claro que nada sobre mi blog. O sobre mi cuelgue con él. O...

—No le des demasiadas vueltas —dice él, interpretando acertadamente mi pánico—. Para empezar, háblame de tu familia.

¿Mi familia? Ese es otro campo minado. Yo respiro hondo.

—¿Qué tal algo de *quid pro quo*? Si yo te cuento algo, tú tendrás que contarme algo.

Él ladea la cabeza.

—¿Crees que el nombre informal para la moneda británica, quid, tiene algo que ver con esa expresión?

—Creo que es una frase del latín. La primera vez que me encontré con ella fue en *El silencio de los corderos*.

—¿Qué es «El silencio de los corderos»?

Me lo quedo mirando, boquiabierta.

—Una película. Ya sabes, ¿«se frota la loción en su piel»?

Él me mira como si yo pudiese comerme su hígado acompañado de habas y con un buen Chianti.

Yo pongo los ojos en blanco.

—Cuando vuelvas a casa, tienes que verla.

Él saca su móvil y teclea algo en la pantalla. Yo sospecho que una de estas dos opciones: O bien «ver *El silencio de los corderos*» o «solicitar una orden de alejamiento contra Lemon Hyman».

Él se guarda el móvil, prueba su sopa y dice:

—Vale. ¿Qué tal si empiezas tú?

A la velocidad de una adolescente borracha tomando una mala decisión, le espeto:

—¿Estás casado?

Su postura relajada se tensa y los músculos de su antebrazo se ponen rígidos. ¿Acaba de atragantarse con la sopa?

Tan repentinamente como empezó el momento raro, termina... Y él hasta sonríe, como si no hubiese pasado nada.

—No, no estoy casado. Nunca lo he estado ¿Y tú?

—Igual —digo, pero mis pensamientos zumban alocados.

¿Por qué esa reacción? Le he hecho esta pregunta porque me pareció algo inofensivo. Cuando le acosé online, no había mención alguna de novia o esposa, pero ¿y si tiene una allá en Rusia y acaba de mentirme al respecto?

¡Mierda! ¡Mierda! Podría ser su esposa secreta. Después de todo, estar soltero podría ser bueno para su carrera. O podría ser igual que en Jane Eyre, donde, cuidado, spoiler, la esposa estaba...

—Es tu turno del quo —dice él—. ¿O es el quid?

Vale. Más preguntas, y no puedo preguntarle exactamente: «¿Estás *seguro* de que no estás casado? ¿Estarías dispuesto a hacer un juramento de meñique sobre la biblia?».

La puerta de papel se desliza y la camarera entra con nuestra comida, rodeada por una nube de perfume que hace que me entren ganas de vomitar.

Utilizo el alivio temporal que ella me proporciona para pensar en algo no arriesgado que preguntarle a Art, y en cuanto se marcha, yo digo:

—¿Qué te gusta hacer para divertirte?

La cuestión es poco imaginativa, pero mejor que las muchas alternativas que tenía en la cabeza. Además, me está costando respirar por culpa del perfume.

Antes de que pueda responder, intento coger la botella de salsa de soja. Sin embargo, él me la aparta y emite unos chasquiditos de desaprobación.

—No puedes echarte eso tú misma.

Yo pestañeo.

—¿Por qué no?

—Otra costumbre rusa. Como el caballero en la mesa, tengo que servirte yo personalmente.

Yo casi me atraganto con la lengua. ¿Servirme personalmente? Sí, por favor. ¿Dónde tengo que firmar?

Tomándose mi gesto ojiplático como consentimiento, me llena el platito de salsa de soja.

Maldición. Yo creía que prestarme servicio implicaría llenar otras cosas con otras cosas.

Demasiado tarde, noto que la costumbre es un pelín chovinista, pero no voy a ser capaz de decir: «oye, no quiero tus servicios» con la cara seria.

—¿Quieres que le eche wasabi a eso? —pregunta.

—No, gracias. Mojaré mi sushi en la salsa de anguilas y en la de chile dulce.

—En otras palabras, en azúcar.

Grr. Otra vez lo mismo.

—¿Es eso lo que te gusta hacer para divertirte? ¿Tener un segundo empleo como policía antiazúcar?

Él suelta una risita, se sirve un poco de salsa de soja y luego coge los palillos y hábilmente coge una pieza de ikura de su plato.

—Banya.

—¿Qué? —Yo cojo mis palillos con bastante más torpeza—. He oído hablar de los banianos, un árbol tropical, y creo que hay una prenda de ropa tipo kimono que se llama algo así parecido, pero...

—Banya, no baniano. Es una casa de baños con saunas al estilo ruso. Eso es lo que me gusta hacer para divertirme.

—¿Ah, sí? —Cojo un pedazo de mi rollito de batata y lo sumerjo con gesto desafiante en ambas salsas dulces—. ¿Sudar es divertido?

—Mucho —dice él—. El banya es una costumbre muy antigua y extremadamente importante en la cultura rusa. También en la letona. Tanto los sirvientes como los nobles usaban esas casas de baños en el pasado y hoy en día, los hombres de negocios y políticos rusos se encuentran allí, igual que los ciudadanos normales.

—Ah. El banya debe de ser el sitio donde Viggo Mortensen se cargó de un montón de puñaladas a aquellos mafiosos rusos mientras iba totalmente desnudo.

Mientras hablo, las imágenes de un Art desnudo se cuelan en mi mente. Está reluciente y perlado por el sudor y consigue oler de forma deliciosa.

Oh, vaya. De repente soy súper-consciente de mi falta de bragas.

Art hace una mueca.

—El banya es un sitio espiritual, sagrado. No debería suceder ningún tipo de asesinato allí dentro.

Podría discutirse que ningún tipo de asesinato tendría que suceder en ninguna parte, pero, ¿qué se yo?

—Tu turno. —Me apunta con los palillos—. ¿Qué haces tú para divertirte?

Bueno, al menos parece haberse olvidado de la pregunta sobre la familia.

—Películas —le digo—. Me gusta ver películas.

No agrego que me gustan de forma más particular las que contienen escenas de masturbación, como la de *Cisne negro*, o esas en las que hay escenas de sexo explícito como las *Cincuenta sombras de Grey*. Para investigar para mi blog, por supuesto.

Él me mira exasperado.

—¿A quién *no* le gustan las películas? Cuéntame algo más personal.

—Los dulces —le espeto—. Me gustan los dulces.

Sus ojos color chocolate chispean.

—¿En serio? Jamás podría habérmelo figurado.

Yo resoplo.

—Bueno, es un hobby no mucho peor que sudar con otra gente.

—Los dulces son un vicio, no un hobby —me dice —. Un antojo de comer dulces es un antojo de comer fruta.

Por supuesto, si la tarta de queso creciese en los árboles.

—De todos modos. —Doy golpes al aire blandiendo mis palillos, como un maestro del kung-fu atrapando una mosca—. Como yo he compartido dos cosas, tú me debes un quid y un pro.

—Sí, claro. No es como si yo no hubiese sospechado que tienes una adicción a los dulces antes de que me lo dijeras.

—¿Eres demasiado gallina como para contestar a dos preguntas?

Sus labios se agitan.

—¿Sabes? Nunca he entendido por qué una gallina es símbolo de cobardía en inglés. En realidad son unos pájaros muy valientes.

Tiene razón. En la granja de mis padres, los pollos eran cualquier cosa menos cobardes. Les he visto persiguiendo a todo tipo de animales salvajes.

Pero no voy a volver a distraerme otra vez.

—¿Cuenta eso como otra pregunta?

Él suspira.

—Solo dispara y pregúntame algo.

—¿Cuándo empezaste con el ballet?

Él se come su ikura con aire reflexivo.

—A los cuatro años.

—¡Guau! Eras muy pequeño.

Él se encoge de hombros.

—No recuerdo una época en la que yo no haya bailado.

—¿Alguno de tus padres estaba metido en lo del ballet?

Me espero que se queje por hacerle una segunda pregunta, pero no lo hace. En vez de eso, su mirada se vuelve opaca al responder:

—No lo sé. Los dos fallecieron antes de que yo empezase a bailar.

CAPÍTULO
Once

La comida que tengo en la boca pierde todo su dulzor.

¿Sus padres están muertos?

Me imagino a un pequeño Art, huérfano, y se me hace un nudo en la garganta.

—Cuánto, cuánto lo siento.

Él me dedica una sonrisa tensa.

—No pasa nada.

No, sí que pasa. Estiro la mano y la poso sobre su manaza.

—¿Puedo preguntar qué pasó?

Levanta uno de sus anchos hombro con un gesto de no saber.

—Fue un accidente de autobús. Me enteré de los detalles leyendo los artículos de prensa cuando fui algo más mayor. El conductor perdió el control en una carretera helada y el autobús chocó contra un camión, matando a mis padres y a muchos otros pasajeros.

Yo le doy un apretón en la mano.

—Cuánto lo siento.

—No te preocupes. Fue hace mucho.

Yo me muerdo el labio.

—Entonces... ¿te crio algún pariente?

—El gobierno, en realidad —dice él al tiempo que yo aparto la mano. Ahora suena como si hablase de algo sin importancia, como si fuesen de verdad noticias muy antiguas—. En esa época, mis abuelos ya habían fallecido y mis padres no tenían más parientes cercanos. Tampoco muchos amigos en Moscú, porque acababan de mudarse allí.

Me pasan rápidamente por la cabeza unas imágenes de orfanatos cochambrosos como los que salen en las películas. Mi rostro debe de reflejar el horror que yo siento, porque él sonríe débilmente y dice:

—No fue como te imaginas. Mi *detdom* en realidad era agradable. Al menos lo fue para mí. El ballet es muy popular en Rusia y yo demostré tener talento desde muy pequeño. Mis profesores se enorgullecieron de que hiciese carrera y se aseguraron de que estuviera bien cuidado. —Inclina la cabeza hacia un lado, estudiándome—. ¿Y que hay ti? ¿Cuál es tu situación familiar? Has mencionado hermanas, en plural.

Quiero sacarle más cosas, pero no quiero disgustarle y además, seguimos en modo quid pro quo.

—Mi situación fraterna es todo lo plural posible. —Me preparo—. Somos ocho.

Su reacción es la típica, una expresión de incredulidad que parece decir:

«¿Por qué nadie les dijo a tus padres que ya era suficiente hacia la niña número cinco?»

—Nos dividimos en dos grupos —prosigo antes de que pueda bombardearme con preguntas—. Dos gemelas idénticas y seis sextillizas idénticas. Yo formo parte del segundo grupo... O camada, como algunas de nosotras lo llamamos.

La reacción subsiguiente también es típica. Ahora está tratando de imaginarse un ejército formado por copias de mí y encuentra la idea aterradora. Sin embargo, su expresión también contiene una cierta melancolía con la que nunca antes me había encontrado en esta conversación.

—Sextillizas —murmura—. ¿Cómo?

—Es una larga historia.

—¿Qué tal si me das la leche de la historia?

Casi se me caen los ojos rodando de las órbitas. ¿Acaba de decir eso que ha dicho o es que estoy tan salida que mi cabeza calenturienta ha escuchado eso por las ganas de tener su leche?

—¿Qué?

Él frunce el ceño.

—Solo quiero la leche de la historia, he dicho.

Sí, claro. Casi me caigo de culo de tanto reírme en plan histérico. Cuando me recupero, le digo:

—¿Estás seguro de que no quieres decir el jugo de la historia?

Él saca el móvil, toca unas cuantas veces la pantalla y sonríe contrito.

—Supongo que a mi inglés todavía le falta mucho para ser perfecto…Sí que he querido decir jugo.

Intento no soltar una risita.

—Vale. Bueno, las gemelas llegaron primero, y la leche podría haber tenido que ver con fabricarlas. Entonces, nuestros padres fueron a por el niño, pero el método natural no estaba funcionando. —La parte que me salto son la cantidad de detalles en los que mis padres se enredan explicando todas las cosas tipo Kama Sutra que intentaron para fabricar a ese bebé—. Al final, se hicieron un tratamiento de fertilidad, de nuevo, algo que ver con la leche, y el resultado fuimos yo y mis compañeras de camada. El universo tiene sentido de la ironía.

En vez de reírse, me está observando con una expresión difícil de descifrar.

—Debe de ser agradable formar parte de una familia tan grande —me dice, y vuelve a estar presente ese atisbo de melancolía de antes.

Se me atenaza el pecho. ¡Soy una pedazo de idiota! Aquí está él, contándome que está solo en el mundo y yo voy y básicamente me chuleo sobre mi caterva de hermanas.

Intento hacerlo mejor.

—Crecer rodeada de tantas niñas no es tan divertido como suena.

—Puedo imaginármelo —dice él—. Aunque no éramos de la misma sangre, algunos de los chicos del *detdom* eran como hermanos para mí, y éramos más de ocho.

Vaya. ¿Tenemos más en común de lo que parece?

Resulta que sí. Yo le cuento algunas de las travesuras en las que nos metimos mis hermanas y yo y él comparte historias que son extrañamente parecidas... Tal vez con más juegos con el dedo como pistola y palos haciendo de espadas en su caso. Oh, y él no creció en contacto con tantos animales de granja como yo. Ni fiestas para tomar el té. Aun así, él y sus colegas de la infancia se ayudaron en la escuela igual que mis hermanas y yo, salvo porque ellos no podían intercambiarse para los exámenes. Solo tenían un sistema de quién hacía los deberes para cada asignatura y luego todos se copiaban entre sí.

Es extraño, pero me imagino a mí misma teniendo hijos con él. Específicamente, chicos con los ojos color chocolate. Más específicamente, chicos que se meterían en los mismos líos que está describiéndome, y luego pestañearían mirándome con esos ojitos inocentes pero traviesos. Niños que...

Un momento. En serio, tengo que cortar esto ya.

Carraspeo con torpeza.

—¿Sigues en contacto con ellos?

Él asiente.

—Hago videollamadas a la mayoría de los que están en Rusia, pero por suerte, algunos viven aquí en Nueva York, así que a esos puedo verlos en persona.

—Eso es genial.

Es bueno saber que tiene algo así como una familia. Además, el monstruo verde de dentro de mí está contento de que tenga alguien con quien socializar aparte de las preciosas bailarinas.

—¿Y que hay ti? —Coge su último pedazo de sushi—. Imagino que verás mucho a tus hermanas, ¿no?

—A algunas más que a otras. —Empiezo a meterme el resto de mi comida en la boca a un ritmo más rápido—. ¿Cómo es Moscú de frío en invierno?

—Más frío que Nueva York pero no tanto como Alaska. —Él aparta su plato—. ¿En qué trabajas?

Yo casi me atraganto con la comida que llevo en la boca.

—En esto y en aquello —murmuro—. Ahora mismo estoy entre trabajos.

¿Parece alegrarse de que esté en el paro? Raro, pero mejor que «¿Estás segura de que no te ganas la vida escribiendo sobre masturbación?»

—Entonces. —Hago un gesto hacia los platos vacíos de que tenemos ante nosotros—. ¿Estás listo para hablar de negocios?

Él arquea una oscura ceja.

—¿Nada de postre?

Mierda de mofeta. Tiene razón. El pastel de crepe de té verde *es* mi plato favorito de los de aquí, pero por otra parte, de verdad, de verdad quiero saber de qué va el asunto.

—No quiero postre. —Si yo fuese Pinocho, mi nariz se le habría clavado a Art en la cara.

—¿Estas segura?

Maldito sea. Su voz profunda es tan seductora

como ese pastel de crepes de té verde. Igual que sus gruesas pestañas.

Me obligo a asentir.

—De acuerdo —dice él—. El motivo por el que te he invitado a cenar era que quería que tú...

La camarera desliza la puerta de papel.

Art deja de hablar tan de golpe que se podría pensar que estaba a punto de revelar los códigos de lanzamiento de los misiles rusos.

Yo la miro fijamente. No solo es esta la segunda vez que le ha interrumpido contándome de qué va esta nocita, sino que huele como si se hubiese puesto más de ese perfume apestoso.

La camarera parece captar que no es bienvenida. Coge rápidamente lo que hay en la mesa y se escabulle.

—¿Decías? —pregunto en cuanto la puerta vuelve a estar cerrada—. ¿Me invitaste aquí porque...?

Art respira hondo.

—Porque quiero que te cases conmigo.

CAPÍTULO
Doce

Mis pestañas aplauden lentamente.

—¿Qué es lo que acabas de decir?

—Quiero que te cases conmigo —enuncia él.

Vale, entonces esto no es ninguna broma de mis orejas, en las que me late el pulso de forma enloquecida. ¿Este espécimen de macho nivel dios me está proponiendo sagrado matrimonio a *moi*? A menos que... ¿Su inglés vuelve a jugarle alguna mala pasada? ¿Habrá querido decir que me pase con él? Querrá que vayamos a algún sitio para...

—Un matrimonio falso, por supuesto —añade.

Oh. Sí que hablaba de casarse, pero no de la forma en que yo creía.

Mierda de mofeta. ¿Por qué se me acaba de caer el corazón a los pies? Esa es la reacción más estúpida de la historia de las reacciones. Por supuesto que él no se me declararía en la primera cita, y de hacerlo, yo debería considerarlo un problema psiquiátrico suyo, no alegrarme por ello.

—¿Es por temas de inmigración? —pregunto, enterrando mi ilógica decepción al menos a dos metros bajo tierra.

—Exacto —dice él—. Necesito una tarjeta verde.

—¿Por qué? —Esa es claramente la más agresiva del millón de preguntas que se arremolinan en mi mente. Casi se enuncia por sí sola.

—Quiero retirarme, pero estoy aquí con un visado de trabajo —se explica él—. Y me gusta América.

Me resisto al impulso de darle una sacudida.

—Quería decir, ¿por qué yo? —Luego proceso lo que ha dicho—. ¿Quieres dejar el ballet?

—¿Por qué no tú? —Me mira de arriba abajo, como si se preguntase lo mismo—. En cuanto a retirarme, tengo treinta y cinco.

¿Que tiene cuántos? ¡Guau! Pensaba que era más joven. Aparenta ser más joven. Debe de ser por todos los postres de los que se priva.

Mmm. Treinta y cinco suena como una edad legítima para dejar el baile. Todos esos saltos y piruetas, sin mencionar lo de hacer malabares con las bailarinas, deben de suponer mucho nivel de exigencia para ese cuerpo tan sexy.

—Te pagaré por las molestias, por supuesto —añade.

Pestañeo todavía más rápido.

Ni siquiera había pensado en ese aspecto de esta proposición (¿indecente?). Ahora que lo pienso, me doy cuenta de que es bueno que esté planeando utilizar pasta en vez de un *kompromat* para que yo acceda a ello.

Aunque me cueste hablar, una pregunta consigue abrirse paso con dificultad hasta mis labios:

—¿Cuánto?

Él saca su móvil y teclea algo en él

Mi teléfono emite un sonidito.

Yo lo miro, anonadada.

Es un mensaje suyo con una cifra.

Una cifra grande.

Levanto la vista y le miro.

—¿Qué es eso? —No es posible que él...

—Esa será tu compensación si dices que sí.

Lanzo otro vistazo rápido a la cifra y luego a él para asegurarme de que no está de broma.

Pues no. Parece serio.

—¿No es suficiente? Puedo subir un veinte por ciento.

Yo me lo quedo mirando fijamente.

—¿Es eso en rublos?

Él se relaja visiblemente.

—No. En dólares americanos. En rublos, esa cantidad apenas cubriría un mes de alquiler.

¡Guau! Yo podría pagar un montón de alquiler con esa cantidad de dólares. Pero esto es una locura. No puedo casarme con él, ¿verdad?

Sacudo la cabeza, pero eso no me hace sentirme más despejada.

—Vale, ¿qué tal si subo la oferta un cincuenta por

ciento? —pregunta él, claramente malentendiendo mi gesto.

¿De verdad tiene todo ese dinero? ¿Los bailarines de ballet ganan tanto?

Demasiado aturdida para hablar, bajo la vista a mi móvil y escribo en la barra del buscador: «cuánto ganan los bailarines de ballet».

Pues no. Según el artículo que aparece, los sueldos de los bailarines están normalmente en torno a los 50.000 anuales o menos, aunque algunos ganan un poco más. Dadas las dietas que han de seguir estrictamente, muchos de ellos son «artistas que pasan hambre», tanto de forma literal como figurada.

Él suspira.

—Eres una buena negociadora. ¿Qué tal si doblo eso?

Todavía estoy más sin habla. Con esta nueva oferta, sería capaz de pagar la deuda de mi tarjeta de crédito y no tendría que preocuparme por el alquiler durante muchísimo tiempo.

Está claro que no se mueve con el salario de un bailarín. Así que, ¿de dónde sale este dinero...? Y ¿Me importa?

Bueno, sí que me importa si lo ha obtenido de forma ilegal, que es lo que mi mente sugiere.

—¿Eres de la mafia? —le espeto.

Tonta. Qué tonta. Como mucho, podría responderme al estilo del Padrino: «No me preguntes sobre mis negocios».

Inclina la cabeza, con los labios a punto de esbozar una sonrisa.

—¿De dónde has sacado *esa* idea?

—De la cantidad —le digo—. Y de *John Wick*.

—¿Otra película?

Sintiéndome estúpida, bajo la mirada hacia la mesa entre nosotros.

—Es un asesino que trabaja para la mafia. La rusa. En el sitio donde se entrena, practican el ballet. —Art suelta una risita y yo añado en tono defensivo—: Los bailarines a menudo aparecen presentados como violentos en la ficción... Solo has de mirar a *West Side Story*. No estoy chiflada.

También vi rusos bailando ballet en una peli de espías que Blue me obligó a ver. ¿Podría ser Art un espía? ¿Tal vez Rusia quiera sacarme los secretos americanos de la masturbación? Pero no. Blue me dijo que estaba limpio. Me pregunto si también habrá mirado en la base de datos de mafiosos.

—No estoy en la mafia —explica él con tono paciente—. Soy un inversor.

—¿Un inversor?

—Sí, ya sabes. Compro cosas y las revendo con beneficios. Todo legal: acciones, bonos, opciones, criptomoneda, propiedades...

Siento como se me erizan los pelos de la nuca.

—Sé lo que es un inversor.

—Genial. Entonces, ¿qué respondes a mi propuesta?

Tengo el «no» en la punta de la lengua, pero luego recuerdo la cantidad de dinero en cuestión y casi digo «sí». Ahora mismo, mis pensamientos están como la melaza en Siberia.

Haciendo un gran esfuerzo, consigo articular toda una frase.

—¿Puedo pensármelo?

—Por supuesto. —Junta sus dedos fuertes en punta, con forma de tejado—. No esperaría que tomases una decisión tan importante a la ligera.

Vale. Por supuesto. El matrimonio no es algo sobre lo que se pueda decidir a la ligera: una subestimación del mismo tamaño que el paquete en sus leotardos de ballet.

—¿Y si pedimos la cuenta? —me sugiere—. Puedes pensar en ello en casa.

Yo asiento.

Él abre la puerta y hace un gesto hacia afuera con la mano.

Una de las preguntas congeladas en mi cabeza consigue por fin abrirse paso hasta mis labios.

—¿Por qué no te buscas a una mujer de verdad?

Él me repasa con la vista, divertido.

—Creo que tú *eres* una mujer de verdad.

Me resisto al impulso de gruñir.

—Quiero decir, ¿a una mujer que se case contigo de verdad?

Lo único que tendría que hacer sería lanzar su cinturón de baile al público después de cualquier actuación. Habría cientos de candidatas... Y eso antes de saber que es rico.

Él me mira con ojos entornados.

—¿Es tu turno en el quid pro quo?

—Eso se ha terminado —le respondo—. Ahora estamos hablando de negocios.

Él suspira.

—Para casarte de verdad, hay que conocer a la persona adecuada y yo todavía no lo he hecho. He estado demasiado ocupado. Además, no sería justo enamorar a una mujer cuando lo que necesito es una tarjeta verde.

Esa última parte es una razón convincente.

—Aun así. ¿Por qué yo?

Él se encoge de hombros.

—Ya eres una persona que ha roto la ley.

Genial. Ahora me está recordando el allanamiento. ¿Eso quiere decir que el chantaje sigue estando encima de la mesa? Antes de que pueda explorar en esa dirección, la camarera está de vuelta con nuestra cuenta. Asumo que Art va a pagar, pero hago el gesto de coger mi cartera por educación.

—Pago yo —dice, con aire de sentirse insultado.

Debe de ser algo típico ruso. Tal vez forme parte del prestarme servicio. Bueno, da igual. Tampoco puedo permitirme mi parte de la cuenta.

Él deja varios billetes sobre la mesa, que la camarera agarra agradecida mientras salimos de la sala del tatami.

Hay un hombre hablando con un policía en el rincón más lejano del restaurante y me llegan las palabras «vibrando» y «podría tratarse de una bomba».

El policía asiente, dice algo como «es bueno que nos

avisen si ven algo así» y luego hace una llamada. Imagino que a los artificieros.

¡Ay! Agarro a Art por el codo y lo arrastro fuera de Miso Hungry. Lo último que querría es estar ahí cuando los el robot de los artificieros pesque mis bragas masturbadoras de la papelera. ¿Comprobarán los policías la parte de dentro de la prenda en busca de ADN? ¿Los jugos femeninos tienen...?

—¿Todo bien? —pregunta Art.

Levanto la vista y le veo frunciendo el ceño.

—Como la seda. Acabo de recordar que me he olvidado de apagar la cocina.

No sabe que no tengo cocina.

Él entorna los ojos.

—Si quieres negarte, no pasa nada. No hace falta que mientas.

Vaya. ¿Tal vez no me esté chantajeando?

—No —respondo—. Quiero decir que no es eso.

Sus rasgos se relajan.

—¿Entonces es un sí?

—Sigue siendo un «tengo que pensármelo» —le digo.

Él se acerca más.

—Avísame en cuanto lo hayas tomado una decisión.

—Lo haré. —Su cercanía es embriagadora.

—¿Sabes? —murmura él—. En Rusia, nos abrazamos y nos besamos en las mejillas al despedirnos.

—¿Ah, sí? —Mis brazos se abren para un abrazo por sí solos... O siguiendo el dictado de mis ovarios.

Él me envuelve con los suyos.

¿Cuántos ángeles pueden bailar en la punta de un alfiler? Creo que son muchos, y todos están entonando cánticos celestiales que reverberan en mis partes privadas.

La cosa empeora. O mejora, dependiendo del punto de vista.

Sus duros músculos presionan mis partes blandas y yo pierdo la capacidad de hablar, pensar y tal vez hasta de oler.

No, eso no. Sigo percibiendo olores, lo que empeora las cosas. El sabrosísimo aroma exclusivo de Art es mejor que cualquier postre.

Unos labios decididos tocan mi mejilla izquierda.

Santa Madre Rusia. Todo esto de abrazar y besar para despedirse fue claramente inventado por alguna mujer salida que quería manosear a un tío justo igual que Art.

Le devuelvo el beso y casi me desmayo. La piel de su mejilla ligeramente cubierta de barba huele que alimenta, y sí, sé que me estoy repitiendo aquí, es mejor que cualquier postre.

Para mi gran decepción, él se despega de mí y da un paso atrás.

—Hablamos pronto —dice con voz sexy.

Yo me quedo allí parada, boquiabierta igual que un salmón de los de hacer sashimi fuera del agua, mirando como Art se da la vuelta y se mete en un taxi.

Se escuchan unas sirenas a lo lejos.

Vale. La amenaza de bomba/de bragas. Será mejor que me abra.

———

Unos minutos después, estoy en el metro sin recordar muy bien cómo he llegado hasta allí. Cuando el tren sale de la estación, la dimensión total de lo que acaba de ocurrir me golpea, y empiezo a hiperventilar. Para los otros pasajeros, seguro que parezco una chalada a punto de gritar «el final se acerca».

Art quiere casarse conmigo.

Conmigo.

Casarse.

Art.

Sería la señora Lemon Skulme, asumiendo que adoptase su apellido.

¿Querría él que yo adoptase su apellido?

Probablemente. Parece un poco anticuado. Además, quedaría mejor de cara a los funcionarios de inmigración.

Hablando de funcionarios de inmigración: ¿cómo es de ilegal esta oferta? Tendría que preguntarle a Honey. Es una experta en fraudes. Pero no. Primero tendré que preguntarle a Art si puedo comentar algo sobre esto. Apuesto a que no.

Mierda de mofeta. ¿Me lo estoy pensando de verdad? Sí, del todo. Es que se trata de mucho dinero. Sin mencionar que la idea de ser la esposa de Art, incluso una falsa, es extremadamente atractiva.

Se me acelera el pulso.

Eso último supone el mayor problema. No debería encontrarlo tan apetecible. Esta es una falsa petición de matrimonio, nada más. No es una excusa para que me nazcan sentimientos. Los sentimientos serían algo malo.

Por un lado, Art podría tener una esposa secreta en Rusia. Titubeó cuando le pregunté si estaba casado. Por otra parte, tal vez lo hiciera porque mi pregunta se acercó demasiado al asunto secreto que había venido a discutir: hacerme *a mí* su esposa.

Por supuesto, aunque no tuviese ninguna esposa secreta en Rusia, tiene a todas esas delicadas y preciosas bailarinas literalmente al alcance de su mano. ¿Para qué iba a quererme a mí? E incluso, si por algún tipo de milagro, sí lo hiciese, está el hecho de que si los de inmigración no se creen nuestra farsa de matrimonio, él terminaría de vuelta en Rusia, poniendo fin a cualquier relación potencial. Oh, y tampoco he llegado a contarle que mi visita a su camerino fue un acto de acoso y no aceptar un reto como le dije. Y luego está lo de...

El tren chirría y frena, y me doy cuenta de que estoy a punto de pasarme mi parada. Salgo de un salto y corro hacia la terminal del ferry. La suerte me acompaña, porque hay un barco ahí parado, como si me estuviese esperando solo a mí.

Durante el resto del trayecto a casa, sopeso los pros y los contras, y llego a la inevitable conclusión de que esta es una oportunidad que sencillamente, no puedo dejar pasar.

Necesito dinero, urgentemente, y él me está ofreciendo un montón.

La clave de esto es recordar que se trata de un matrimonio de pega, da igual lo apetitoso que él huela. Y bueno, si me masturbo lo suficiente, mis hormonas podrían estar controladas y mi corazón a salvo de los encantos de Art.

Solo necesito averiguar cuánto trabajo manual será suficiente.

Supongo que un montón.

Trece

UNA NOCHE sin dormir más tarde, sigo manteniendo mi decisión, así que le escribo a Art para darle las buenas noticias:

Mi respuesta es sí.

Al menos, eso es lo que yo quería escribir. Gracias a la maldición que supone el autocorrector, lo que él ve en realidad es:

Mi repesca es sí.

Sin embargo, debe de haber entendido lo que yo quiero decir, porque responde al instante:

Reunámonos y discutamos los detalles. ¿Qué te parece un banya?

¿Un banya? O sea, un lugar donde la gente está desnuda. Eso es una locura.

¿O no?

Verle con menos ropa puesta podría darme ocasión de probar mi teoría masturbatoria.

Sí. Eso es. Usaré la vía digital unas cuantas veces

antes de ir y veré si él sigue teniendo influencia en mi libido.

Tenemos una cita, respondo con entusiasmo.

Mientras espero su respuesta, preparo mis juguetes eróticos favoritos, junto con mi cepillo de dientes.

En lo que a juguetes respecta, sigo un enfoque inspirado por Marie Kondo: No conservo juguetes que no me produzcan unos orgasmos enormemente jubilosos. En vez de tirar los juguetes usados, sin embargo, escribo sobre ellos en mi blog y luego los esterilizo y los vendo online.

Si, así es. He vendido consoladores usados, y hasta tapones anales. Siempre soy honesta sobre su condición de usados, y siempre soy vendedora, nunca compradora. Es probable que sean mujeres arruinadas como yo las que los compren, pero tal vez algún pervertido también. Oh, y si mi hermana germófoba, Gia, supiese alguna vez de esto, probablemente le daría un ataque.

Cuando salgo del baño, Woofer empieza con su ciclo de limpieza.

Mi estimadísima ama humana, te ruego, por amor de la iRobot Corporation, que mantengas tus fluidos de mamífero apartados de mis suelos. Ya es lo bastante malo saber que el polvo contiene tu piel muerta.

Mi teléfono emite un sonidito.

Es Art. Me indica la hora y el lugar.

Genial.

Empiezo con mi maratón de masturbación épico.

Cuando me acerco a mi destino en Brighton Beach lo hago andando un poco raro. Puede que me haya pasado con las vibraciones del cepillo de dientes, algo de lo que tendré que advertir a mis lectores en mi siguiente post del blog.

El banya se llama Easy Fume, humo fácil, lo que me hace pensar en una combinación horrible: promiscuidad sexual y pestazo.

Art ya me está esperando en la puerta, vestido con un elegante par de vaqueros oscuros y un polo blanco.

De repente me siento muy desaliñada con mis mallas de hacer yoga.

Él me dedica una sensual sonrisa.

Ay, por Dios. ¿Me he masturbado bastante?

Él me abraza.

Tal vez no lo suficiente.

Me besa en la mejilla.

Decididamente no, no lo suficiente.

Antes de que yo me pueda derretir convertida en un charco feliz a sus pies, saca el móvil y pregunta:

—¿Quieres que nos hagamos un selfi?

La petición es tan rara que me enfría la libido.

—¿Por qué?

Él se inclina y susurra:

—Deberíamos ir dejando un rastro digital de nuestra «relación» en las redes sociales.

¡Guau! Ni había pensado en que la charada que vamos a montar tendría un componente público.

Yo retrocedo un paso.

—¿Voy a salir en tu Instagram?

—Y yo en el tuyo —dice él.

Por supuesto. Eso es totalmente lo mismo. Tengo trece afortunados seguidores: siete hermanas, mamá, papá y mis dos parejas de abuelos. Él tiene miles de fans femeninas (y bastantes masculinos) babeando y comentando cada post que hace.

Él frunce el ceño.

—Si no estás preparada...

—Está bien. —Me arrimo valientemente a él—. Haz ese selfi.

Él me rodea los hombros, acelerando mi pobre libido una vez más.

—Di *adivina* —dice Art.

¿Como en persona con poderes? Digo la palabra y el selfi está hecho.

—¿Qué opinas? —Me enseña la pantalla.

Él es muy fotogénico y yo no, lo que aumenta mi convicción de que él está muy por encima de mi liga y mi temor de que los funcionarios de inmigración encuentren todo esto sospechoso. Pero habiendo tanto dinero en juego, digo que ha salido muy mono.

Él cuelga la imagen.

—Vamos a sudar.

———

Entramos y antes de que pueda mirar a mi alrededor siquiera, el olor más asqueroso del mundo me golpea las fosas nasales como una apestosa bola de demolición.

¡Hostia puta! Debes de tener la misma sensación si te hacen una lobotomía.

¿Me habré olvidado de mis filtros?

Me toco la nariz. Pues no. Ahí están. Lo que noto debe de ser la versión diluida de lo que sea que es esa peste.

Me lloran los ojos y respiro por la boca... Lo que me hace saborear la bomba nuclear de peste.

¿Qué es eso? Si el olor pudiese ser una peli de terror, esta lo sería. Una peli que cuenta la triste historia de un hombre con halitosis que se convierte en un pez-zombi: una clase especial de muerto viviente que tiene que comer cerebros de peces en vez de humanos. Durante muchas décadas, este zombi solo come cerebros de pescado y nunca se cepilla sus dientes podridos, hasta que un día se cae en una zanja llena de cerveza y caca de pez...

—¿Que sucede? —Art me mira con una preocupación proporcional a la peste.

No soy capaz de responderle. Me preocupa que si lo intento, podría vomitar sobre mi pseudo-prometido.

Sin que yo lo decida conscientemente, mis pies me llevan fuera del banya.

¡Fiuu! Incluso aquí, en la calle, puedo oler un eco de lo que sea que fuese eso.

Cruzo corriendo a la otra acera, veo el muelle con el paseo marítimo en la distancia y me voy derecha hacia allá. El aire del mar es la panacea que necesito. Al llegar al muelle, recupero el aliento, que es cuando Art me alcanza.

—¿Qué ha pasado? —pregunta, escaneándome como si pudiese estar sangrando por algún orificio. Y bueno, si los olores pudiesen hacer que las narices sangraran, la mía estaría chorreando ahora mismo.

—Ese olor —suelto, jadeante.

Él huele el aire.

—¿Qué olor?

—Aquí no. En el local del banya.

Él ladea la cabeza.

—Yo no he olido nada que pueda provocar *esa* reacción.

Yo respiro hondo. Pronto estaremos falsamente casados, así que estaría bien que él conociese a la novia.

—Soy extremadamente sensible a los olores. Es una maldición. El asqueroso olor que yo he notado podría ser solo un olorcillo vagamente desagradable para ti.

Su ceño se frunce.

—¿Siempre has sido así?

Me encojo de hombros.

—Soy sensible desde que puedo recordar, pero empezó a afectar de verdad a mi día a día después de un horrible incidente en la granja de mis padres. El día en que me iba a mudar a la ciudad, una mofeta me roció. —Me estremezco, como siempre que revivo esos terribles recuerdos—. Lo siento. —Cojo algo de aire fresco—. No me gusta hablar sobre esa época oscura de mi vida.

Ahí es cuando las palabras «mierda de mofeta» se

convirtieron en la peor palabrota de mi arsenal. También «Pepe LePew», el zorrillo apestoso de los dibujos de Looney Tunes, que estoy reservando para alguien particularmente abyecto.

—No pasa nada —dice él con tono tranquilizador—. No hace falta que entres ahí. Entonces, ¿a qué te olía el banya? ¿A algo como fermentado? En ese sitio te dejan llevar tu propia cerveza.

Yo asiento.

—Notas de cerveza, pero esa no era la parte horrible. Había algo espantosamente relacionado con el pescado. ¿Sirven ahí *surströmming*?

Él repite despacio la extraña palabra.

—¿Qué es eso?

—Un plato sueco. Arenques fermentados en un barril durante un par de meses y luego conservados en latas durante un año. Naturalmente, son famosos por su olor penetrante.

Él se da una palmada en la frente con gesto teatral.

—¡Ah! Debes de haber olido el *taranka*.

Yo me estremezco. Sea lo que sea el *taranka*, suena todavía más siniestro, probablemente porque tiene la misma raíz de la palabra *tarántula*.

—¿Comen los rusos tarántulas fermentadas? —pregunto, por si acaso. Si la respuesta es que sí, no pienso casarme con ningún ruso, ni aunque esté tan bueno como Art, ni aunque sea todo de mentira. ¿Quién iba a pensar que sería en las tarántulas fermentadas donde yo pondría el límite?

Art sonríe, haciéndome que casi me replantee ese límite.

—No. Esos bichos no son nativos de Rusia. *Taranka* es pescado seco conservado en sal.

Hago lo que puedo por no hacer un amago de vomitar. Es verdad que no es tan repugnante como un arácnido fermentado, pero el pescado es famoso por su olor, y secar cosas no es algo que se suponga que vaya a hacerlas oler mejor.

—No sabía que los rusos comían cecina de pescado —es lo único que consigo articular.

—La cecina es un poco diferente —dice él—. El taranka es el pez entero, no solo pedazos de él. Pero sí, a los rusos les encanta, especialmente con cerveza y en particular en reuniones sociales, como en el banya.

¿Un pez entero? Suena como un peligro de atragantamiento, pero bueno, atragantarse sería una muerte fácil considerando el olor.

—Me suena a que los banyas no son para mí. ¿Y si en vez de hacer eso nos sentamos un rato en la arena? —Hago un gesto en dirección a la playa cercana.

Ahora que lo pienso, podría ser bastante romántico.

Él se acaricia la barbilla.

—Podríamos ir a Sleepy Fly. Es un banya más elegante, así que no permiten que la gente traiga comida ni bebida de fuera, y estoy bastante seguro de que no tienen *taranka* en el menú... No es lo bastante elegante. Está a un paseo breve en esa dirección. —Señala hacia Coney Island—. Puede que incluso sea un sitio mejor para nuestros propósitos.

Antes de que pueda preguntarle de qué propósitos está hablando, Art se aleja a grandes zancadas por el muelle tan rápido que yo tengo que correr para mantenerme a su altura.

Genial. Todavía ni hemos llegado a la sauna y yo ya estoy sudada. Pero bueno, él se mueve con tal gracia que es un placer mirarle.

Unas cuantas manzanas después, me conduce a un edificio con un cartel en cirílico que probablemente diga «Sleepy Fly», sea lo que sea lo que eso signifique.

Entro con cautela e inhalo un montón de aire.

—¿Qué tal? —me pregunta, mirando mi nariz.

Suspiro. No hay peste de *taranka*, gracias al cielo. Pero huele a cerveza, eneldo, ajo, patatas fritas y otros productos alimenticios intensos. También hay un potente aroma a madera por encima del resto y suficientes olores corporales como para rellenar una docena de vestuarios de la liga nacional de fútbol.

—Creo que puedo con esto. —Sobre todo porque necesito esa pasta y no quiero que él crea que soy demasiado diva y decida no fingir casarse conmigo.

Él me dedica una gran sonrisa.

—Vas a pasártelo bien, te lo prometo.

Antes de que yo pueda responder, una señora con aspecto de luchadora profesional nos dice algo en ruso. Art le responde con una amplia sonrisa y luego le entrega un fajo de billetes. A cambio, ella le da dos llaves, dos bolsas de plástico y dos pares de zapatillas.

—Déjale que te guarde tus cosas valiosas —le dice—. Esta llave es la de tu vestuario.

Guardo el móvil en la bolsa y se lo entrego a la mujer y luego cojo mi llave y me dirijo a los vestuarios.

¡Guau!

Esto sí que son un montón de mujeres desnudas. De tías buenas desnudas.

Maldita sea. ¿Es que en Rusia no están permitidas las mujeres poco atractivas? Quizás no. Tal vez sea como en la antigua Esparta: cualquier bebé de niña que no sea un sólido diez es arrojado por las murallas del Kremlin.

Gracias a Dios, llevo puesto el bañador debajo de la ropa, así que no tengo que quedarme en pelotas delante de todas estas supermodelos. Por otra parte, no podré evitar esa fatalidad al salir.

Me pongo las zapatillas y salgo del vestuario.

Oh, Dios.

Art ya me está esperando... Sin polo ni pantalones.

Se me seca la boca. No estoy segura de que hubiese podido masturbarme lo suficiente para esta situación aunque lo hubiese estado haciendo durante una semana. Hablando de darle caña al arbusto, esta imagen de Art se va directa a mi banco de frotamientos.

Él me pone una toalla en las manos, junto con un extraño gorro.

—¿Qué es esto? —pregunto. El gorro está hecho de lana y termina en punta, como los de las brujas. El dibujo que lleva es vagamente soviético: una estrella roja.

Él lo coge y me lo pone en la cabeza. Luego se pone el suyo, haciéndolo parecer sexy en vez de ridículo.

—Esto es para proteger tu cerebro del calor.

—Tengo una mejor idea —le digo—. Puedo proteger mi cerebro no entrando en un sitio en el que haga falta un sombrero para defenderse.

—Oh, vamos —murmura él—. Estoy deseando quitarte la virginidad del banya.

Se da la vuelta, lo que es bueno, porque no querría que viese la explosión en mi rostro.

Virginidad del banya.

Obviamente puede quitármela, junto con cualquier otra clase de virginidad que me pueda quedar, ya sea anal, polla entre tetas lubricadas o bastón dulce usado como consolador mientras voy en el metro.

Espera, ¿pero en qué estoy diciendo? Es mi futuro marido *falso*. Todas mis otras virginidades están vetadas.

Entramos en un vestíbulo que me recuerda a un restaurante, salvo porque todos los clientes llevan trajes de baño.

¡Ah! De aquí es de donde salían los aromas a comida y alcohol.

Una señora de mediana edad y mejillas redondeadas que debe de ser una camarera se acerca rápidamente a Art y le suelta algo en un ruso rápido como una metralleta, con gran entusiasmo. Su perfume es lo bastante potente como para agujerear la piel de Superman y sin mis filtros nasales, probablemente me asfixiaría hasta morir.

—Hola, Marusja —le saluda Art con una amplia sonrisa—. ¿Qué estás haciendo aquí?

Ella responde con un ruso todavía más rápido. Art se vuelve hacia mí y me explica:

—Marusja solía trabajar en Easy Fume, y como ese es mi banya habitual, nos conocemos.

Pobre mujer. Tenía que pasarse todo el día oliendo esa *taranka*. No es de extrañar que ahora abuse del perfume.

Marusja vuelve a decir algo en ruso y Art traduce:

—Por suerte para nosotros, ha conseguido un puesto aquí.

Él le guiña un ojo y creo que ella está a punto de desmayarse de gusto.

—El inglés de Marusja es fantástico —me dice y luego se vuelve hacia ella—. Mi cita solo habla inglés, y por eso espero que nos puedas sentar en una de tus mesas.

Sé que todo esto es falso, pero resulta muy agradable escuchar cómo me llama su cita.

—Para su pesto —dice Marusja con un acento tan gordo como para poder funcionar de consolador para rinocerontes—. Les pondré en la mejor mesa, Sr. Skulme. —Hace un gesto hacia un sitio junto a la ventana.

La sonrisa de Art es de las que te funden las bragas, y en caso de Marusja, estoy hablando de bragas de abuela.

—Marusen'ka, por favor. ¿Me llamarás por fin Art?

Ella suelta una risita y sus mejillas adquieren el color del trasero de un babuino.

—De culerdo. Por favor, coge silla.

—Gracias. —Él espera hasta que yo tomo asiento antes de sentarse.

—¿Por qué vas normalmente a Easy Fume y no aquí? —pregunto a Art mientras Marusja nos entrega unos menús relucientes—. La elegancia parece ser más tu estilo.

—*Parilkas* son más calentón en mi viejo sitio —dice Marusja.

—¿Es la *parilka* una sauna? —pregunto.

Los dos asienten.

—¿Tomar lo de siempre? —pregunta Marusja a Art.

—Sí, y dos chupitos de vodka —responde él.

Ella le mira boquiabierta.

—¿Vodka, para ti?

¿La sonrisa de Art parece falsa?

—Lemon y yo queremos celebrar habernos conocido.

Ella asiente.

—Yo traigo.

Con una agilidad impresionante, se aleja a toda prisa.

—¿Vodka? —pregunto.

—Solo para las fotos —dice él.

Yo sonrío.

—¿Qué es tu «lo de siempre»?

—Té con limón. —Me guiña un ojo—. También zumo de zanahorias y una ensalada. ¿Y a ti que te apetece?

Ooooh. Me encanta su lo de siempre. Sonriendo más, reviso el menú, que está todo en ruso. Saco el móvil y abro la aplicación de traducción. Enseguida estoy leyendo el menú traducido... Aunque no es que eso me sirva de mucho. Ni siquiera en inglés los platos suenan mínimamente conocidos. Entonces algo llamado *blins* capta mi atención, sobre todo por la lista de cosas con la que viene: mermelada de cereza, miel, azúcar glas y Nutella.

—¿Qué son los *blins*? —pregunto.

—Son la versión rusa de los crepes —dice él con una sonrisa—. Puede que los hayas visto alguna vez antes, escritos como *blinis*. Déjame que adivine, estás mirando la opción dulce, no la salada, ¿verdad?

Yo resoplo.

—A menos que haya algún menú de postres, eso es lo que quiero.

Él suspira.

—Al menos pegarán bien con el té. Voy a pedir un *samovar* entero.

Marusja regresa, portando dos vasos de chupito llenos de un líquido transparente.

Supongo que los pedidos de vodka son aquí una prioridad.

—Gracias. —Él coge los vasos con entusiasmo y luego pide las crepes para mí—. Ahora, ¿podrías sacarnos una foto, por favor?

Marusja afirma que está encantada, pero yo detecto un atisbo de celos en la forma en que me mira.

—Di patata —dice Marusja, con la cámara lista.

—*Za zdorovye* —dice Art y choca su vaso de vodka contra el mío.

Nos bebemos los chupitos de un trago mientras ella hace la foto.

¡Guau! Nunca había bebido vodka a palo seco antes. Abrasa como una enfermedad de transmisión sexual.

Lo que resulta extra divertido es la expresión en el rostro de Art después de que se tome su chupito. Podrías pensar que acaba de beber metal fundido.

Para la siguiente foto, Art me pasa el brazo por los hombros... Haciendo que se me dispare el ritmo cardíaco. Entonces sacamos una foto en la que los dos nos ponemos esos gorros divertidos y hacemos muecas para estar a juego con ellos. Antes de la siguiente foto, Art me susurra al oído:

—De vez en cuando, tendríamos que hacer unas ligeras demostraciones públicas de afecto. ¿Te parece bien?

En vez de responder, le doy impulsivamente un ligero beso en los labios a Art.

Repámpanos. Siento como si me hubiese chutado un pastel de chocolate denso y cálido directamente en vena.

Cuando me aparto, los ojos de Art tienen un brillo extraño. ¿Habré ido demasiado lejos con la demostración de afecto?

—¿Has pillado eso? —pregunto a Marusja.

Por favor, dime que no, para que tenga que hacerlo otra vez.

—*Da* —gruñe Marusja, sin ocultar ya sus celos.

Se acerca y me pone el móvil en la mano con fuerza «para ver si el selfri salido bien»

Lo compruebo.

Oh, sí. La foto del besito es alucinante, como si nuestros labios estuviesen hechos para conectarse justo así.

Art asiente con aprobación cuando se lo enseño.

—Déjame que suba esto.

Una vez sus redes sociales están actualizadas, Art silencia el teléfono y me dice que ha llegado la hora de visitar la *parilka*.

Desandamos el camino hasta que nos acercamos a un banco de madera con un puñado de cubos llenos hasta el borde de agua. Dentro de los cubos hay unos manojos de ramas de árbol secas, remojándose como para alguna sopa rara. ¿O tal vez se trate de escobas de alta gama para brujas? ¿Brujas a quienes les gusta tener sus escobas mojadas? ¿Irá de eso lo de los sombreros?

Art saca una de esas cosas escobiles con una sonrisa de satisfacción.

—Esto se llama *venik*.

—Oh, eso lo explica todo, gracias.

—Son ramitas de abedul.

—¡Ah! ¿Por qué no lo habías dicho antes? Por supuesto, siempre hay que traerse una escoba de abedul cuando vienes al spa. Es algo totalmente lógico.

Él me guiña un ojo.

—Este sitio es a un spa igual que el vodka a la zarzaparrilla.

Hablando de vodka, puedo sentir un ligero cosquilleo extendiéndose por mis venas.

—Vale —digo con fingido mosqueo—. Guárdate el misterio de tu *venik*, a mí me da igual.

Con una sonrisa de sabelotodo, Art se acerca a una pila de tablas y coge una. Entonces hace un gesto hacia una puerta de gruesa madera.

—Cuando abra eso, entra deprisa. No queremos que se escapen los humos.

—¿Humos?

Él frunce el ceño.

—Se dice *par* en ruso. Así es como llamamos al calor húmedo de dentro del banya.

¿Calor húmedo? Yo casi me atraganto con la lengua.

—Creo que la palabra que estás buscando es *vapor*.

—Patata, *kartoshka,* qué más da. —Coge el pomo de la puerta—. Solo entra, y averiguarás lo que es *par* de verdad.

Yo obedezco a mi prometido.

Calor húmedo, allá voy.

CAPÍTULO

Catorce

DENTRO, las cosas están *realmente* que echan humo, o más bien vapor, y no de forma carnal. Al menos, todavía no.

Me cuesta un momento ver a través de esa niebla pero cuando lo hago, me quedo boquiabierta ante la escena, que es como puedo calificar lo que está ocurriendo.

Una mujer rusa, que podría ser una supermodelo, está tumbada boca abajo en un banco cercano. Tiene el sujetador desabrochado y la espalda de músculos tonificados al aire. De pie a su lado hay un hombre sosteniendo esa cosa hecha con ramas, el *venik,* en la mano, levantada como si fuese un látigo y él estuviese a punto de...

Pues sí, lo hace.

La golpea con las ramas. Una vez. Dos veces.

Ella gime.

Espera un segundo, joder.

¿Es *banya* una forma de llamar a un club secreto ruso de sadomaso?

—*S lyehkim parom* —saluda Art a la pareja.

—*S lyehkim parom* —responde el dominante con voz profunda.

—*S lyohkim parom* —dice la sumisa.

Art coloca el tablón de madera que había cogido sobre un banco libre, luego coloca una toalla por encima y me invita con un gesto.

—¿Perdona? —pregunto.

—Túmbate —me dice.

Joder.

Estoy tentada.

Pero él es mi futuro marido *falso*.

Aun así, no puedo evitar preguntarle:

—¿Quieres darme unos azotes?

Él se echa a reír.

—El *venik* se emplea para atraer el calor y el vapor hacia tu piel. Es un tipo de masaje. No duele.

—Ni de coña —le digo.

Él se encoge de hombros.

—De todos modos, probablemente necesites coger algo de calor antes.

Se sienta en la toalla y me invita con la mano a sentarme a su lado.

¡Guau!

Unas gotitas de humedad están ya perlando su pecho desnudo. Quiero lamerlas.

Estúpido banya. Estoy empezando a notar *mucho* el vapor... Dentro de mis bragas.

Me inclino y susurro:

—¿Qué significa «*S lyohkim parom*»?

—Literalmente: «que tengas un vapor ligero» —me dice—. Es un saludo estándar del banya. Solo significa «que tengas un agradable baño de vapor».

Sí, o tal vez esa sea la palabra de seguridad que se usa cuando el sumiso quiere que el dominante frene un poco con los azotes.

—Relájate y disfruta —me recomienda Art.

Es más fácil decirlo que hacerlo. La temperatura está un poco por encima de los noventa grados y mi sudor no es para nada apropiado para una dama. Doy gracias al cielo porque exista el desodorante, porque si no, apestaría. Hablando de apestar, el olor corporal del dominante me está mareando... Y el calor no ayuda en absoluto. Ni el chupito de vodka. Lo que me mantiene en mis cabales es Art. Su apetitoso aroma está mucho más cerca y contrarresta el olor del extraño.

La puerta se abre, bajando unos grados la temperatura, y otra persona entra en la sala. Le dice a algo a Art y a la pareja dominante/sumisa en ruso y ellos responden con un entusiasta «*Da*».

El recién llegado se acerca a un artefacto con pinta de horno y lo abre. La temperatura sube un poquito.

Qué curioso.

Él se inclina y veo un cubo con agua a sus pies, con un cucharón dentro.

Espera un seg...

Antes de que yo pueda decir nada, un cazo de agua va dentro del horno.

Los carbones ardientes (¿o son piedras?) del interior hacen el tipo de sonido sibilante que haría una madre dragona si sus pequeños estuviesen hablando demasiado alto en la biblioteca. Al instante, una oleada de calor de proporciones cósmicas se expande por la sala, recordándome al aliento de la mencionada madre dragona, y respirar se hace más difícil.

No puedo creer que ese otro banya, el apestoso, tenga *parilkas* todavía más calientes. Deben de ser igual que un portal directo al infierno.

El tío vierte más agua.

Así es como los caníbales que siguen una dieta baja en calorías deben de cocinar su comida: al vapor.

Otro cazo.

Estoy a puntito de desmayarme.

Miro mi brazo y me sorprende ver que mi piel no está cubriéndose de ampollas. Además, ahora todavía huele peor aquí dentro. O el que ha entrado el último no lleva desodorante, o no es lo bastante potente. Me arrimo más a mi futuro marido y su aroma mágico, lo que ayuda.

Art ha debido de notar mi malestar, porque dice algo en ruso y el tío deja caer el cucharón en el cubo con un gruñido de decepción. Se sienta frente a nosotros y empieza a embadurnarse con algo que, según mi nariz infalible, tiene que ser miel.

Es miel, seguro. Este calvario ya me recuerda a la experiencia que debe de tener un pavo en Acción de Gracias, así que, ¿por qué no añadir algo de jugo a la cocción?

—Eso es estupendo para la piel —dice Art, siguiendo mi mirada—. A la próxima, te podría traer un poco.

¿Se está apuntando a ponérmela? ¿O a lamerla? Cualquiera de las dos cosas me encantaría, aunque no debiera.

El tipo embadurnado en miel interrumpe mi línea de pensamiento. Debe de haber decidido que ya está lo bastante delicioso porque coge su haz de ramas y se sacude en la espalda.

Vaaale. Esta es una forma de hacer penitencia por el pecado de hacer que esta sala ya calurosa lo esté todavía más.

Él gruñe de placer y la sumisa gime ahí al lado... Una auténtica orgía.

—¿Quieres ver la sensación que da? —murmura Art en mi oído.

—Vale. —Un momento ¿por qué habré dicho eso? No estará hablando sobre...

Art me golpea suavemente con el haz de ramas en la zona lumbar.

Bendito calor húmedo.

Es como si la parte baja de mi espalda hubiese volado demasiado cerca del sol, como Ícaro.

—¿Demasiado intenso? —pregunta Art.

—Sí.

—Necesitas coger todavía más calor —dice él.

Por supuesto. Estar más caliente es lo que necesito en esta tesitura.

Art me pone una mano en el hombro.

¡Guau! Es bueno estar rodeados de todo ese calor húmedo, para no tener que explicar lo que le está pasando a mi toalla gracias a su contacto.

—Haz lo que puedas por respirar en modo meditación —me dice—. Te ayudará a relajarte.

¿Relajarme con su mano en mi hombro? En la vida.

Él quita la mano.

¡No!

Vale.

Intento seguir su sugerencia de respirar, aunque solo sea para domar y controlar las fantasías poco apropiadas en las que le cubro el cuerpo de miel y se la limpio a lametazos, una y otra vez.

Por imposible que suene, respiro hondo inhalando un montón de vapor y luego lo dejo salir poco a poco. Y otra vez. Y otra.

Vaya.

Estoy empezando a relajarme.

A relajarme de verdad de la buena, como si estuviese un poco tocada por haber bebido vino.

Debe de ser un golpe de calor en ciernes. He oído hablar de que la gente se queda dormida antes de que les afecte la hipotermia, así que, ¿puede que ocurra algo parecido al otro extremo del espectro?

La habitación me empieza a dar vueltas. Ya no percibo los sonidos de la otra gente recibiendo azotes, ni sus gemidos ni gruñidos. Mi campo de visión lentamente se vuelve blanco.

—Eh, oye —dice la voz de Art suavemente, como a

lo lejos—. Creo que esto podría ser suficiente para tu primera inmersión.

Mmm. Creo que me he convertido en un fideo cocido. No puedo moverme.

Unas manos fuertes me agarran.

—Vamos a refrescarte.

Gruño algo ininteligible, luego siento como Art me coge en brazos y me lleva a alguna parte. Cuando abro los ojos, veo que se ha parado al borde de una pequeña piscina, sosteniéndome igual que a una novia.

Debe de estar practicando para nuestra falsa noche de bodas.

Espera. ¿Eso que flota en la superficie de la piscina son carámbanos de hielo? Además, ¿por qué parece que Art esté a punto de...?

¡Splash!

¡Mierda de mofeta! El cabrón se ha tirado al agua conmigo en brazos.

Pienso que esto va a ser como esa vez que Gia me obligó a participar en el desafío del cubo de hielo, pero por extraño que parezca, no lo es.

Siento un hormigueo en la piel, no frío.

Después de todo ese calor, esto es refrescante.

Todavía sosteniéndome, Art sale a grandes zancadas de la piscina.

La helada zambullida parece haber reiniciado mis funciones cerebrales, así que no puedo evitar notar que el agua fría no ha causado que se le encoja nada a Art. Pues no. Para ser sincera, está pasando justo lo contrario.

Me deja en el suelo, nos quita a los dos los sombreros graciosos y sale un segundo.

Cuando regresa, trae toallas limpias.

—Deberíamos ir a nuestra mesa —dice cuando los dos nos secamos—. Y después de eso, podríamos utilizar la sala de masajes.

Yo me he recuperado lo justo para arquear una ceja.

—Así podríamos discutir los siguientes pasos en privado. —Tira su toalla cerca de los gorros y me coge de la mano.

Entonces, bien. Si eso implica cogernos de la mano, le dejaré llevarme a cualquier parte, incluso de vuelta al calor húmedo.

———

En nuestra mesa hay un gran artefacto de metal cuando volvemos. Me recuerda a una tetera súper lujosa, solo que realmente alta. Debe de ser el *samovar*. Al lado hay dos chupitos más de vodka.

—No hay nada más ruso que esto —dice Art, siguiendo mi mirada.

—¿Y qué hay de esto? —Señalo una copa con un líquido naranja—. ¿Los rusos están también locos por los zumos?

—No. Eso es más bien cosa del banya. Es muy refrescante después de sudar. —Me pasa la copa—. Pruébalo.

Tomo un sorbito remilgado.

—¿Y? —pregunta.

—No está mal. —Le devuelvo la copa—. Para ser algo hecho con zanahorias, claro está.

Antes de que él pueda replicar, Marusja regresa.

—Tu otro pedido es casi listo —dice—. Y el vodka es del dueño.

Bien, ya está cotilleando sobre Art y yo.

—Gracias. —Art coge un vaso de chupito y me da el otro—. ¿Podrías sacarnos otra foto? —pregunta a Marusja.

Ella coge el móvil y hace la foto en el preciso instante en que vaciamos los vasos.

Esta vez no quema tanto, aunque la cara de Art todavía se retuerce.

—Gracias —le dice a Marusja después de ver las nuevas fotos.

—Granada —dice Marusja y sale corriendo.

—¿Lista para un masaje y una charla? —pregunta Art.

Yo asiento.

—Vamos.

———

La sala de masajes es ciertamente privada.

Muy privada, con solo una mesa en el centro cubierta de toallas.

Huele levemente a lociones y aceites esenciales, lo que me haría sentir nauseas normalmente, pero como Art está aquí con su apetitoso aroma para contrarrestarlo, creo que puedo sobrevivir con ello.

Se acerca a una tablet y desliza su mano por ella.

Una conocida y pija música clásica empieza a salir de los altavoces del techo.

—Eso es Minueto —dice Art cuando me ve intentando afinar la oreja—. De Luigi Boccherini.

Ahora recuerdo donde he oído esta canción: en todas las películas que tienen algún banquete elegante con gente de clase alta mezclándose, vestida de punta en blanco. En otras palabras, todo lo lejos posible de nuestra situación actual.

—Sí, vale. Eso explica por qué no es Enya, ni ninguna otra cosa adecuada para una sala de masajes.

Él suspira.

—¿Quieres que te ponga Enya?

Arrugo la nariz.

—No. Asocio su música con el olor a incienso y a pachulí.

—En ese caso, túmbate boca abajo. —Sus palabras suenan más a orden que a petición, así que obedezco antes de ganarme unos azotes.

Sus fuertes manos me estrujan los hombros.

Oh, Dios.

Tengo ganas de gemir de placer pero me resisto al impulso.

Apenas.

¿Cómo se supone que vamos a hablar de negocios de esta guisa?

—Así que. —Me acaricia la parte baja de la espalda, aplicando solo una mínima presión con las palmas de las manos—. ¿Estás lista para discutir la logística?

¿Está planeando masajearme las nalgas? ¿Quiero que lo haga?

—Tengo preguntas —consigo decir. Y varias reglas.

—¿Reglas? —Hace una serie de suaves golpes de karate en los músculos de la parte trasera de mis muslos, lo que me resulta divino.

—Regla Número Uno: nada de deberes conyugales.

—Me alegro de estar boca abajo para que no pueda ver lo mucho que me sonroja mi afirmación.

Estoy tan orgullosa de haber sacado eso a pesar del vodka. Deberes conyugales es justo lo que de verdad, de verdad, quiero de él ahora mismo, pero no debería. En esa dirección se encuentran los sentimientos y eso sería algo malo en un matrimonio falso.

—¿Quieres decir que nada de sexo? —No puedo verle, pero prácticamente puedo imaginarme la sonrisa maléfica en su cara.

—Correcto. Tendría que ser una relación platónica.

—Hecho... Aparte de unas ligeras demostraciones públicas de afecto. No soy la clase de hombre que espera tener sexo solo porque estemos casados. —Me aprieta la pantorrilla, haciéndome sentir como si estuviese a punto de correrme—. Tendrías que desear que tuviésemos sexo. Mucho.

Glub. Siguiendo esa lógica, deberíamos hacerlo ahora mismo.

—Entonces, ¿tienes alguna otra pregunta? —Me coge un pie y le da un suave apretón.

—¿Qué vamos a decirle a la gente? —consigo preguntar de alguna forma.

Él detiene el masaje.

—Les diremos que nos hemos enamorado y nos hemos casado.

—Así que mentiremos.

Él continúa masajeándome el pie.

—Sí. De esa forma, no convertiremos a nuestros más cercanos en cómplices.

Vaya. Eso tiene sentido. Además, de esta manera hay menos peligro de que alguien se chive. Pero espera.

—¿Me estás diciendo que mi familia creerá que me he casado? ¿Casado de verdad?

Él cambia al otro pie.

—De ahí tu generosa compensación.

Vale. Vale.

—Pero eso significa que vas a conocer a mis padres.

Ahora él está trabajando con mi pantorrilla izquierda.

—Significa un montón de cosas en esa línea.

A pesar de que mis músculos se están convirtiendo en pudding, un frío helado se me acumula en la boca del estómago.

—¿Vamos a celebrar una gran boda?

Desde que tengo memoria, he odiado la idea de una gran boda. Toda la gente marinándose en sus colonias o perfumes, las flores demasiado fragantes, las...

—Planear una gran boda requeriría demasiado tiempo. —Deriva sus atenciones a la parte baja de mi espaldas, haciendo que mi brote de ansiedad se disuelva en un abrir y cerrar de ojos—. Estaba pensando que nuestra historia sería que nos enamoramos locamente, muy deprisa, luego hicimos un viaje hasta las Vegas y nos casamos allí.

Sobresaltada, me doy la vuelta.

—¿Las Vegas?

—¿Por qué no?

Me vuelvo a poner boca abajo porque echo de menos sus manos sobre mí.

—No. Es una excelente idea. Las expectativas sobre nuestra unión serán más bajas... Y por lo tanto será menos bochornoso cuando nos divorciemos. —No estoy segura de por qué, pero la palabra que empieza por D tiene un sabor muy amargo en mi lengua—. Y lo que es más importante, Las Vegas tiene un montón de bufets libres, con unos postres espectaculares.

—Vuelven a ser tus ganas de comer fruta las que hablan de nuevo. —Masajea entre mis omoplatos.

—¿Cuándo querrías hacerlo? —pregunto sin aliento.

Él me clava los pulgares en los músculos de los hombros.

—¿Qué tal hoy?

Vuelvo la cabeza de golpe.

—¿Hoy?

Él se encoge de hombros.

—Como dice el refrán ruso: dale al hierro sin dejar la caja registradora.

Yo le miro, pestañeando.

—Y eso significa...

—Que siempre deberías actuar mientras las circunstancias sean favorables. Nuestra historia puede ser que nos conocimos en este banya, hicimos clic, tomamos unos tragos, y de forma espontánea y romántica decidimos coger un vuelo a Las Vegas. Y el resto, como dicen, es historia.

—Podría funcionar. —Vuelvo a bajar la cabeza. Necesito toda la relajación de este masaje si no quiero que me entre el pánico y me raje de todo el asunto.

Las Vegas.

Hoy.

Con él.

No estoy segura de si sobreviviré a este banya sin explotar de la tensión sexual no resuelta, y mucho menos a un vuelo largo. Y esto es después de ese maratón mío sobre una bici sin sillín.

A continuación él trabaja mi cuello, lo que es alucinante, pero también me da una idea de lo que sería si decidiese estrangularme un poquito en la cama.

—¿Qué te parece este plan? —pregunta—. Nos quedamos en el banya un ratito más. Pedimos más bebida. Fingimos emborracharnos. Expresamos ruidosamente nuestra intención de ir a las Vegas. Vamos sacando más fotos de todo.

De nuevo, me siento inquieta a pesar de lo que me están haciendo sus manos.

—¿De verdad piensas que los cotillas de inmigración investigan los matrimonios hasta el punto en que preguntarían sobre nosotros a la gente de este establecimiento? Esa es una investigación con un nivel de detalle más propio de la de un asesinato.

Él entierra los dedos en mi pelo y empieza a frotar

de forma celestial, haciendo que mi brote de inquietud se desvanezca.

—Un montón de rusos me conocen. Espero que alguien difunda los rumores en la comunidad rusa y si tenemos suerte, esos mismos rumores podrían llegar hasta los periódicos rusos de aquí. Si es así, *eso* sí que podría aparecer en el radar de los de inmigración.

Ah, entonces estos es lo que quiso decir antes cuando dijo que este banya podría servir mejor para nuestros propósitos. Más gente, más posibilidad de que hayan rumores.

Se me están empezando a poner los ojos en blanco en mi bendita cabeza.

—¿La comunidad rusa tiene periódicos?

—Dos que yo sepa, aunque podría haber más. Es una comunidad enorme.

—Vale —accedo, totalmente en modo dichoso ahora mismo—. Llevemos a cabo tu plan. Pero acuérdate de que no soy una gran bebedora. Esos dos chupitos ya me han dejado tocada.

Sí. Por eso mis pensamientos son tan inapropiados.

Él suelta una risita.

—Igual que yo. Normalmente no bebo en absoluto.

Ah, por eso estaba poniendo esas caras mientras se bebía los chupitos. Un ruso fuera de lo normal, al que no le gusta beber.

Vuelvo la cabeza lánguidamente.

—¿Quiere eso decir que hoy te he quitado la virginidad del vodka? Tú me has quitado la del banya, así que es justo que...

Sus ojos chispean... Probablemente por las ganas de más alcohol.

—No. Si no hubiese probado nunca el vodka, en Rusia me habrían mandado ya a la cárcel. De hecho, perdí esa parte de mi inocencia cuando tenía diez años.

Yo le miro, ojiplática.

—Quieres decir, ¿en la escuela primaria?

—Solo teníamos una única escuela, pero sí. El vodka me supo tan desagradable entonces que todavía me encojo al beberlo.

Vaya. Tal vez así es como consigues que la gente no beba: dejando que prueben el alcohol demasiado pronto.

—¿Pero de dónde lo sacaste? ¿Sale por los grifos de Rusia en lugar de agua?

Él suelta una risita.

—Mis amigos y yo lo robamos de la botella del conserje. Se la rellenamos con agua. Estaba demasiado borracho para darse cuenta.

Pongo un gesto de fingida decepción.

—¡Qué lástima! Tenía tantas ganas de hacer que perdieras la virginidad.

—Bueno, me puedes quitar la virginidad de la crème brûlée cuando estemos en Las Vegas.

—¿Nunca has probado la crème brûlée? —Eso es como si de niño te hubiesen clavado los juguetes con clavos al suelo.

—Nunca he tomado *muchas* clases de postres —dice—. Ese resulta ser el que conozco por su nombre.

—Trato hecho, entonces. —Yo sonrío—. Te voy a desvirgar de la crème brûlée.

Él me ofrece la mano y al principio asumo que es para estrechársela y cerrar el trato, pero resulta que está ayudándome a bajarme de la mesa.

—¿Te importaría devolverme el favor? —Señala con la cabeza hacia el sitio que yo estaba ocupando hasta ahora—. Tengo las pantorrillas todavía llenas de nudos por mi última actuación.

¿Me ha llegado la barbilla al suelo?

Probablemente.

Quiere que yo le masajee.

O sea, que le toque.

Es oficial.

De verdad, de verdad, no me he masturbado lo suficiente.

CAPÍTULO
Quince

DESPUÉS DE QUE yo consigo balbucear algo que suena parecido a «afirmativo», él se deja caer sobre la mesa con su poderosa espalda a la vista. En cuanto pongo las manos en sus musculosas pantorrillas pierdo la facultad de hablar, lo que parece que a él le va bien, allí tumbado y satisfecho. Empiezo con el masaje y veo que él tenía razón. No soy para nada una profesional, pero hasta yo puedo sentir la tensión en los músculos de sus piernas.

Respiro hondo y me centro en solucionar el problema que tengo delante, y *no* en si puedo refrotarme un poquito por aquí y por allí sin que él lo note.

—Eso está muy bien —murmura él cuando traslado mis atenciones a sus muslos... Sobre todo porque quiero sentir lo duros que son—. ¿Podrías hacerme también la espalda?

—Vale. —Apenas puedo contenerme de añadir: «los masajes son totalmente platónicos y sin relevancia, ¿verdad?».

Es un milagro que para cuando acabo con su espalda no haya explotado de una sobrecarga hormonal. Cuando llegue a casa, mi clítoris correrá peligro de acabar lleno de ampollas.

Salvo que no voy a llegar a casa dentro de poco, precisamente.

¿Y si me hiciera una pajita en los servicios del banya? ¿Pero y si... ?

—¡Oye! —dice él suavemente—. ¿Te sentirías cómoda haciéndome los glúteos? Bailar de puntillas es criminal para ese grupo muscular.

Glúteos.

O sea, ¿tocarle el trasero?

¿Me ha tocado el premio en alguna lotería sexual?

—Sería por encima de la ropa interior —añade él.

Maldición. Me he parado a pensarlo demasiado. Si no le hubiese dejado tiempo para decir eso, podría haber tocado su culo desnudo.

Antes de que él pueda cambiar más parámetros de su alucinante petición, le agarro por allí.

¡Guau! Creo que las palmas de mis manos están teniendo un orgasmo, un palmagasmo. Pero yo soy codiciosa. Quiero inclinarme y mordisquearle los glúteos, para tener un bocargasmo, ¿o sería un dientorgasmo?

No. Tengo que limitarme a las acciones que puedan

ser al menos en líneas generales interpretadas como una técnica de masaje.

Un puñado de nuevas reglas para nuestro matrimonio me dan vueltas en la cabeza, pero la mayoría no son adecuadas, como «tendré permitido agarrar este trasero siempre que quiera».

Aun así, hay una regla que no puedo evitar soltarle atropelladamente.

—Mientras estemos casados, ¿podemos acordar no acostarnos con nadie más?

Ya está. Sé que eso no es justo para el resto de la especie femenina, como inventar un donut sin azúcar ni grasas que sepa mejor que uno normal pero montándomelo para que solo yo pueda comerlo. No, espera. Yo tampoco puedo comérmelo, no según nuestra regla platónica.

Él vuelve la cabeza, mostrando una expresión seria.

—Pensaba que eso estaba ya implícito. No podemos tener rollos extramaritales. Si salieran a la luz, lo arruinarían todo.

¿Por qué me siento tan aliviada? ¿Quiero que a él se le pongan duros los huevos para hacer juego con lo que sea que esté pasando en mis ovarios?

Vuelve a bajar la cabeza.

—¿Diez minutos más?

Aunque no pueda verme, asiento y vuelvo a tocarle por donde me apetece, dentro de los límites de su posición boca abajo, por supuesto.

Con el pretexto de un masaje en la cabeza, paso los

dedos por su sedoso cabello. Luego le meto mano a sus músculos deltoides, seguidos de los bíceps y los tríceps. Mis manos se cubren de palmagasmos según procedo.

Diez minutos después, me debo a mí misma al menos un mes de darle al dedo. Con reluctancia, aparto las manos al tiempo que él vuelve la cabeza y me dice:

—Gracias. —Luego salta de la mesa de masajes—. Nos estamos enfriando. Volvamos al banya.

¿De vuelta al calor húmedo? Lo que necesito en realidad es esa piscina helada y luego una ducha fría pero bueno, a caballo regalado no se le mira el diente por muy salida que se esté.

Le sigo por la casa de baños. Hacemos unas cuantas paradas por el camino para recoger los gorros graciosos y todo lo demás y luego regresamos a nuestra mesa, para hacer unas cuantas fotos más, antes de ir a hacer lo del banya de nuevo.

Su ensalada ya le está esperando, pero nada de fruta o *blins* todavía.

—¿Quieres hacer otra foto con los vasitos en las manos? —pregunta.

Yo me hago un autochequeo. Me siento flotando un poco, pero no por culpa del alcohol. Al menos, creo que no.

—Claro, claro —digo.

Llama a Marusja con un gesto.

—Dos chupitos. Y una taza de miel para la *parilka*.

Mientras esperamos, nos sirve té para los dos y estruja un limón entero en su taza.

Oye, si quiere zumos de Lemon, hay otras maneras...

—¿Qué opinas del té? —pregunta.

Lo pruebo.

—Frutal. ¿Tiene algún tipo de baya? ¿Y camomila?

Él le da un sorbito al suyo.

—Pues sí. Es una combinación agradable.

Marusja regresa con dos chupitos de vodka más y una jarra de miel idéntica a la que vi que usaba el tío en la sauna. Deja los vasitos en la mesa y le pasa la miel con gesto reverencial a Art. No necesito tener poderes psíquicos para saber que se está imaginando a sí misma cubriéndole todo de miel.

—¿Podrías sacarnos otra foto? —pregunta Art.

Ella saca el móvil y nosotras cogemos los chupitos.

—*Za zdorovye* —vuelve a decir Art.

—Ídem. —Me bebo el vodka de un trago y me pasa con suavidad por la garganta... De la misma manera que espero que lo haga Mr. Big algún día.

Un momento. No, la Regla Número Uno. Mr. Big necesita quedarse *rigurosamente* dentro de los pantalones de Art.

Hacemos que Marusja nos saque unas cuantas fotos, y cuando empieza a ponerse un poco gruñona, Art le da las gracias y me conduce hasta la siguiente *parilka*.

—Esta está un poco más húmeda —dice mientras caminamos por el pasillo.

Miro a mi alrededor buscando a la hembra de la que está hablando, pero su gesto señala la puerta de la sauna delante de la que nos hemos parado.

—¿También igual de caliente? —pregunto con cautela.

—No. Además, es fácil refrescarse en esta.

—Vale, entremos. —Doy un valiente paso adelante.

Él me abre la puerta.

Calor húmedo, allá vamos de nuevo.

CAPÍTULO

Dieciséis

ESTA SAUNA TIENE MENOS madera y más azulejos por todas partes, y pronto veo por qué. Una mujer se levanta de su asiento, se acerca a un cubo con agua que tiene cerca y se echa toda el agua por la cabeza.

Vaya. Dado que puedes ver sus pezones marcándose a través de su bikini, el agua debe de estar helada, y sin embargo está claro que a ella le está gustando. O eso, o está montando un numerito para Art. Por la forma en que lo mira, debe de estar mojada en varios de los sentidos del término.

Hay que reconocerle a Art que no parece ni ser consciente de su existencia. En vez de eso nos organiza un espacio en un banco y se sienta.

Cuando me uno a él, me pregunta:

—¿Quieres que te ponga la miel en la espalda?

¿Moja el agua?

—Sí, por favor.

Él me embadurna suavemente con miel, y su contacto me envía hilos de calor por el cuerpo capaces de enseñarle a la sauna una o dos cosillas sobre la temperatura.

La mujer del cubo ha debido de ver que no tiene nada que hacer, porque cierra con un portazo al salir.

¡Qué bien! Ahora estamos solos.

Demasiado pronto, Art termina de untarme miel por la espalda, y aunque espero que me ofrezca cubrirme otras partes, no lo hace. Con pocos miramientos, me pasa la miel.

¡Qué desconsiderado! Suspiro mentalmente y luego me convierto en una tortita de Lemon.

Entonces se me ocurre una idea emocionante, posiblemente provocada por el vodka.

—¿Y qué hay de ti? —pregunto, de la forma más despreocupada que puedo—. Tú tienes piel.

Ay. ¿Tú tienes piel? Esa frase podría salir en *El silencio de los corderos*.

Él mira la miel que tengo en la mano con aire pensativo.

—Claro, ¿por qué no?

¡Premio!

—¿Necesitas ayuda con *tu* espalda?

—Por favor.

Antes de que pueda cambiar de idea, le embadurno de miel, lo que le proporciona a mis manos tantos orgasmos como el masaje de antes.

Oh, y ¿no se ha vuelto la *parilka* mucho, mucho más

calurosa de repente, especialmente alrededor de mis bragas?

Como lo estoy disfrutando tanto, le cubro con una segunda capa de miel. Y luego con una tercera.

—Gracias —me dice él antes de que pueda empezar con la cuarta, así que me detengo a regañadientes.

¿Debería ofrecerme a hacerle la parte delantera?

Por mucho que lo desee, no tengo una buena excusa. Luego él me quita esa posibilidad de las manos, literalmente, agarrando la jarra de miel.

Oye, al menos nuestros dedos se han rozado, enviando escalofríos orgásmicos por doquier.

Mientras le veo ponerse la miel, vuelvo otra vez a ser consciente de que no he batido mi propio tarro de miel lo suficiente antes para poder ser capaz de soportar esta clase de espectáculo.

—¿Qué tal te encuentras? —pregunta cuando termina.

Yo recupero el aliento.

—Recalentada. —Y tal vez un poco más que un pelín piripi.

Él sonríe con aire sabio.

—Es hora del cubo.

—Vale. —Me acerco al el suelo embaldosado con cautela.

Él coge el cubo y me tira el agua por la cabeza.

Yo chillo, pero más de sorpresa que de disgusto. El agua fría es en realidad refrescante, de una forma cosquilleante. Tampoco está mal quitarme la sensación pegajosa de la miel de mi piel. Hasta mi cabeza se aclara un poquito.

Cuando me recupero, pillo a Art mirándome con una expresión peculiarmente intensa. También debe de querer el tratamiento acuático.

Le quito el cubo de las manos.

—Te toca —digo con alivio sádico mientras relleno el recipiente con agua.

—¿Listo? —pregunto, levantando el pesado cubo.

Él asiente.

Me pongo de puntillas, aprieto los músculos internos y le echo el agua por la cabeza.

Él se queda ahí plantado, sonriente, como si no hubiese pasado nada. Típica chulería machista. Estoy segura de que ha chillado tanto como yo, pero por dentro.

—Ahora —dice él—. Creo que ya estás preparada para el *parka*.

Entorno los ojos.

—¿Parka? Debo entender que no hablas de ponerme un chaquetón de invierno.

Él suelta una risita.

—*Parka* es el nombre ruso del tratamiento con el *venik*.

¿Estoy preparada para eso?

—Túmbate boca abajo. —Él hace gestos hacia las toallas extendidas, con modales de nuevo imperiosos.

Vaya. Creo que me gusta el Art mandón.

Con una gran dosis de agitación, hago lo que me dice.

Él sale de la estancia y yo intento relajarme, lo que es fácil dado todo el calor. Cuando regresa lo hace con el instrumento ruso para dar azotes.

—¿Confías en mí? —Me mira igual que un carnicero a punto de cortar un filete Premium.

Para mi sorpresa, me doy cuenta de que sí confío. Tanto que ni siquiera necesito establecer una palabra segura para lo que está a punto de ocurrir.

—Hagámoslo —digo sin aliento y no estoy segura de si quiero decir lo de los azotes o la cosa prohibida por la Regla Número Uno.

—Allá vamos. —Me golpea suavemente el muslo izquierdo.

¡Por el calor húmedo de todos los santos!, es agradable. Menos como un azote y más como si su cálido aliento soplara sobre mi piel.

Su sonrisita es extra maléfica.

—¿Más?

Yo asiento.

Me golpea el muslo derecho.

Un gemido intenta brotar de mis labios, pero lo reprimo.

Me azota una pantorrilla tras otra. Luego los pies. Luego devuelve su atención a mis muslos, y una hoja descarriada me toca las bragas, ligera como una pluma. Casi me corro.

Mi vientre recibe los siguientes azotes.

Luego mi pecho.

Miro a mi piel de reojo. Está totalmente sonrojada, igual que lo hace tras un orgasmo.

—Vuélvete —me ordena.

Quiere hacérmelo por detrás. No puedo negarme, ¿verdad?

En cuanto me giro, mi espalda recibe unos azotes tan buenos que yo me vuelvo como merengue líquido.

—Ya vale. Es hora de refrescarse —dice él.

Yo no levanto la cabeza.

—No creo que pueda moverme.

—Yo te ayudo —se ofrece él, y oigo una nota traviesa en su voz.

Espera un segundo. ¿Está a punto de...?

Splash.

Esta vez, chillo como una manada de cerdos acorralados.

Lo ha hecho.

Ha tirado un cubo de agua helada sobre mi piel recalentada.

Cuando me giro, está ahí de pie con otro cubo.

—Espera, espera...

Es demasiado tarde.

Esta nueva andanada de agua me envuelve desde la parte delantera. De nuevo, la sorpresa me hace gritar, pero la experiencia es más bien agradable.

Mmm. Primero, disfruto de los azotes, y ahora esto. ¿Me estará volviendo Art una masoquista? Necesitamos una nueva regla para eso. ¿La regla número 666?

—Lo siento —dice él—. Ahora puedes hacérmelo a mí. Lo que es justo es justo.

Lleno el cubo y luego le echo el agua a la cara.

No hay reacción alguna.

Vuelvo a llenarlo y le doy por detrás... Sobre todo porque me encanta la vista del agua chorreando por las líneas que marcan sus músculos.

De nuevo, él se lo toma con toda la calma.

—Creo que ya es suficiente banya por ahora —dice cuando suelto el cubo—. Deberíamos descansar un poco, comer y luego regresar.

—Trato hecho —digo.

Salimos de la sauna y nos detenemos en las duchas cercanas antes de volver a nuestra mesa, donde nos está esperando la comida.

En cuanto posamos el trasero en las sillas, nos lanzamos sobre el papeo.

Ñam-ñam. Está bien satisfacer por lo menos este hambre, más socialmente aceptable. Los *blins* resultan ser deliciosos, especialmente después de echarles por encima todas las mermeladas y la miel.

Hay que concederle a Art que no pone ni un solo gesto raro al ver todo el azúcar que acabo de consumir, ni intenta que me coma su fruta.

Justo cuando estoy a punto de hacerle un cumplido por su contención, un tío se acerca a nuestra mesa, con andares un poco inestables, probablemente debido a la botella de vodka que tiene en la mano.

El recién llegado suelta un hipo, y luego sonríe a Art.

—¿*Vi* Artjoms Skulme?

Art levanta la vista con expresión severa.

—Sí. ¿Y tú eres...?

—Me llamo Vladlen —dice el tío con un inglés bastante bueno aunque arrastrando un poco las palabras—. Mi madre es súper fan tuya.

Oye, podría ser peor. Podría haber dicho «mi abuela».

La temperatura de la expresión de Art sube un grado.

—Aprecio a mis fans. Por favor, agradécele de mi parte su apoyo a las artes.

Vladlen eructa.

—Va a darse golpes contra la pared por no haber venido. —Deja de golpe la botella de vodka delante de Art y luego saca un rotulador indeleble del bolsillo—. ¿Podrías firmarle esto?

La sonrisa de Art es tan a confusa como yo me siento.

—¿Firmar una botella de vodka?

Vladlen empieza a asentir, pero eso debe de hacer que le dé vueltas la cabeza, porque se agarra al borde de nuestra mesa.

—Sería genial que lo hicieras. Ella la exhibiría en el mejor sitio de su salón y se la enseñaría a todo el mundo.

Art coge el rotulador y la botella.

—¿Cómo se llama tu madre?

—Dazdraperma —dice Vladlen y vuelve a soltar otro hipo.

Art se ríe suavemente.

Vladlen le mira con expresión seria.

Los ojos de Art se agrandan.

—¿Lo has dicho en serio? —Luego se vuelve hacia mí y me explica—: Es un nombre raro. La abreviatura de *Da Zdravstvuyet Pervoye Maya*, que significa «Larga vida para el primero de mayo», o sea, el Día internacional de los trabajadores.

Vladlen se encoge de hombros.

—Los abuelos eran rojillos. Mamá estaba bajo su influencia cuando me puso nombre a mí.

Miro a Art con gesto inquisitivo y él me explica:

—Vladlen es un recocido.

Vladlen parece ofendido.

—¿Qué me has llamado?

—El nombre Vladlen es un recocido, una palabra compuesta formada de trozos de otras palabras —dice Art—. En tu caso, Vladimir y Lenin.

El gesto de Vladlen se relaja.

—Podría haber sido peor. —Hipa—. Una vez conocí a un Pofistal.

Mis de Art a Vladlen y de vuelta otra vez.

Art pone los ojos en blanco.

—Traducido, «Josef Stalin, que derrotó al fascismo».

Por lo menos, no es un nombre en homenaje a Saddam Hussein, Charles Manson, y Cruella de Vil al mismo tiempo.

—Entonces, —Vladlen cambia su peso de un pie al otro y casi se cae—. ¿Puedes firmármela?

Art destapa el rotulador y escribe algo en ruso. Sea lo que sea, después de leerlo Vladlen parece estar a punto de echarse a llorar.

—Mamá estará tan contenta —dice—. Como pequeño gesto de agradecimiento, ¿os puedo invitar a ambos a beber una copa conmigo?

Antes de que nadie pueda responder, añade:

—Salud —y engulle un gran trago de la botella.

Art me susurra.

—Negarse sería un insulto.

Mierda de mofeta.

Vladlen me pasa el vodka.

¿Directo de la botella? Otra cosa que hago hoy por primera vez.

La levanto con cuidado hasta mi boca.

Si Gia viese esta falta de protocolo higiénico, probablemente se moriría. Por otra parte, ¿no mata el alcohol todos los gérmenes?

Con mi visión periférica, veo a Art haciendo una foto con su móvil.

Voy a por ello.

¡Ay! Mucho más vodka que el que pretendía ha bajado por mi garganta.

Tengo dos opciones: tragarlo o escupírselo a mi futuro marido en la cara, así que opto por la más civilizada.

Fiuu.

Ese trago gigante me quema de arriba abajo, hasta los pies.

—Impresionante. —Vladlen se vuelve hacia Art—. ¿Estás segura de que tu cita no es rusa?

—Lo es, en espíritu. —Art me pasa el teléfono y agarra la botella.

Me preparo para hacer una foto.

Art da un trago que parece más grande que el mío.

¿Exhibición de chulería machista?

Debe de ser eso. Su cara se retuerce horriblemente y le saco unas cuantas fotos con una sonrisa.

¿Me está dando vueltas la habitación?

Mmm. ¿Qué es esa sensación cálida en mi pecho?

Será mejor que sean los efectos del vodka y no otra cosa loca como la palabra que empieza por A. Creo. Sea lo que sea, estoy genial. Siento como si pudiese echarme a volar en cualquier momento.

Empiezo a ver por qué la gente bebe vodka, a pesar del sabor y de las calorías no dulces y la amenaza de volverse alcohólicos.

—¿Y ahora que vais a hacer vosotros dos? —pregunta Vladlen.

—Coger un avión a Las Vegas —dice Art con aire conspirador, soltando un susurro que suena tan alto que todas las mesas que nos rodean han debido de ser capaces de oírlo.

¡Guau! Sigue teniendo la cabeza lo bastante despejada para trabajar en nuestra historia de fondo acordada para el matrimonio. Debe de ser genial tener una masa corporal más grande. La mejor mentira que podría contar yo ahora mismo es que estoy totalmente sobria.

—Las Vegas. ¡Guau! —Vladlen nos hace un gesto de brindar por nosotros con la botella y se bebe otro gran trago—. ¿Cuándo?

Maldita sea, tío. La intoxicación etílica es una amenaza real.

—Un par de sesiones más de *parilka* y luego nos vamos. —Art se levanta y mira en dirección de las saunas—. Hablando de ello... Mejor que nos pongamos.

—*S lyohkim parom* —dice Vladlen y regresa con andares inseguros hasta su mesa.

Cuando Art se acerca hacia las saunas, su paso es bastante menos ágil y elegante de lo acostumbrado. Parece que el alcohol *está* teniendo un efecto sobre él, después de todo.

Me apresuro a seguirlo. Una vez metida en el calor húmedo, siento que mi cabeza pesa aún menos, aunque es duro saber cuánto es por culpa del vapor, cuánto por el vodka y cuánto por lo bueno que está Art. Desafío valientemente todo eso cuanto puedo, y luego Art me lleva de vuelta a la mesa.

Entonces sucede un déjà vu. Un tío se acerca a nuestra mesa, dice que su madre es una gran fan de Art y le pide un autógrafo. La única diferencia es que en vez de una botella, quiere que le firme su rublo de la suerte y en vez de hacer que bebamos directo de la botella, nos trae unos vasos de chupito.

Cuando se va, abro la boca para comentar lo raro que ha sido eso, pero entonces otro tío distinto se acerca y todo vuelve a repetirse de nuevo, incluyendo los chupitos.

Siento las piernas insensibles. Y la punta de la lengua. Y mis pensamientos están como subidos a una noria. Mirándolo por el lado bueno, fingir estar borracha debería ser muy fácil ahora mismo.

En cuanto el último de los niñitos de mamá se va, aparece otro tipo. Y es el más raro, porque en este caso resulta que el fan es él mismo. Además, se ofrece a azotarme en la *parilka*.

—No, gracias —digo yo.

—Oh, vamos —dice él—. Puedo hacerlo muy bien.

¿Estoy arrastrando las palabras o está él demasiado borracho para entender que no a los azotes significa no a los azotes?

—En serio —digo con más firmeza—. Estoy bien.

—¿No me respetas? —insiste.

Vale. El respeto parece ser un tema interesante para los rusos borrachos. Un par de los tipos anteriores han mencionado eso también, en el contexto de cuánto sienten por Art.

Hablando de Art, se está poniendo en pie.

—Mira, colega. —Su habla está ligeramente confusa pero sus ojos están oscuros y afilados como lascas de piedra—. Yo soy el único hombre que puede hacerle cosas a ella. Para siempre. ¿Queda claro?

¿Está haciendo teatro? Sea así o no, ¿por qué me hace sentir esto todavía más calidez dentro del pecho?

El tío se endereza.

Mierda de mofeta. ¿Estamos a punto de tener una pelea de borrachos?

—Señor Skulme —dice él—. Lo siento. No pretendía mostrar ninguna falta de respeto.

Art parece tranquilizarse.

—No pasa nada. ¿Qué tal si nos bebemos otro traguito y nos olvidamos de todo esto?

Nos bebemos el vodka y cuando el tío se larga, Art vuelve a sentarse y me susurra:

—Creo que es el momento de salir hacia el aeropuerto. Me temo que ahora empezará a aparecer gente que viene al banya solo para conseguir mi autógrafo.

Yo miro a mi alrededor.

Podría tener razón.

Este sitio, que estaba bastante vacío antes, está ahora lleno... O eso, o estoy viendo doble y triple. Oh, y la gente nueva... O la gente doble que veo, todos están lanzando miradas disimuladas en nuestra dirección.

Me pongo en pie.

Guau. Qué mareo. Tal vez lo haya hecho demasiado deprisa.

Antes de que pueda perder el equilibrio, Art me agarra de la mano.

¡Ah! El orgasmo manual que los gobierne a todos.

Me conduce a los vestuarios, pero por alguna razón, no entra conmigo.

¡Buu!

En medio de una niebla, me doy una ducha, lo que no me aclara la mente como esperaba.

Envuelta en una toalla, voy dando traspiés hacia mi taquilla, cuando una mujer se interpone en mi camino.

Se parece a una de las modelos rusas que he visto antes, solo que demasiado vestida para la ocasión. Y todavía más delgada. Y extrañamente familiar para mí. Y cabreada.

—*¡Korova!* —me bufa con una expresión desagradable, antes de gritarme una retahíla de palabras en ruso como una metralleta, que no sería capaz de haber seguido ni aunque estuviese sobria y conociese su idioma.

Cuando termina, como para enfatizar lo que ha dicho, me suelta una bofetada.

Diecisiete

¿Qué cojones?

El escozor me devuelve lo bastante la sobriedad como para decidir que le voy a dar a esta escuchimizada la paliza de su vida.

No creces con siete hermanas sin meterte en una o dos peleas, y sin tirarle a alguien de los pelos.

Levanto los puños igual que un púgil.

—Quienquiera que seas, estás muerta. —Pretendía sonar guay y siniestra, pero las palabras me salen confusas.

En vez de pelear contra mí con honor, mi asaltante solo pone los ojos en blanco, y luego se gira sobre sus talones de una forma sospechosamente parecida a una pirueta.

—Espera un segundo.

Ella no lo hace. Se aleja de un salto, haciéndolo parecer algo mosqueantemente elegante.

Oh. Ahora caigo. Es la bailarina que vi actuando el otro día. La que apodé Cisne Negro. La que se arrimaba demasiado a Art durante el espectáculo... Estuviese actuando o no.

Zorra. Debería abofetearla mientras tenga ocasión. Pero ella es muy rápida y yo siento los pies como atrapados en algodón ahora mismo.

Me siento en un banco cercano para recuperar el aliento.

Después tal vez la persiga.

La habitación me da vueltas.

Vale, tal vez no vaya a perseguir a nadie por el momento. Grr. Supongo que es el día de suerte del Cisne Negro.

Abro los puños y pienso sobre lo que me ha dicho y por qué. Una parte de mí no está siquiera segura de que ella haya estado aquí de verdad. O sea, tal vez cuando bebes el vodka suficiente, se te aparezca delante una bailarina rusa imaginaria. O un oso. Tal vez eso fue lo que le pasara a Natalie Portman al final de aquella película.

La puerta de los vestuarios chirría.

¿Habrá vuelto la aparición?

No, es Marusja.

—Tú por metido me dice ver si tú bien —dice en tono gruñón.

¿Metido el qué? Oh, quiere decir mi prometido... Que me ha metido en este lío, en realidad.

—Ven. —Marusja me ofrece su mano—. Yo ayudo.

La dejo sostenerme mientras me levanto y entonces ella me sujeta amablemente mientras yo me pongo la ropa.

—¿Qué es una *korova*? —pregunto en cuanto termino.

Ella parece sentirse insultada.

—¿A quién llamas tú *korova*?

Yo la miro, pestañeando.

—A nadie. Solo he escuchado a alguien decir eso.

—Significa *vaca* —dice, frunciendo el ceño—. Es avergonzar por ser gorda.

¿Vaca? Vuelvo a apretar los puños. Ese Cisne Negro tiene suerte de haber salido corriendo, asumiendo que no fuese una alucinación causada por el vodka.

—¿Lista para salir? —pregunta Marusja.

Yo asiento, y ella me conduce a un vestíbulo donde Art ya me está esperando, tambaleándose ligeramente.

Marusja les dice algo a los empleados cercanos y ellos nos ayudan a subirnos a un taxi que había parado junto a la acera.

—Al JFK —escucho decir a Art, como a lo lejos.

Empezamos a movernos.

Me pesan los párpados.

Creo que pierdo el conocimiento, o bien el tiempo se ha vuelto inestable, porque en cuanto quiero darme cuenta, estamos en el aeropuerto.

Otro parpadeo, y me encuentro en un asiento de primera clase, con un atento Art tapándome con una manta.

Floto por unos instantes en la sensación de calidez y comodidad y luego se me queda la mente en blanco y caigo en el estado de inconsciencia más profundo de toda mi vida.

Dieciocho

RECUPERO la consciencia con el peor de los dolores de cabeza.

No. Llamar a esto dolor de cabeza es quedarse corta. Siento como si hubiesen pasado mi cabeza por una picadora industrial.

¿O la habrá tomado prestada un jugador de la liga nacional de fútbol americano para hacer de pelota? Si es así, está claro que jugaba sin llevar casco... Y que perdió.

Yo gimo.

Si el dolor se pudiese convertir en un olor, mi dolor de cabeza alcanzaría los niveles de la *taranka*. De la coliflor hervida y fermentada. O de una de esas atrocidades numeradas que fabrica Chanel.

Oh, y aparte del dolor de cabeza, ¿por qué estoy notando tanto frío, como si estuviera desnuda? Y pegajosa. No sé por qué, me siento muy pegajosa. Sin mencionar la irritación en la parte inferior de mi cuerpo. Más de un tipo de irritación.

¿Qué cojones?

Un gruñido masculino imita al mío desde alguna parte.

Vale, así que esté donde esté, no estoy sola en mi sufrimiento.

Es hora de obligar a mis ojos a abrirse. Salvo que... Mis párpados parecen haberse quedado pegados entre sí. Haciendo un esfuerzo, obligo a mis persianas a abrirse... Solo para quedarme cegada por la luz que entra por unos gigantescos ventanales.

Qué raro. ¿No iba yo en un avión?

Dejo que mis ojos se acostumbren y miro fuera de la ventana más cercana.

El Strip de Las Vegas. ¡Guau! Debo de haberme desmayado en algún momento después de que el avión aterrizase... Lo que es comprensible, dado lo mucho que bebí.

Miro hacia abajo.

Mierda de mofeta.

La razón por la cual me siento desnuda es porque lo estoy.

La razón por la que me siento pegajosa es que estoy cubierta de alguna sustancia blanca de delicioso aroma. Y quiero decir, cubierta... Sería un desafío encontrar un centímetro de mi piel que estuviese limpio.

Escucho otro gruñido masculino.

Me doy la vuelta y localizo su origen. Art, también

desnudo y tan recubierto como yo por esa sustancia blanca, lo qué es una pena.

Me siento en la cama.

Es un error. La habitación da vueltas sin control, haciéndome sentir mucho más que nauseas.

Vale. No creo que esté sobria todavía. Ni de lejos. Lo que tiene lógica, porque explica la razón por la cual esta habitación huele igual que si alguien hubiese hecho explotar una destilería. Aunque todavía percibo el apetitoso aroma de Art y de toda clase de dulces.

Haciendo lo que puedo por no empeorar mi dolor de cabeza, escaneo lo que me rodea.

¡Santa golosa bendita!

Cada una de las superficies de la habitación está cubierta de dulces. Cupcakes y diferentes clases de pasteles, brownies, donuts, tartas, turrones, galletas, empanadas dulces, helado derretido, macarons, magdalenas, parfaits, panna cota, polvorones, scones, chuches, suflés... La lista sigue y sigue. Pero lo que capta mi atención son los botes de nata montada, docenas de ellos, esparcidos por todo el cuarto.

Meto el dedo en un montoncito de la sustancia pegajosa de alrededor de mi teta izquierda y lo pruebo con cautela.

Pues sí.

Nata montada, cerezas y pequeños fragmentos de todos los dulces que veo a mi alrededor.

¿Pero. Qué. Cojones. Es. Esto?

Le doy unos golpecitos con el dedo a Art con cautela.

Él gruñe pero no abre los ojos.

Pruebo la cosa blanca que le cubre. Igual que la mía... Una mezcla de todos los postres conocidos por los golosos de todo el mundo.

Estupefacta, escaneo la habitación en busca de más pistas, pero lo que veo solo aumenta mi confusión.

Hay una máscara de gas sobre un escritorio cercano. A su lado, un vestido y un conjunto de lencería elegantes. Debajo, un par de Manolo Blahniks de color azul.

¿Qué diablos...? ¿Habré atracado a Carrie Bradshaw, o es esto un sueño temático de *Sexo en Nueva York?*

Pero no. Este dolor de cabeza me despertaría de cualquier sueño, además de que en *Sexo en Nueva York* no usaban máscaras de gas. Ni tampoco...

El sonido de unos minúsculos pies correteando me hace dirigir la vista de golpe al otro lado de la habitación. Miro boquiabierta la fuente del sonido, y parpadeo unas cuantas veces, sin estar muy segura de si el vodka de mi sangre me está haciendo ver cosas, o si tengo que considerar más cuidadosamente la teoría del sueño.

Una criaturita peluda súper mona sostiene una galleta de avena en las dos patitas delanteras, con un gesto totalmente humano. Es una criatura regordeta y de pelaje muy esponjoso que se parece a una ardilla bien alimentada mezclada con algo de hurón y tal vez también un poco de conejo. Salvo que su piel parece ser muchísimo más aterciopelada.

Un segundo. Creo que sé qué clase de piel es esa. Mi

madre afirma que dejó de escuchar la música de Madonna cuando la vio llevando un abrigo de una piel exactamente igual al de esta criatura.

Chinchilla.

Vaya. No creía que fuesen *tan* monas. Tal vez mamá tenía buenos motivos.

¿Pero qué está haciendo una chinchilla aquí, en Las Vegas? No me creo que simplemente correteen por el Desierto de Mojave, por no hablar del Strip. Son originarias de algún sitio de Sudamérica.

La chinchilla cruza la mirada conmigo y no hace falta echarle demasiada imaginación para saber lo que diría, si pudiera:

Sé que tengo una pinta deliciosa, pero ni se te ocurra pensarlo. Te daría dolor de estómago y además se te atragantaría mi pelo en la garganta igual que una bola peluda salida del infierno.

Dejo de poner nervioso al bichito y en vez de eso miro a Art.

¿Sabrá qué demonios está pasando?

Quizás. Pero antes de despertarle, tengo que sopesar el elefante en la habitación: las molestias en los bajos. Dos clases de ellas, para ser exactos, pero una muy específica: la que se siente después del sexo. Cuando combino eso con un Art desnudo, hasta con el dolor de cabeza, puedo olerme lo que ha pasado.

Hemos roto la Regla Número Uno, a lo bestia.

Lo que me deja con la segunda sensación de irritación, un escozor en la parte baja del vientre que me recuerda a una quemadura solar. ¿Habré cogido alguna extraña ETS?

Me limpio con cuidado la nata montada/mezcla de postres que cubre esa zona y ahogo una exclamación.

Tengo un tatuaje.

Uno de verdad.

Pero eso no es lo peor del caso.

El tatuaje es una imagen de una flecha que señala hacia mi chichi con un mensaje en mayúsculas que afirma nítidamente: «SOLO PARA MR. BIG».

CAPÍTULO
Diecinueve

—¿Cómo? —farfullo entre dientes, mirando horrorizada mi vientre—. ¿Cuándo? ¿Por qué?

—¿Por qué gritas? —pregunta Art. Luego gruñe y abre un ojo.

—¿Gritar? —Cojo aire y pienso en Leónidas, el rey de Esparta—. *¡Esto. Es. Gritar!*

Art se tapa las orejas con las manos y se sienta en la cama, murmurando algo en ruso, probablemente tacos.

Oigo como algo suave cae al suelo. Por el rabillo del ojo, veo que la chinchilla tira su galleta de avena y salta para esconderse en alguna parte... Lo que me hace sentirme culpable por mi arrebato.

Art mira a su alrededor en la habitación, y la confusión de su rostro hace juego con el mío.

—Entonces —digo, marcando mucho las palabras—. ¿Sabes *tú* qué cojones ha pasado?

Él frunce el ceño, me mira y luego vuelve a mirar la

habitación. Y después a su cuerpo desnudo. Y entonces al mío.

En su favor hay que decir que no se echa a reír al ver mi tatuaje. O es mejor persona que yo, o está demasiado anonadado para encontrar divertidísima esta dedicatoria a su polla.

—Así que... ¿Mr. Big? —pregunta, arqueando una ceja.

Oh. Vale. No lo sabe.

Sonrojándome hasta el nivel de la tarta de cerezas cercana, murmuro:

—Un apodo que le he puesto a eso. —Señalo hacia su masculinidad cubierta de dulce.

Probablemente tendría que haber mentido, pero mi cerebro no está funcionando exactamente a toda máquina.

Consigue esbozar una leve sonrisita pero desaparece y se frota la nuca cubierta de nata montada.

—Entonces... Recuerdo estar bebiendo contigo en el avión.

Casi me choca la barbilla con el borde de la cama de tanto que abro la boca.

—¿Iba despierta en el avión?

Él asiente, y hace una mueca de dolor.

Yo me trago un montón de saliva con sabor a licor.

—Solo para que quede claro: ¿tomé *más* bebidas? ¿Despúes de todo ese vodka?

Él vuelve a escanear la habitación, como si las respuestas pudiesen aparecer saliendo de uno de los pasteles de un salto.

—Me temo que los dos bebimos más. Las copas son gratis en primera clase, y como dice una frase de una famosa película rusa: «Si paga otro, hasta los que tienen úlcera de estómago y los abstemios beberán a su costa».

Yo me froto las sienes palpitantes.

—Creo que estoy desarrollando una úlcera según hablamos.

Él se limpia un poco de la cosa blanca de la frente y la prueba.

—Y yo.

Suspiro sonoramente.

—¿Y qué pasó después?

—Nos bajamos del avión, luego cogimos un taxi... Y después bebimos más en el primer casino. —Hace otra mueca—. De nuevo, había barra libre. —Sus bellísimos rasgos adquieren un aspecto de concentración—. Tú ganaste a los dados, creo, y entonces... Estoy un poco en blanco.

¿Aposté a algo y gané? ¿Por qué no soy capaz de acordarme de nada de eso?

Lo miro con los ojos entornados,

—¿Entonces no recuerdas si nosotros...? —Miro hacia su entrepierna cubierta de nata montada.

Él se encoge de hombros.

—Sí que parece que hicimos *algo*.

¿Debería contarle lo de mis molestias físicas? Es una prueba que no deja duda alguna sobre lo que hicimos.

Antes de que pueda hacerlo, él se pasa la mano por los abdominales, limpiando un poco de la masa pegajosa... Y mostrando que el también lleva un tatuaje.

Los dos lo miramos boquiabiertos.

Es un limón como de dibujos animados que sostiene dos pasteles de crema a modo de pistolas, ambas apuntando a su polla. También hay algo de texto: «PROPIEDAD DE KISLIK».

Una risita histérica brota de mi garganta.

—¿Es *kislik* una palabra rusa o una combinación de las inglesas kiss, besar, y lick, lamer? —Porque esas son las cosas que quiero hacerle a Mr. Big, aún ahora, a pesar de esta tortura de dolor de cabeza y de todo lo demás.

Art se chupa el dedo e intenta borrarse el tatuaje. No se va. Pestañeando, se vuelve a mirarme.

—Kislik no es una palabra muy corriente, pero puede usarse para describir alguien que hace que las cosas se vuelvan ácidas, como por ejemplo, a alguien que haga yogures. —Sus ojos adquieren un tono de chocolate más oscuro—. Es algo que te estaba llamando en broma en mi cabeza.

Tendría que haberlo supuesto. Ese dibujo se parece sospechosamente a mí, lleva pasteles en las manos y es un limón.

—Bueno, entonces. —Pongo los ojos en blanco—. Tú tendrás que cargar con la bromita. Literalmente.

Él hace una mueca, y se frota las manos, intentando librarse de la costra de sustancia blanca que las cubre. De repente, se detiene y se queda mirando uno de sus dedos fijamente.

El anular, para ser exactos.

Sigo su mirada y al principio, no lo pillo. Luego se lame el dedo para limpiarlo y lo veo.

Un anillo de bodas.

Miro mi propio dedo.

Pues sí.

En mi mano izquierda, en el dedo anular, hay una banda de oro a juego con la suya.

CAPÍTULO

Veinte

SE ME ENCOGE el estómago por encima del nuevo tatuaje.

—Nos hemos casado.

Art se frota distraído el pecho, esparciendo por él el equivalente a mil calorías en postres.

—Parece que hemos cumplido el plan.

—Por supuesto —digo eso tanto sarcasmo como para ser la envidia de todo un ejército de chicas adolescentes—. Todo salió según lo planeado.

Él lanza una mirada a mi vientre desnudo y al mensaje escrito allí.

—Vale. Pero el matrimonio, por lo menos, era parte del plan.

—¡Nunca acordamos consumarlo! —Vuelve a gritar mi espartana interior, y eso sube la intensidad de mi dolor de cabeza unos cuantos grados.

Art se agarra la cabeza entre las manos al estilo del cuadro «El Grito».

—Tal vez no lo hayamos hecho.

Paso rápidamente la vista por la habitación.

—¡Mira! —Señalo la mesilla, donde hay un condón usado dentro de un plato de postre vacío—. Apuesto a que *eso* contiene pruebas de ADN.

Lo hicimos, seguro del todo, y lo peor del caso es que no lo recuerdo.

Él mira al condón y luego a mí.

—Al menos usamos protección.

—Tal vez. O tal vez lo hiciésemos un montón de veces, alguna de ellas sin protección. No tenemos ni idea de cuánto no estamos recordando.

No añado a eso que la irritación que siento ahí abajo parece indicar que fue más que un rápido polvo de borrachera. Por otra parte, tal vez eso se deba a lo grande que es Mr. Big.

Sus ojos se oscurecen más y su voz desciende una octava.

—Yo estoy limpio. ¿Qué hay ti?

Mis ovarios dan una voltereta.

—Ídem —consigo decir—. Pero no tomo la píldora.

Dejo que los dos le demos una vuelta a esa idea.

Pensar en ser papá debe de reactivar a Art. Se levanta de un salto.

—¿Qué tal si limpiamos primero y luego investigamos?

Le imito y cuando me pongo en pie, siento como si mi cabeza estuviese a punto de dar a luz a otra cabeza... Otra a la que también le doliese la cabeza.

—¿Deberíamos ducharnos juntos?

No lo estoy preguntando porque necesito la visión de él, desnudo y sin censurar por los postres en mi banco de frotamientos. Ni porque tenga la esperanza de que una cosa lleve a la otra, y que las endorfinas podrían hacerle algo de bien a nuestros dolores de cabeza.

Vale, tal vez esté esperando esas cosas, pero imagino que una vez se ha liado la madeja hasta este punto, ya da igual, y lo mismo puedes usarla del todo y tejerte unos calcetines gordos... O una funda para algo igualmente gordo.

Él se echa para atrás como si yo fuese un enjambre de abejas salidas.

—No.

—¿No? —Se me ponen tensos los músculos del estómago, tanto que un poco de la sustancia blanca reseca se desprende y cae al suelo.

Art mira rápidamente la piel recién descubierta antes de volver a sostenerme la mirada. Parece arrepentido.

—Lo siento de veras. Lo de anoche no tendría que haber ocurrido. Si ahora nos duchásemos juntos solo conseguiríamos...

—No digas más. —Rechino los dientes, haciendo que el dolor de cabeza me dé latigazos en la mandíbula—. Tienes razón. Ve tú primero a ducharte.

¿En qué estaría pensando? El tío tiene un harén de bailarinas a su disposición, y lo único que necesita de mí es la tarjeta verde. Y ahora mismo, lo único que desea es ducharse para quitarse mi apestoso olor del cuerpo.

Art aprieta los labios con una ligera sonrisa tensa.

—Creo que *tú* tendrías que ir primero.

¿Es esto caballerosidad o está diciendo que huelo mal?

—No, ve tú —le digo—. La experiencia va antes que la belleza.

No me siento ninguna belleza después de haber sido rechazada, pero quiero que él se sienta mayor.

—Las damas primero. Esa es mi respuesta final.

—Vale. —Piso un pastel al acercarme al escritorio para coger el vestido y la lencería, la única ropa que veo por aquí. También agarro los Manolo Blahniks, y salgo en busca del baño.

Maldita sea.

Estamos en una suite de un ático de dos dormitorios que es al menos cinco veces más grande que mi estudio del garaje en Staten Island. Además, parece ser que no teníamos por qué discutir sobre quién se duchaba primero, porque hay dos baños completos.

Nuestra estancia debe de estar costando una fortuna.

Grito para informar a Art de lo de los baños, pero no estoy segura de si me ha oído... Y me da igual si no lo ha hecho.

Me lavo los dientes con el cepillo desechable del hotel y luego disfruto de la ducha durante lo que me parece una hora. Para cuando he terminado, mi dolor de cabeza ha evolucionado favorablemente desde el modo Armagedón zombi al de solo apagón eléctrico. Localizo una loción pija que no apeste demasiado, me la pongo sobre el tatú y hago una mota mental de investigar cómo quitármelo.

Lo siguiente, huelo mi vestido.

Ay no.

El albornoz esponjoso que cuelga de un gancho es mucho más atractivo, así que me lo pongo y vuelvo a sentirme casi como un ser humano. Luego meto los pies en un par de zapatillas del hotel. Cojo el vestido y salgo del baño, casi chocándome con Art, que también lleva puesto un albornoz.

—Toma. —Me pasa una botella de agua y una caja de analgésicos—. Esto debería venirte bien.

Me va a hacer falta mucho más que esto para hacerme olvidar lo del rechazo a la ducha conjunta, pero es un buen principio.

En cuanto me trago la pastilla, alguien llama a la puerta.

—Servicio de habitaciones —dice Art—. Les he pedido que nos laven la ropa.

¡Guau! Debe de haberse duchado mucho más deprisa que yo.

Abrimos la puerta y le damos al tío mi vestido y el traje de Art.

—¿Y ahora qué? —pregunto cuando nos quedamos solos.

Art agita su teléfono en el aire.

—Vamos a la sala de estar e investigamos.

Por suerte, la sala de estar está casi libre de postres. Sigo a Art hasta un mullido sofá, donde él ajusta el móvil para que la pantalla aparezca en la gigantesca tele que tenemos enfrente.

—Hay un montón de fotos y de vídeos —dice—. Echemos un vistazo.

Una imagen mía con unos dados en la mano aparece en pantalla.

—De esto sí que me acuerdo —dice él.

Interesante. Ya llevo puesto el vestido nuevo.

Me señalo a mí misma en la pantalla.

—¿Estuvimos de compras antes de eso?

Art pasa el dedo por el móvil unas cuantas veces y aparece una foto mía llevando solo lencería. Alguna persona de la tienda debe de haberla sacado, porque Art sale también, mirándome con el gesto babeante de un lobo de dibujos animados.

Supongo que con la ceguera causada por el vodka, sí que me deseaba. Mi irritación ahí abajo es prueba de eso.

—Querías montar todo un espectáculo —dice sin mirarme a los ojos—. Por eso te compré *ese* conjunto y te arrastré a otra tienda para comprar un vestido.

Luego me enseña unas cuantas imágenes mías con distintos vestidos... Todos los cuales podrían haber sido sacados del plató de Sexo en Nueva York, y ninguno de los cuales podría permitirme jamás.

Me pongo de un tono rojo carmesí.

—Por favor, dime que todo eso no está en redes sociales.

Art parece contrito.

—Parece que lo subí todo anoche. ¿Quieres que quite esa en la que estás en ropa interior?

—¿Es tomar vodka mala idea?

Él quita la foto de sus redes, junto con unas cuantas más mías con vestidos que enseñan demasiado. Luego pone la siguiente imagen en la pantalla grande.

—De esto no me acuerdo.

Es un selfi de los dos de pie con las caras juntas. Detrás de nosotros hay un sitio llamado Dick's Last Resort.

Lo siguiente es un vídeo. En él, Art le da un puñetazo a un camarero gritándole algo sobre ser maleducado con su prometida.

Ay, Dios. Creo que he oído hablar del Dick's Last Resort. Es un local en el que la gracia es que los camareros son unos capullos contigo a propósito. Art claramente estaba demasiado borracho para darse cuenta de que era todo fingido.

Al menos no le arrestaron. Es decir, supongo que no, porque estamos aquí y no en la cárcel local.

El siguiente video es de nosotros dos subidos a una góndola en el casino Venetian.

Y por supuesto, ¿cómo no íbamos a acabar en el agua a medio camino?

Art me mira, y a mí me arde la cara al ver mi torpeza en vídeo. Aunque, para ser justos, el Art de las imágenes va igual de mal, aun cuando se supone que es el más elegante y ágil.

En la siguiente parada de nuestra aventura todavía

estamos mojados por nuestro baño improvisado y encima, yo parezco estar llorando. Pronto se hace evidente el por qué. Estamos en «Titanic: La exposición».

No voy a llorar otra vez ahora, pero estaréis de acuerdo con esto: Jack podría haber cabido en esa puerta al lado de Rose. Está claro que sí.

—Borra eso, por favor —digo hipando ligeramente para contener un sollozo, y Art lo hace.

Lo siguiente es el museo de la mafia y después de eso, nos turnamos para disparar una metralleta Uzi en la Armería, probablemente inspirados por nuestra excursión anterior.

¡Guau! Así es el capitalismo. Con lo borrachos que íbamos los dos... Y pagando, nos dejan usar armas... Es alucinante.

Lo siguiente es la tienda donde compramos la máscara de gas... Y un vídeo de Art dando una explicación confusa de por qué la comprábamos. Aparentemente, un tío se tiró un pedo en el ascensor en el que subimos, y mi caballero de la brillante armadura quería protegerme de tener que oler esa peste de nuevo.

Pues sí. En los siguientes dos museos sigo llevando mi vestido mojado y la máscara de gas.

Art no necesita que le diga que borre eso, lo hace él solito.

En el vídeo que sigue, parecemos estar más secos, y yo sostengo la máscara en la mano, lo que está bien. El problema es que no estoy para nada más sobria, así que fastidio al pobre mago que nos hemos debido de encontrar por ahí diciéndole que mi hermana Gia es mucho mejor que él.

Art pasa más rápido las grabaciones.

En una, nos estamos morreando en el Museo de Pruebas Atómicas, porque con el suficiente vodka en tus venas, hasta la radiación resulta ser sexy. En la siguiente, estamos comprando un látigo en un sex-shop y llamándolo *venik*.

Miro de reojo a Art. Está sonriendo. Ojalá yo sintiera lo mismo.

¿Dónde estará ese látigo ahora? Ni idea. Pero esa no fue la única parada de ese tipo. La siguiente serie de fotos es en el Museo del Patrimonio Erótico y en muchas, parece como si estuviese tomando excesiva nota.

Mierda de mofeta. ¿Le habré contado lo de mi blog a Art? Lo que es más importante, ¿habrá alguna pista en su móvil que se lo pueda recordar?

Por ahora, no. La visita al Museo del Patrimonio Erótico solo sale en fotos. No hay vídeos, gracias a Dios.

—Creo que ahora viene el gran acontecimiento —dice y pone un vídeo.

Pues sí.

Estamos subidos a un barco en la Isla del Tesoro, tan felices como dos perdices en un restaurante vegano. La oficiante es una mujer disfrazada, por supuesto, de Elvis y los testigos, hombres y mujeres, van vestidos de... Mmm... Bailarines exóticos.

—Reconozco a algunos —dice Art, siguiendo mi mirada—. Antiguos bailarines de ballet.

Genial. Hasta ahora, solo me preocupaba su acceso a las bailarinas. Resulta que también tiene bailarinas de striptease a su entera disposición.

Cuando empieza la ceremonia, estamos arrastrando tanto las palabras que nuestros votos apenas se entienden... Pero me oigo decir algo sobre que él me mantenga tan salida como a Samantha. Sus votos son en ruso (creo) así que solo entiendo una palabra: *kislik*.

¿Es raro que me sienta conmovida, a pesar de ese desastre de ceremonia?

Mientras la ve, el rostro de Art es inescrutable, así que probablemente esto solo sea una transacción financiera para él.

—Puedes besar a la novia —dice la Elvis al Art de la pantalla, y vaya si nos besamos.

Tendría que haber estado tomando la píldora ya solo para un beso así. Parece como si mi lengua estuviese intentando alcanzar el bazo de Art, sin mencionar todos los mordisqueos en los labios y sus manos pasando por todo mi cuerpo. Es un milagro que yo no le agarre su Mr. Big... O que Art no me saque las tetas del vestido.

Hostia puta. Esto no lo podemos borrar. Es demasiado importante para cuando tratemos con los cotillas de inmigración. Parece increíblemente real.

Cuando nuestros yoes de la pantalla se separan por fin, Elvis y los strippers nos vitorean. Mirándome a los ojos, Art farfulla algo que suena sospechosamente como:

—Y ahora eres mía, *kislik*.

Hablando de la palabra que ahora está permanentemente marcada en su piel, ahora vienen las fotos del salón de tatuajes, porque «hasta que la muerte nos separe» no nos pareció suficientemente definitivo en nuestro estado etílico. Una vez tatuados, lo lógico después es ir a una tienda de mascotas.

Lo que explica la bestezuela peluda que me he encontrado antes.

Art detiene el carrusel de imágenes y me mira arqueando las cejas.

—Oh, sí *querida* —dice—. Parece que hemos tenido un bebé peludo. Felicidades.

Paseo la vista por la habitación, pero no veo al bebé peludo en cuestión, así que insto a Art a continuar con el vídeo. Lo que viene ahora son diez minutos del dueño de la tienda explicándonos los cuidados que hay que darles a las chinchillas, y también de Art comprando el mejor transportín para ir en avión y luego registrando nuestra nueva mascota con la compañía aérea.

—¿Necesitan su nombre? —dice trabajosamente al teléfono antes de dirigir una mirada a la criatura peluda—. Fluffer.

¿Fluffer? Es que Art no es consciente de que así se les llama a las personas designadas para mantener la erección de los actores en las películas porno y asegurarse de que están listos antes de rodar?

Hablando de rodajes de porno, las siguientes imágenes son del dormitorio en el que nos hemos despertado, aunque sin postres.

—Ahora viene un vídeo largo —dice Art—. Pero no te preocupes. Esto no lo he subido a ningún sitio, pesa demasiado.

Oh, Dios. Si es lo que creo que es y él intentó subirlo...

—Genial veámoslo.

Soltando aire entre dientes, Art pulsa el play.

Veintiuno

—Es nuestra noche de bodas —dice la Lemon de la pantalla con falso recato, arrastrando de nuevo las palabras. Entonces dirige una miradita a la gigantesca cama..

Zorra.

El Art de la pantalla se acerca a ella.

—Por supuesto que lo es.

Lemon se pone de puntillas, le lame el lóbulo de la oreja y le susurra sonoramente:

—Alguien debería perder su virginidad.

Las fosas nasales de Art se expanden.

—¿Ah, sí?

—Desde luego. —La mirada de Lemon se desvía hacia su propia entrepierna—. Con eso en mente, ¿estás preparado para comer... crème brûlée?

Yo, la medio-sobria Lemon que está mirando eso, me siento como si me convirtiera en una naranja. A mi lado, la vista de Art está pegada a la pantalla con los labios ligeramente entreabiertos.

El Art de la pantalla contempla los Manolo Blahniks de Lemon, y luego levanta la vista hasta que se queda mirándola a los ojos.

—¿Quién habría dicho que mi *kislik* fuese tan tradicional?

—Muy tradicional. —Rompiendo el contacto visual, Lemon da un salto hacia la mesa y coge el teléfono. Debe de estar llamando al servicio de habitaciones, porque pide crème brûlée, junto con nata montada, galletas, pasteles y más cosas así.

Cuantas más cosas añade a la lista, más se elevan las cejas del Art de la pantalla.

—¿Estás segura de que has pedido bastante? —pregunta cuando Lemon cuelga.

Ella se encoge de hombros.

—Supongo que no es solo la crème brûlée lo que no has probado nunca. ¿Estoy equivocada, mi virgen de los dulces?

Sus ojos lanzan destellos y puedo sentir el calor en su mirada incluso a través de la pantalla.

—Bien, entonces —dice Lemon con su mejor voz de seductora—. Si es necesario, el proceso de hacerte perder la virginidad nos llevará toda la noche.

Vaya. ¿Es raro que me caiga bien mi yo borracho y pasado de rosca? Lástima que ser ella implique el precio de venir con un dolor de cabeza así de terrible... Sin mencionar lo que está a punto de pasar en la pantalla.

—Entonces —dice con voz sexy el Art en la tele—. ¿Qué hacemos mientras tanto?

Lemon vuelve a mirar la cama de reojo.

—¿Qué tienes en mente?

La mandíbula de Art se tensa y da un paso hacia ella. De repente, alguien gorjea fuera de cámara.

—¡Mierda, Fluffer! —exclama Art, que desaparece un instante y regresa con el transportín.

¡Ah! Vale. La pobre chinchilla.

Art saca a la criatura del transportín y la achucha igual que haría un niño con su peluche.

Vaya. Fluffer parece estar encantado. Pero, por otra parte, ¿y quién no lo estaría?

—¿Puedo probar yo? —pregunta Lemon.

Art le pasa la mascota pero cuando ella intenta hacer lo mismo que Art, Fluffer se retuerce, con aire de tener un susto de muerte.

—Lo has asustado —dice Art, y luego extiende la mano hacia el bichito y dice algo tranquilizador en ruso. La chinchilla debe de hablar algo de ruso, o es que Art le gusta *mucho,* porque en unos segundos vuelven a estar los dos achuchándose.

Lemon mira la chinchilla con los ojos entornados.

—¿Es macho o hembra?

—Macho. —Art le muestra el vientre de la criatura.

Yo miro la pantalla entornando los ojos. Hay cero pruebas de lo uno o lo otro. Probablemente haga falta un experto para distinguir su sexo, alguien como mi madre, la sexadora de pollos, que de alguna forma puede separar los gallos y las gallinas cuando solo tienen seis semanas.

La Lemon de la pantalla bufa y casi se cae de culos.

—Si es un chico, ¿por qué está tan acaramelado contigo y no conmigo?

Tanto el Art de la pantalla como el del mundo real se ríen suavemente.

—¿Qué importancia tendría que tener eso? —pregunta el Art de la tele.

Gran pregunta. Estoy mucho más sobria que la Lemon de las imágenes y no tengo ni idea de lo que ha querido decir con eso... Salvo que suena vagamente relacionado con tener relaciones sexuales con animales.

Lemon cambia el tema acercándose al minibar y sacando un par de botellitas de él.

No. No bebas más. ¿Estás loca?

Lo está. Los dos lo están. Se sientan al borde de la cama con Fluffer en el regazo de Art, abren las botellas y Art hace un elegante brindis en la línea de «que el vodka sea la causa de la paz mundial, cure la conjuntivitis y traiga de vuelta los mamuts lanudos a las estepas heladas de Siberia».

Avergonzada, les veo vaciar las botellas y mi dolor de cabeza empeora de forma retroactiva.

Lemon tira la botella a un lado y se sube la falda tanto que puedo verle las bragas. Y lo mismo pasa con los dos Arts, a juzgar por el ávido interés de sus rostros.

—El postre está tardando demasiado —afirma ella,

mirando los labios de Art—. ¿No habrá tal vez alguna otra cosa que puedas comerte mientras tanto?

Fluffer salta del regazo de Art con una expresión que parece decir: *sabía que estos humanos querían comerme. ¡Lo sabía, joder!* Se aleja saltando frenéticamente, fuera de cámara.

Entonces veo por qué Fluffer se ha escapado en realidad.

No has sido por el comentario de comer.

No directamente, de todos modos. Los pantalones de Art tienen una enorme tienda de campaña... Justo donde el pobre roedor estaba sentado. Así que se habrá asustado por el despertar de Mr. Big.

La Lemon de la pantalla se desliza hacia Art y pasa suavemente las puntas de sus dedos por la mismísima punta superior de la tienda.

—Mi amadísimo esposo —dice con un mal acento británico—. ¿Es eso por mí?

Mierda de mofeta. ¿Puede tragarme el suelo y dejarme en la habitación de debajo?

Miro de reojo al Art del mundo real.

Una vena palpita en su sien. Me pilla mirando, se aclara la garganta y se recoloca el albornoz.

—Regla Número Uno —dice el Art de la pantalla con voz ronca—. ¿Recuerdas?

Lemon describe otro círculo con el dedo y agarra la cremallera.

—Una sarta de chorradas.

El Art del mundo real deja escapar una carcajada.

Le lanzo una mirada severa.

Él detiene el vídeo.

—Lo siento, es que lo de las chorradas suena a chorra y ahí es donde ella tiene, quiero decir donde tú tienes la mano.

—Me parto. Cuando te retires del ballet, deberías pensar en convertirte en un puto cómico.

—Tienes que admitir que nos encontrábamos en una situación muy rara.

Suspiro.

—Pues sí.

—¿Deberíamos seguir viendo esto siquiera?

Gran pregunta. Si la película se vuelve una de porno, y es casi cien por cien seguro que lo hará, será muchísimo más duro para nosotros que el resto de nuestro matrimonio sea algo meramente platónico. A pesar de esa reflexión, digo:

—Sí, deberíamos. Necesito saber si debería tomarme una píldora del día después.

Sí. Esa es mi historia, y pienso ceñirme a ella. No es como si simplemente pudiera tomarme la píldora sin mirar, de ninguna manera. ¿Por qué exponerme a altos niveles de hormonas si no es necesario? ¿Verdad?

—Puedo verlo yo solo y contártelo.

Yo resoplo.

—Buen intento. ¿Qué tal si lo veo yo y te lo cuento *a ti*?

Él vuelve a poner en marcha el vídeo.

Los dedos de la Lemon de la pantalla siguen describiendo círculos alrededor del bulto de Art.

—Esto es una mala idea —dice el Art de la pantalla, pero eso no la detiene.

—No es una mala idea. Es Mr. Big —replica ella con una risita.

Alguien llama a la puerta, y me lleva un instante darme cuenta de que es en el vídeo.

Andando de una forma rara, o bien por el alcohol o por lo que acaba de hacer Lemon, Art va a abrir la puerta, y no me sorprendo al ver los carritos cargados de postres que entran en la habitación.

Los camareros dejan todas esas delicias descuidadamente por la habitación, ponen los espráis de nata montada en la mesa y salen por patas... Sin duda sospechando la bacanal que viene ahora.

En cuanto ella y Art se quedan solos, Lemon coge una crème brûlée y la deja en la mesita de noche, allí donde yo he encontrado hoy el bol vacío, con el condón metido dentro.

—¡Come! —dice eso con la energía erótica suficiente como para hacer que la gelatina de al lado se endurezca como un bastón de caramelo.

Art se sienta en la cabecera de la cama, coge el bol y rompe la costra de azúcar de encima.

—Y ahora, por primera vez, pruébalo —dice Lemon.

Se me hace la boca agua.

Art se mete una cucharada de crème brûlée en la boca con gesto sensual.

Tiene los ojos cerrados y parece como si lo

estuviese disfrutando de verdad... Lo que demuestra de una vez por todas que es humano.

Un poco del postre termina encima de su labio, como cuando bebes leche y se te queda marcado un bigote.

Sé lo que Lemon está a punto de hacer antes de que lo haga. Es fácil adivinarlo, porque es lo que me gustaría hacer a mí, y el alcohol ha eliminado todas las inhibiciones de la Lemon de la pantalla.

Se sienta al lado de Art y le lame el mostacho del labio como una gata.

Él abre los ojos. Agarrándola por la nuca, la atrae hacia él para darle un beso que hace que el que se dieron después de la ceremonia nupcial parezca apropiado para mayores de 12 años en comparación.

¡Guau! ¿Es raro tener celos de mí misma? Además, no quiero volver a beber nunca más. No si eso significa que podría olvidar un beso como ese.

Mientras prosigue el voraz beso, la mano de Lemon localiza una vez más el bulto de Art y lo agarra con firmeza.

Él se aparta y coge un poco de aire.

—Espera.

Ella se toca sus labios hinchados.

—¿Que espere qué?

—Estás borracha.

Ella le baja la bragueta.

—Tú lo estás más.

Él se aparta de ella pero no demasiado, porque el cabecero de la cama se lo impide.

—Nunca me he aprovechado de una mujer ebria.

Su sonrisa se vuelve gamberra.

—Ah, eso. Qué admirable. Obviamente, puedo hacerme lo que quiera a mí misma, ¿verdad? No impedirías que una pobre indefensa y ebria mujer se divirtiese un poco, ¿verdad?

Su gesto de negación es apenas perceptible.

Ella se acerca al escritorio y se va desprendiendo de la ropa, lentamente.

De. Toda. La. Ropa.

En fin, más o menos yo ya sospechaba que esto iba a ocurrir en algún momento, dado que esta mañana yo estaba desnuda, pero aun así me ruborizo como una monja en estas circunstancias... Aunque se me escapa cómo podría ocurrir que una monja se emborrachara tantísimo y luego viera una cinta de porno casero al día siguiente.

—Podemos dejar de mirar —dice el Art de aquí al lado.

El de la pantalla no dice nada... Solo mira fijamente a Lemon como si estuviese a punto de devorarla.

Intentando moverse de forma seductora, pero tropezando bastante con los postres, Lemon se tiende en la cama, con las piernas totalmente abiertas y empieza a acariciarse.

No me puedo creer que esté pasando esto. Quiero despertarme de esta pesadilla, o al menos salir corriendo, preferiblemente todo el camino de vuelta a Staten Island.

Mi voz me sale en un hilillo cuando pregunto:

—¿Puedes ponerlo a cámara rápida? ¿Y apartar la vista? Te diré cuando haya terminado.

Si él fuese quien estuviese montando tal espectáculo, de ninguna manera accedería yo a apartar la vista, pero de nuevo, él demuestra que es mejor persona porque hace lo que le pido. O eso, o mirarme acariciar el peluche no es algo que quiera ver estando sobrio.

En la pantalla, el show masturbatorio está teniendo lugar a una velocidad que hace doler los ojos, (o tal vez el dedo), y aun así dura lo que me parece que es muchísimo tiempo. La razón es simple: la Lemon de la pantalla pasa por todas y cada una de las técnicas que yo haya subido a mi blog en mi vida, e incluso se inventa unas cuantas nuevas más.

Si viera esto, ¿se daría cuenta Art de que soy una profesional? Ni idea, pero me alegro de que mi yo de la pantalla no tenga acceso a un cepillo de dientes eléctrico ni a ningún otro utensilio.

Pues no. He hablado demasiado pronto. La Lemon de la pantalla se levanta de un salto, agarra un espray de nata montada y una cereza y luego vuelve a la cama y recubre su vello púbico de nata. Luego añade la cereza encima, por supuesto.

Mátame, camión.

Le hace un gesto a Art y ambos intercambian unas palabras que no puedo oír a cámara rápida. Apuesto a que es algo como «ven, come» por parte de ella y «vale, de acuerdo, lo que sea para que dejes de masturbarte todavía más» por parte de él.

Una vez que el Art de la pantalla se convence, va a por su regalito dando un salto de guepardo. Por otra parte, eso podría parecer que es así debido a la velocidad acelerada de la reproducción.

¿Debería decirle a Art que ya puede volver a mirar? Si eso es necesario para que el vídeo vuelva a velocidad normal, supongo que sí. Tengo mucha curiosidad por su técnica de cunnilingus.

Me aclaro la garganta, que se me ha quedado seca.

—¿Puedes quitar la cámara rápida?

Art se da la vuelta y emite una exclamación ahogada.

¿Ha sido una exclamación buena o una mala? Probablemente mala. No podrá creerse que el alcohol le haya hecho bajar tanto sus estándares de las bailarinas a esto.

Al Art de la pantalla parecen no importarle los encantos de Lemon. Engulle la nata montada como si acabase de salir de una huelga de hambre, y luego se lanza sobre sus pliegues con al menos el mismo entusiasmo y ferocidad.

Ella empieza a gemir.

Por supuesto. Yo quiero gemir también... Por la humillación. También quiero decirle a Art que aparte de nuevo la vista, pero me he quedado sin habla, así que solo me siento, con la respiración entrecortada y los dedos de los pies encogiéndose... Como si fuese a mí, la del presente, a la que estuviesen lamiendo.

¿Es alguna especie de extraña memoria muscular o algo que va más allá?

Los gemidos se hacen más y más fuertes, hasta que Art baja el volumen de la tele, haciendo que mi rostro ya acalorado me arda un poco más.

Cuando ella se corre, su orgasmo parece tan potente que siento una réplica desde aquí, desde el sofá.

—¿Qué tal ha estado eso? —pregunta el Art de la pantalla con una sonrisita de suficiencia.

Ella le arranca la camisa, enviando botones volando por doquier.

—Oficialmente, ya no eres un virgen de la nata montada. —Le baja los pantalones—. Sin embargo, estás en peligro de que un coñito te monte la tuya.

¿Y eso qué demonios significa?

Sonriendo de oreja a oreja, Art le ayuda a que le quite la ropa y enseguida Mr. Big queda libre.

Yo suelto una exclamación de asombro, y lo mismo hace la Lemon de la pantalla. Las dos nos lamemos los labios con nerviosismo, o en su caso, con lujuria.

Hasta para algo apodado Mr. Big, esto es... Bueno, grande. Podrías pensar que los efectos de todo ese vodka en la polla podrían ser algo preocupantes, pero no. Mr. Big está enhiesto por completo, enorme, puro y hermosísimo, y con aire de resultar un peligro. Como si hiciese falta tener sacarse un permiso para poder blandirlo.

¿Es que hizo pis cerca de Chernóbil? No tengo claro lo que pasa con la mía ahora mismo, pero la expresión del rostro de Lemon me recuerda al personaje de Ann la primera vez que vio a King Kong.

Pues sí. Ahora comprendo porque sigo notando molestias.

Cuando se recupera, ella se inclina... Como si quisiera echar un vistazo más de cerca.

Pues no. Falso.

La está lamiendo, y luego chupando.

Ver esto ha sido un error. No creo que sea capaz de volver a mirar jamás a Art a los ojos. Por otra parte, tampoco puedo evitar notar lo mucho que se me hace la boca agua, junto con otras zonas del cuerpo. En especial cuando Lemon se aparta, agarra un bote de nata montada, cubre a Mr. Big con ella y luego la devora toda.

—Necesito estar dentro de ti —gruñe el Art de la pantalla cuando se repite el tratamiento con la nata montada.

Vale, eso es la hostia de sexy. Yo diría que sí ahora mismo, y a la porra con todas mis dudas previas.

Por otra parte, sigo estando un poco borracha.

No es de extrañar que mi descocado yo no diga simplemente que sí. Se echa para atrás y se abre de piernas con gesto incitador, gimiendo:

—Sí, por favor.

Oye, podría haber sido peor y haber dicho.

«Pasa, mi local está abierto para cualquier negocio».

Pero espera.

—¿Y el condón? —murmuro en voz alta.

Por su parte, el Art del mundo real se pone tenso. O bien no le gusta el suspense de «usarán condón o no» o sencillamente está fastidiado por dónde está a punto de meter a Mr. Big.

—Un momento. —El Art de la pantalla se acerca corriendo a sus pantalones, saca la cartera y revuelve rápidamente dentro hasta que saca un preservativo.

Miro de reojo al Art del mundo real.

Él me dirige una mirada culpable.

—No estaba presuponiendo nada al llevar eso conmigo. *Siempre* llevo uno en la cartera.

Genial. Si necesitaba alguna prueba de que es un mujeriego, aquí la tengo.

Antes de que yo pueda decir nada, el Art de la pantalla se coloca el condón en Mr. Big y luego se posiciona en un movimiento fluido sobre Lemon, con la punta enfundada empujando la entrada de su abertura.

No me jodas. Esos glúteos. Esa espalda. A pesar de las molestias, vuelvo a estar tan salida como una cabra montesa adolescente... En celo.

Él entra en ella.

Ella gime.

Mi corazón se acelera al máximo de golpe.

Él gruñe.

El Art del mundo real carraspea.

—¿Debería ponerlo a más velocidad?

—No —digo, demasiado rápidamente. Con tono más moderado añado: —¿Y si el condón se hubiese roto?

—¿Podríamos ver algo así siquiera? —pregunta.

A la mierda con él y sus razonamientos correctos.

—¿Tal vez podríamos oírlo?

—¿A qué suena eso?

Yo respiro hondo para calmarme.

—Vale. Aceléralo.

Él lo hace, pero verle follándome súper deprisa solo hace que el vídeo sea más sexy... Y que me haga sentir más vergüenza.

Al final, el Art de la pantalla penetra de una forma particularmente violenta a Lemon, que es cuando el Art que tengo a mi lado debe de decir que la cuestión del condón se resolverá pronto, porque vuelve a poner el vídeo a velocidad normal.

—¡Art! ¡Art! ¡Art! —grita la Lemon de la pantalla una y otra vez, mientras llega al clímax.

¡Guau! No creo que jamás haya montado antes tanto escándalo. Es un milagro que no me quedase afónica. Él debe de haber sido bueno. Muy bueno. Lástima que el estúpido vodka me haya arrebatado ese recuerdo.

El Art de mi lado se seca el sudor de la frente mientras que su yo de la pantalla se quita el condón y lo deja en el bol en el que lo hemos encontrado hoy.

Art y yo nos sentamos más derechos. Si ocurrió algo peligroso, debería aparecer ahora en la pantalla... Aunque no es que puedas considerar lo que ya hemos visto «seguro».

—¿Tienes otro? —pregunta Lemon.

¡Qué ninfómana! No me había sonrojado tanto en la vida.

El Art de la pantalla niega con la cabeza.

—Ha sido una suerte que tuviese ese.

—Oh, bueno. —Ella se pone en pie y casi se cae al suelo—. Sé qué podemos hacer.

Desaparece de la vista.

¿Por qué esto me está haciendo temerme lo peor?

Cuando regresa, trae el látigo.

¿Qué diablos...? Esa cosa no estaba en la habitación cuando nos hemos despertado. ¿A dónde habrá ido a parar? Espero que no dentro de ningún orificio. Al menos, no dentro de uno mío.

Oh, no. Por favor, dime que nuestra maratón sexual no ha dejado nunca los confines de esta suite.

Lemon coge una porción de tarta de queso y un bote de nata montada.

—¿Listo para la versión americana del parka?

El Art de la pantalla arquea las cejas.

—¿Incluiría eso una hamburguesa?

—Túmbate boca abajo —dice ella, haciendo una imitación bastante buena de cómo Art dijo esas palabras exactas en el banya.

Él lo hace.

Ella coloca la tarta de queso sobre su pecho, lo cubre con nata montada y levanta el látigo.

—¿Listo?

¡Plas!

La sustancia blanca se extiende por todas partes, y la piel expuesta de Art adquiere un tono ligeramente rojizo. A él no parece importarle. Sin duda, está demasiado borracho para sentir ningún dolor.

—Te toca —dice.

Ella se tumba y luego cierra y abre las piernas.

Ramera.

Él coge una cucharada de helado de un bol y se la coloca en el ombligo.

—¿Lista?

Con una risita, ella menea la cabeza

—Si estás haciendo un Sundae, añádele algo de nata montada.

Zorrón.

Nota al pie: ¿por qué hay tantas palabras para meterse con una mujer un poco golfa y tan pocas para meterse con un hombre de idéntica condición? ¡Estúpida doble moral!

Mis reflexiones feministas se ven interrumpidas por el latigazo de Art... Como lo son a menudo esas cosas. Bueno, al menos él es mucho más suave con ella de lo que ella lo ha sido con él.

Aun así, el helado y la nata montada salen volando en todas direcciones.

—Ahora... Lámelo —ordena Lemon.

Me he quedado sin epítetos para meterme con ese putón.

El Art de la pantalla obedece.

Ella tiene otro orgasmo, a todo volumen, y luego le devuelve a él el favor. En el momento en el que él se corre, ella le tira una tarta a la cara, gritando.

—¡Sabía que querías recibir en la cara!

A eso le sigue una batalla de comida, y luego más sexo oral. Por fin, se acurrucan los dos juntos y se quedan dormidos.

CAPÍTULO

Veintidós

—Nunca más hablaremos de esto —le digo a Art cuando para el vídeo—. ¿Trato hecho?

Él asiente.

—¿Debería borrarlo?

Estoy a punto de decir: diablos, sí. Pero entonces titubeo.

—Yo lo guardaría hasta que te den la tarjeta de residencia. Si algún funcionario del gobierno no se cree que lo que tenemos es real, le enseñaremos eso. que lo que tenemos es real, le enseñaremos eso.

Él se echa a reír.

—No puedo ni imaginarme la expresión de la cara de ese hipotético funcionario.

Yo me río también, pero luego me pongo seria.

—Probablemente no haga falta decirlo, pero quiero hacerlo igualmente: no veas eso otra vez, ni se lo enseñes a nadie.

Y yo tampoco lo veré otra vez, porque mantener

esta relación platónica con él es a estas alturas algo tan duro como Mr. Big lo estaba en el vídeo.

—No hace falta decirlo.

Suena el timbre de la puerta. Él se levanta a contestar.

¿Es mi imaginación sobreexcitada por el vídeo, o acaba de reajustarse algo en la zona de Mr. Big? Maldita sea, ahora que lo he visto, ¿será su polla lo único en lo que voy a pensar?

Cuando Art regresa, ya está vestido, y me pasa mi vestido de anoche, ahora limpio.

—Voy a encontrar a Fluffer. —Sale de la habitación.

Yo me río un poquito mientras me visto. Hablando de Fluffers, a él no le hizo falta ninguno durante nuestro pequeño vídeo porno.

—Lemon, ven a ver esto —grita Art desde el dormitorio.

Voy con él... Y cuando entro en el cuarto, me ruborizo. Ahora que he visto lo que ha sucedido aquí, los postres han adquirido un nuevo significado.

Además, juro que puedo notar el olor a sexo en el aire, y que eso me hace ponerme cachonda. O más cachonda.

Art está arrodillado al lado de la cama, mirando debajo, así que me uno a él.

En cuanto veo lo que ha encontrado, me echo a reír.

Parece ser que hemos encontrado tanto a Fluffer como al látigo desaparecido. El uno se está comiendo el otro... Y obviamente quiero decir que es Fluffer el que se come el látigo y no al revés.

Dejo de reírme.

—¿Es eso bueno para su salud?

—Creo que sí —dice Art—. Ese mango es de madera, y el tío de la tienda dijo que las chinchillas roen cosas varias con regularidad, para limarse los dientes, que nunca dejan de crecerles.

Vaya. Está claro que Art le prestó más atención a ese discurso que yo.

—Ven aquí, pequeño Fluffer —digo con tono invitador—. Somos tu mami y tu papi.

La chinchilla me lanza una mirada que parece decir:

¿Mami? Por favor, humana. He sido testigo de tu insaciable apetito por toda esta habitación... En ambos sentidos del término. Si salgo, vas a tragarme enterito, igual que a una pequeña bola de algodón de azúcar. No, gracias.

Vuelve a mordisquear el látigo.

—¿Cómo lo sacamos de ahí? —le susurro a Art.

En teoría, mi brazo es lo bastante delgado como para caber debajo de la cama. Pero no, gracias. No estoy segura de si a la chinchilla le han puesto la antirrábica.

Art se pone de pie y sale del cuarto. Cuando regresa, lleva en la mano un bol grande con, qué raro, arena.

—El tío de la tienda dijo que les encantaban los baños —dice Art—. ¿Tal vez esto le haga salir?

Deja el baño de arena en el suelo. En cuanto Fluffer lo ve, suelta el látigo y sale corriendo hacia la arena.

Vaya.

¿Eso es lo que hace la industria peletera para atraerlas?

Fluffer empieza a revolcarse en la arena y yo lo observo con una sonrisa cada vez más amplia.

—¿Por qué esto no se ha hecho viral? —le pregunto a Art—. Es más mono que ver dormir a unos gatitos.

Art mira a Fluffer con orgullo paterno.

—Estoy de acuerdo. Tendremos que grabarlo y colgarlo uno de estos días.

Fluffer, que parece haber acabado con su baño, nos lanza una mirada de preocupación.

Primero colgarme, después comerme. Los humanos son tan predecibles...

Antes de que la chinchilla pueda volver a meterse corriendo bajo la cama, Art dice algo tranquilizador en ruso y lo coge con suavidad.

Se acabó. Hasta el humano que mejor huela te comerá. ¿Quién lo hubiese dicho?

Art mete a Fluffer en el transportín y se vuelve hacia mí.

—Deberíamos salir hacia el aeropuerto. No quiero tenerlo encerrado en esta cosa más tiempo del necesario.

Claro, claro. Solo queréis carne fresca para vuestro vuelo, pedazo de monstruos.

Como nos marchamos, localizo mi móvil y busco mi ropa vieja. Ha desaparecido. Probablemente se quedara en la tienda en la que compré mi nuevo modelo.

—¿Dejamos el látigo debajo de la cama? —le pregunto a Art antes de salir.

Él se encoge de hombros.

—Está hecho un desastre.

—Sabrán que es nuestro. —Me sonrojo al imaginarme a alguien encontrando esa cosa. Asumirán que somos extra pervertidos, dado el estado roído de la madera—. Está todo cubierto de dulce.

—Si tú quieres arrastrarte debajo de la cama, adelante —dice él.

Suspiro y salgo de la habitación. Art y yo no hablamos mucho de camino al vestíbulo. No sé lo que pensará él, pero yo estoy volviendo a reproducir el fatídico vídeo en mi cabeza y excitándome demasiado como para estar en público.

—Voy a pagar la cuenta —dice Art—. ¿Puedes buscarnos un taxi?

Yo lo hago y cuando Art se reúne conmigo, su expresión es extrañamente pensativa.

¿Estará también reflexionando sobre el vídeo que hemos visto?

—¿Adónde vamos? —pregunta el taxista.

—Denos un segundo —le dice Art, y luego se vuelve hacia mí—. Mira, Lemon, si has cambiado de idea sobre todo el asunto de la boda, podemos ir y pedir la anulación.

¿En base a qué? De hecho, ¿no acabamos de consumar nuestra unión?

—¿Has cambiado *tú* de idea? —pregunto, odiando al instante lo poco firme que suena mi voz.

Su ceño se frunce.

—¿Por qué cambiaría yo de idea?

¿Porque el vídeo te ha hecho sentirte sucio? ¿Porque

ya no quieres verte asociado a alguien como yo? ¿Porque acabas de darte cuenta de que ahorrarías dinero sencillamente pidiéndole a cualquier mujer de sangre caliente que fuese tuya gratis? Se me pueden ocurrir unas cuantas razones más.

—Si a ti te sigue pareciendo bien, a mí también —le digo—. Ah, y obviamente, la Regla Número Uno vuelve a entrar en efecto.

—Correcto. La Regla Número Uno. —El escudriña mis labios con una extraña expresión—. ¿Qué tal si también aplicamos la Regla Número Dos: nada de alcohol mientras estemos casados?

¿Es eso para que él no repita el error de ensuciarse liándose conmigo? Yo hago un mohín.

—Vale.

Se vuelve hacia el taxista, que llegado este punto debe de pensar que estamos los dos de atar.

—Al aeropuerto, por favor.

El conductor pisa el acelerador, y para llenar el incómodo silencio que sigue, me pongo a mirar mi móvil.

—¡Mierda de mofeta! —exclamo en voz alta, sin darme cuenta.

Tengo cientos de mensajes, llamadas perdidas y notificaciones de redes sociales.

—¿Todo bien? —pregunta Art, arrimándose a mí en el asiento.

—Un montón de mensajes. —Ondeo el móvil en el aire.

—¡Ah! —Él se toma eso como una invitación para mirar el suyo, así que yo me sumerjo en el mío.

Mierda de mofeta.

Art no fue el único que hizo fotos y vídeos anoche. Yo también lo hice, y los colgué... Después de estar demasiado borracha para entender las implicaciones.

Son fotos nuestras en cada uno de los museos, pero eso es salvable. Unas cuantas fotos en el Dick's Last Resort y la exposición del Titanic... Todavía no el fin del mundo. Y...

No puede ser.

Aquí está.

Subí fotos de nosotros atando el lazo... Claramente tomadas por una de las estríperes que hicieron de testigos.

Eso significa que todo el mundo lo sabe. Mi familia y mis amigos.

Aunque fuese a conseguir esa anulación, lo peor del daño ya está hecho.

Con el corazón lleno de pesar, leo el primer mensaje, que resulta ser de Honey.

¿¿Casada?? ¿En serio? ¿Pero cómo olía de bien ese tanga? Llámame inmediatamente.

Un mensaje de Blue llegó justo después:

¡¡Sagrado matrimonio!! O sea, me gustan los tíos de Europa del Este tanto como a cualquier chica, pero ¿no crees que eso ha sido solo un pelín demasiado rápido? Llámame o hackearé el teléfono y te hablaré por el altavoz.

Gia escribió en Facebook. Como se dedica al espectáculo, mantiene su presencia allí religiosamente.

Lo he clavado del todo. Es así como pensaba que acabaría el Proyecto OH, solo que tal vez no tan pronto. Exijo detalles.

Y así con todos los demás.

Hasta mis padres están enterados. Con un mensaje todo en mayúsculas, mamá me dice lo contenta que está y luego me da una charla sobre la importancia de los orgasmos múltiples, sobre todo en tu noche de bodas.

Vaya, gracias.

El mensaje de papá es más siniestro.

¡Felicidades! Os veré pronto a ti y a tu nuevo maridito.

Aparto el teléfono de mi cara.

—Puede que mis padres vengan a la ciudad.

Art levanta la vista de sus propios mensajes.

—Eso es genial. Estoy deseando conocerles.

Vaya. Unas últimas palabras para la posteridad.

———

Durante el resto del camino hacia nuestros asientos en el avión, esquivo los mensajes de todos los cotillas. Justo cuando estamos despegando y antes de que pierda la cobertura, llego a un mensaje que llegó mucho antes ayer, más o menos cuando estaba dándole masajes a Art en el banya.

Es un número desconocido.

Hola Lemon, me llamo Bella Chortsky. Tu hermana ha pensado que deberíamos hablar. Ya he vuelto a la ciudad. ¿Quieres tomar una copa o un café mañana?

Oh, mierda de mofeta. Es la dueña de Belka... o sea,

un contacto de negocios. Así que, por supuesto, la idiota de mí respondió en algún momento de la pasada noche:

Lo siento, no puedo no pue, Bellíssima.

Dejo de leer.

¿Bellíssima? ¿Fue el autocorrector o de verdad he llamado a una mujer a la que no conozco «hermosa» en italiano?

Espero que fuese el autocorrector. Lleva tiempo fallándome.

Por desgracia, el mensaje continúa.

Estoy en Vergas.

¿Vergas? ¿Es eso el autocorrector cambiando Las Vegas, o me he pasado a una palabra española que significa «pollas»? ¿Tal vez fuese la influencia subliminal del látigo?

Oh, y ahora viene el chiste final:

Estoy a putón de casarme al tío que mejor, mejor huele del mundo. ¿Orta choche?

Sí. Putón, orta y choche... Ay, ¿y por qué el autocorrector no habrá cambiado ese huele a otra cosa, como, incluso, muele?

Esto manda a la porra las oportunidades de conseguir un patrocinador.

O quizás no.

Hay una respuesta de Bella.

¡Guau! Suena a que te lo estás pasando genial por allí. Quiero que me cuentes más. Dame un toque cuando estés de vuelta.

Vale, tal vez no esté todo perdido. No, a menos que mi respuesta final lo arruinase todo, que es bastante posible. Unas horas después, cuando estaba todavía más borracha, esto fue lo que escribí:

En culato este puesta en Mueva Pork, te mamo, perrilla.

Me doy una palmada en la frente, como una burra. O debería decir, como una perrilla.

—Así de malo, ¿eh? —Art pone su mano sobre la mía, probablemente por accidente.

Apago rápidamente el teléfono. Ya es lo bastante malo que Bella leyese esas atrocidades. No hay motivo para que lo haga también mi nuevo marido.

—No, no pasa nada. ¿Qué tal tú?

—No demasiado mal, sobre todo en comparación con cómo se ha tomado todo el mundo la noticia de mi retirada. —No aparta la mano.

El cosquilleo en mi estómago lo siento como la suave caricia de las alas de bebés de cisne.

—¿Te has retirado?

Él asiente.

—Dijiste que no ibas a retractarte de nuestro trato, así que.

Pestañeo con gesto de estúpida.

—¿Así, sin más? ¿Ya no eres bailarín de ballet?

—No, sigo siéndolo. No voy a dejar a la compañía en la estacada. Haré unas cuantas representaciones, hasta que encuentren a un reemplazo. Pero claro. Ahora ya he tirado de la manta.

¡Guau! Admiro su decisión. Yo habría esperado a

tener el permiso de residencia antes de reducir mis ingresos. Pero por otra parte, debería concederme más crédito a mí misma. Si de verdad me importasen mis ingresos, trabajaría en finanzas o en el sector inmobiliario, en vez de dedicarme a mi pasión: escribir blogs sobre las diferentes maneras de visitar mi caja de seguridad.

—¿Les apetece algo de beber? —pregunta la azafata, acercándose a nuestros asientos.

Art levanta la mano y hace un furioso gesto negativo justo a la vez que yo.

Ella parece ofendida y se larga a toda prisa.

Art mira el transportín de debajo de su asiento, y yo veo fugazmente la expresión de infelicidad en el rostro de Fluffer.

Nunca habría pensado que diría esto, pero preferiría que me comieran. Las Chinchillas no estamos hechas para volar. Estamos en nuestros cabales, a diferencia de las ardillas voladoras, los petauros australianos, o los humanos.

Art le murmura algo tranquilizador en ruso, y eso parece calmar un poco al bichito.

Oye, hasta yo estoy más tranquila.

Y adormilada.

Muy adormilada, lo que es comprensible. Me pasé la mayor parte de la noche de ayer haciendo cosas con Art, sin mencionar lo malo que es el alcohol para dormir.

En fin.

Cierro los ojos.

También podría echarme un sueñecito.

———

Me despierto cuando estamos aterrizando en Nueva York.

¡Guau! Cinco horas de sueño. Y aun así, sigo teniendo dolor de cabeza.

—Hola, dormilona —murmura Art cuando nota que abro los ojos.

—Hola. —Cualquier chica podría acostumbrarse a ver ese rostro al despertar.

El avión se detiene por completo, y los motores se apagan.

—¿Has descansado bien? —pregunta Art cuando las indicaciones luminosas de abrocharse el cinturón se apagan.

—Creo que sí. —Levanto las manos para frotarme los ojos y me doy cuenta de que alguien me ha tapado con una suave manta—. Gracias.

—¿Qué tal va tu dolor de cabeza? —Me ofrece una botella de agua.

Yo la cojo y bebo un sorbito. El agua está fría y me refresca la reseca lengua.

—Todavía me dura. ¿Y tú?

—Yo estoy mucho mejor. —Saca una caja de analgésicos y me la pasa—. Tómate esto.

Yo me trago dos píldoras y me acabo el agua para asegurarme de estar adecuadamente hidratada.

Él me mira con una extraña expresión. Sus ojos parecen cálidos, como una fondue de chocolate.

—¿Sabías que roncas?

Casi me atraganto, y se me escapa un poco de agua por la nariz.

—No es verdad.

Él saca el móvil y pone un audio de la aplicación de grabar.

Pues sí. Eso son ronquidos.

—Podría tratarse de cualquiera —digo con un resoplido—. Las damas no roncan.

Él me pone una mano en el codo.

—Acabas de arruinar mi maléfico plan. Es cierto, he grabado a otra mujer roncando y he intentado hacerte creer que eras tú.

Si sigue tocándome el codo, le dejaré que se salga con la suya y me acuse de hacer toda clase de sonidos inapropiados, ya sea roncar, eructar o gemir.

Tristemente, aparta la mano y la mete debajo del asiento para coger el transportín de Fluffer.

—Un maléfico plan, ciertamente. —Lo miro con los ojos entornados, en plan burlón—. No vuelvas a intentarlo otra vez... Ni eso ni nada que implique la frase «otra mujer».

Sea lo que sea que fuese a decir, le interrumpe el anuncio de que podemos bajarnos del avión.

Con un gesto de caballero trasnochado que me encanta en secreto, Art me ofrece su mano para ayudarme a levantarme de mi asiento. También me deja pasar delante en todas las puertas que atravesamos para salir del aeropuerto.

Como no tenemos equipaje facturado, vamos directos hacia la cola de los taxis. Mientras esperamos, escribo a mis hermanas y les digo que hablaremos en cuanto llegue a casa. También titubeo sobre si debería mandarle algo a Bella, pero antes de que me decida, llega nuestro turno de coger el taxi.

En cuanto salimos, me doy cuenta de que hay un enorme problema.

La persona que se subió a este taxi antes de nosotros no ha debido de ducharse en una década entera. Y para empeorar la cosa, huele también a ambientador de pino.

Abro un poquito la ventanilla.

No puede ser. El olor a ambientador se hace menos potente, pero el olor corporal sigue siendo intolerable, haciéndome creer que la fuente es el conductor.

Ni siquiera arrimarme a Art e inhalar su mágico aroma parece funcionar. ¿Quedaría muy raro si sacase la máscara de gas y me la pusiera? ¿O si saco la cabeza por la ventanilla, igual que un perro? ¿Y si fingiera estar mareada? Podría marearme de verdad si sigo oliendo esto.

El problema es que si nos bajamos ahora, tendríamos una gran caminata de vuelta hasta la parada de taxis y además habría que volver a hacer cola. Odio ponerme tan diva en lo referente a los olores, pero por otra parte, no estoy segura de ser capaz de...

—Pare el coche. —El tono de Art es tan autoritario que el conductor pisa de golpe los frenos.

Nos detenemos con una sacudida y un chirrido de frenos y huelo a goma quemada... Otro olor que odio.

—Nos bajamos —dice Art. Luego le lanza al tío un billete de veinte y sale del coche, sosteniéndome la puerta.

Antes de que el taxista pueda aclararse sobre lo que ha sucedido, yo me bajo pitando.

Oh, el maravilloso aire libre de olores corporales.

Mis náuseas reflejas se detienen.

El taxi se larga a toda prisa.

Miro a Art con las cejas levantadas, aunque puedo adivinar lo que ha pasado.

—Ese coche parecía oler mal —dice—. Me he imaginado que si yo lo estaba notando, probablemente tú te estarías asfixiando.

Tal como yo pensaba. Ha querido salvarme del pestazo. Ese es un acto de caballerosidad que haría que te ordenasen caballero en sus tiempos o al menos que pudieses sortear el cinturón de castidad de alguna dama.

—Gracias —le digo toda seria—. Pero ahora tendremos que desandar todo el camino.

Él agita su Smartwatch en el aire, enseñándomelo.

—No me iría mal el paseo. Además, por ti vale la pena.

Ooooh. Casi voy flotando en el aire todo el camino de vuelta.

Por suerte para nosotros, la cola es más corta cuando llegamos y el siguiente coche está libre de olores, o tan libre de olores cómo es posible para una máquina que funciona con apestosa gasolina y es usada por docenas de personas al día.

—¿Te importa que haga una cosa en el móvil? —le pregunto a Art—. Hay un mensaje de trabajo que necesito enviar.

Él frunce el ceño.

—¿Pero no estabas entre trabajos?

Mierda de mofeta. Este es el problema con las mentiras. Requieren más mantenimiento que un vibrador antiguo.

—Mi hermana me ha puesto en contacto con alguien que podría suponer una gran oportunidad para mí. —Bueno, todo eso es verdad—. El problema es que le escribí estando borracha, así que ahora necesito tener mucho cuidado con cómo formulo cualquier comunicación con ella.

Él asiente con aire de entenderlo.

—Si necesitas mi ayuda, avísame.

Oh, no. Es suficiente con que Bella, y tal vez Blue, mi hermana espía, hayan leído la frase de «En culato este puesta en Mueva Pork, te mamo, perrilla» No es necesario que la vea nadie más. Especialmente Art.

—Gracias, pero necesito hacer esto sola —le digo—. Estoy segura de que tú tendrás cosas de las que encargarte con respecto a nuestra reciente unión.

—Tienes razón. —Desbloquea su móvil—. Necesito organizar unas cuantas cosas.

Me quedo mirando a la pantalla durante al menos media hora mientras me estrujo el cerebro pensando en cómo salvar la situación con Bella. Lo mejor que se me ocurre es:

Hola, Bella. Maldito autocorrector, ¿verdad? Estoy de vuelta en la ciudad. ¿Cuándo te iría bien quedar?

Lo escribo pero no lo envío. Me doy unas cuantas horas para pensar en algo mejor.

Art carraspea, así que levanto la vista.

—¿Te acuerdas de cuando hablamos de no celebrar una gran boda? —pregunta.

Mi ritmo cardíaco se dispara.

—Sí.

—Pensándolo mejor... ¿Qué te parecería una recepción de tamaño mediano para celebrar nuestras nupcias? —Hace un gesto hacia su móvil—. Me lo han pedido, repetidamente.

Arrugo la nariz. Ya casi puedo oler el perfume.

—Si no hay más remedio.

—Solo serán familia, amigos y compañeros de trabajo.

—Solo —digo, dibujando unas comillas en el aire—. Pensaba que normalmente a esas cosas iban los enemigos y unos extraños elegidos al azar.

—Mira, si te supone un gran problema, entonces...

Yo le digo que no con la cabeza.

—Si puede hacerse al aire libre, lo haré.

—Podemos hacerlo al aire libre. Lo organizaré todo. Lo único que voy a pedirte es que me envíes la información de contacto de las personas que quieras que asistan.

—Vale, ahora mismo. —Le envío un correo electrónico con los datos de mi familia, de Fabio y de unos pocos amigos más—. Solo diles que pueden traerse a un acompañante, máximo a dos, pero no más.

—De acuerdo.

El taxi se detiene y me doy cuenta de que ya estoy en casa.

—Aquí vivo yo. —Hago un gesto hacia la puerta del garaje.

Art se acerca más con los ojos brillantes.

—Cierto.

Siento una inexplicable fuerza de gravedad atrayéndome hacia él, y a duras penas puedo luchar contra ella.

—¿Adiós?

Él se da la vuelta y se baja del coche.

¡Guau! ¿Acaba de autoinvitarse?

Rodea el taxi y luego me sostiene la puerta del coche.

—¿Nos vemos mañana?

Oh. Una oleada de decepción me golpea.

—Por supuesto. A primera hora, si puedes.

Él sonríe con suficiencia.

—Puedo organizarme, sí. Adiós, esposa mía.

Yo pongo los ojos en blanco.

—Adiós, amado maridito.

Tras esas palabras, me alejo a grandes zancadas hacia mi domicilio, para encontrarme con una gran cesta en la puerta.

¡Guau! Es un arreglo de frutas hecho para que parezca un precioso ramo de flores.

¿Será para mí o para mis caseros?

Según la nota, es de parte de Art, así que será mío.

Me siento jovial de repente. Nadie me envía flores porque sus aromas se me atragantan, pero este es un inteligente equivalente. Las frutas apenas huelen a nada.

—¡Gracias! —grito hacia el taxi, pero ya se ha puesto en marcha.

Entro la cesta y la miro bien.

Hay de todo: melones, fresas, uvas, piña y todo eso, pero debajo de todo, en vez de un jarrón, hay un pastel, junto con una nota más larga.

Este regalo es también un desafío. Cómete toda la fruta y a ver si después te sigue apeteciendo la tarta.

Una parte de mi anterior jovialidad se desvanece. Sé que es un cliché femenino y todo eso, pero ¿me está pidiendo Art que pierda peso? Seguramente, de la forma más indirecta posible.

Woofer cobra vida y choca contra mi pierna.

No sé si yo sería tan torpe como para llamar a mi ama humana gorda, pero pienso que perdería menos células cutáneas para que yo las aspirara si se librara de unos kilitos.

Rechino los dientes, saco el móvil y lo dispongo para grabar un vídeo.

—Desafío aceptado. —Me pongo a devorar la fruta con ganas.

Está muy rica, en realidad. Jugosa y refrescante. ¿Es la fruta siempre así? No suelo comerla aparte de como parte de la decoración que llevan los postres, así que en realidad no lo sé. Por supuesto, es posible que esté sencillamente deshidratada por el banya y todo el alcohol. Sin embargo, esto sí lo sé: no hay forma de que unas cuantas bayas y pedazos de melón eviten que yo me coma ese pastel.

Salvo que no son unos cuantos pedazos. Son un montón de pedazos.

Cuanto más como, más se me llena el estómago.

Mierda de mofeta. No puedo dejar ganar a Art. Aunque no lo disfrute, pienso comerme ese pastel.

Quizás.

Cuando me he terminado toda la fruta, la idea de comerme el pastel me parece casi repugnante.

Maldición.

Borro el vídeo. Si Art me pregunta, sí que me he comido el pastel.

Mi teléfono emite un sonidito.

Ah, vale. Hay gente esperando para saber de mí.

Me acerco al ordenador, organizo una reunión en Zoom y envío invitaciones a todas.

Espero a que cinco caras idénticas a la mía, aunque ligeramente más delgadas, aparezcan. Luego, mamá y papá hacen acto de presencia, seguidos por Gia y su gemela Holly y, por alguna razón, Fabio.

—¿Cómo has conseguido una invitación? —le pregunto.

Honey se aparta de la pantalla y aparece en la de Fabio.

—Lo siento. Estaba en mi casa cuando llegó la invitación.

—Vale —le digo—. Comencemos.

Honey regresa a su pantalla y se une al resto, que me mira expectante.

Me tomo un instante para disfrutar siendo el centro de atención por una vez. Entonces digo:

—Parece que soy la primera de las hermanas Hyman en atar el lazo. Esas son todas las noticias que tengo. ¿Alguna pregunta?

CAPÍTULO

Veintitrés

SE DESATA EL CAOS. Todo el mundo lanza preguntas gritos pisándose unos a otros, suelta juramentos en la línea de «no me jodas» e incluso se profieren amenazas de daños corporales.

Cuando se calman un poco, digo:

—Para los que no lo sepáis, ya hace algún tiempo que me gustaba Art, que por cierto es el nombre de mi marido.

Gia, Honey, Blue, Fabio, y Olive adoptan un gesto petulante: ellos ya conocían mi obsesión. Holly parece estar en su propio mundo: sin duda contenta de que haya once personas en esta llamada, un número primo. Mamá y papá parecen estar en éxtasis, probablemente imaginándose un bebé varón creciendo en mi vientre, o algo igual de repugnante. Pixie y Pearl parecen mosqueadas, como era de esperar: a ninguna de las sextillizas nos gusta que nos dejen de lado en lo referente al cotilleo jugoso.

—El nombre completo de Art es Artjoms Skulme —prosigo—. Es bailarín de ballet. Al menos, por ahora.

Algunos parecen distraerse, probablemente buscando en google el nombre de mi nuevo marido.

—¿Sabes? Acabo de recibir un mensaje de alguien con ese nombre —dice Olive—. No lo he leído del todo porque me he metido en esta conversación.

—Oh, sí. Está organizando una recepción nupcial para nosotros. —Miro directamente a mamá y papá—. La asistencia es opcional, así que los que no estéis en Nueva York no tenéis por qué venir.

—Oh, yo pienso estar allí —dice mamá.

Puaj. Bueno, salga lo que salga de esto, ahora Art ya no puede pedir la anulación del matrimonio.

Olive se acerca más a la cámara.

—Yo también iré.

Genial. Solo espero que se deje a ese pulpo que tiene de mascota en Florida. Esa cosa es más que espeluznante.

—Creo que Lemon está intentando cambiar de tema —dice Honey—. Cuéntanos cómo has acabado casada.

Cojo aire para calmarme. Es un asco tener que mentirles, pero no tengo elección. Y así, por Zoom, resulta más fácil.

Empiezo hablándoles del banya, luego me pongo con nuestras travesuras de Las Vegas, excepto por lo del maratón sexual.

—Si queréis ver más fotos de todo eso, agregad a Art a vuestras redes sociales.

A eso le sigue una avalancha de preguntas, y hago lo que puedo por defender mis respuestas. Entonces llega la siguiente oleada, y soy un poco menos entusiasta con mis contestaciones. Para la décima ronda, empiezo a bostezar de forma ostentosa.

—Chicos, anoche no dormí demasiado. Cuando conozcáis a Art en la recepción podréis preguntarle lo que queráis saber.

Mamá menea las cejas.

—¿Habéis oído eso todos? Anoche no pegó ojo. En toda la noche.

Mis hermanas me miran comprensivas mientras yo me cubro los ojos con las manos. En sentido estricto, yo he dicho que «no dormí demasiado», pero corregir a mamá solo serviría para empeorarlo.

—Así es nuestra Cosita Cuatro —dice papá con orgullo—. Cuando era una renacuaja, tenía una energía inagotable.

Oh, no. Ahora vendrán más comentarios de ese tipo. Necesito poner freno a esto, para poder salir de esta conversación con algo de dignidad.

Pongo una mueca y luego mantengo el gesto para simular un corte en el streaming. A continuación, con mi mejor imitación de ventrílocua, proyecto mi voz como si viniera de más lejos y digo:

—Oh... No.. El wifi... Se corta.

Y con eso, salgo del Zoom.

Al instante me llega un mensaje de Blue que me hiela la sangre:

Lo sé.

¿Qué es lo que sabe? ¿Lo del matrimonio de pega? ¿O solo que he fingido el corte del wifi? O podría ser solo un farol, a ver si pesca algo de información.

Escribo mi respuesta:

¿Lo que hice el último verano?

No me responde, lo que significa que probablemente estuviese soltando un farol.

Vuelvo a mi mensaje sin enviar para Bella.

Pues no. Sigo sin estar preparada para enviarlo. En lugar de eso, decido trabajar un poco.

Sí. Reflexiono sobre unas cuantas técnicas nuevas que parezco haberme inventado para Art la otra noche, e incluyo la más prometedora en un artículo para mis seguidores. Titulo esta entrada: «Larga vida y prosperidad».

Maldita sea. Poner esto por escrito me hace desear hacerlo estando sobria. ¿Y por qué no?

Cierro el portátil. Esto es básicamente un ejercicio de control de calidad: una forma de garantizar que mis lectoras disfruten de ponerle salsa a su caracola cuando lo intenten.

Sí. Me sacrificaré por el bien del equipo.

En un momento.

Primero, me ducho y me pongo ropa más cómoda. Luego me meto en la cama y me quito las bragas.

La clave es no pensar en ese vídeo con Art mientras hago esto.

Pues sí.

Pongo los dedos con la forma de V del saludo

vulcano, que es la posición de inicio de esta técnica en particular: el índice y el corazón juntos, luego un hueco y luego el anular y el meñique juntos.

Sigo sin pensar en el vídeo.

Me aseguro de que tengo el clítoris entre el dedo corazón y el anular.

Mmm. Esto está muy bien. La sensación ceñida me recuerda a la Técnica de la Paz que blogueé hace unos meses.

No estoy pensando en el vídeo ni en Mr. Big.

Empiezo a acariciar la orquídea lentamente.

No pienso en sus ojos color chocolate. Ni en sus firmes labios. Ni en ese trasero tan bien formado. Ni en esas poderosas piernas de bailarín, ni en esa espalda bien tonificada.

¿A quién pretendo engañar? Intentar quitarme de la cabeza a mi falso marido es un ejercicio fútil. O no me correré, o lo haré con una imagen suya firmemente enclavada en el ojo de mi mente.

Pues que así sea.

Saco el tanga, quiero decir, el cinturón de baile de Art de debajo de la almohada y le doy un buen olisqueo.

Oh, sí.

Acelero y dejo que todas las imágenes de mi banco de frotamientos fluyan libremente, todas las del vídeo y el banya.

Y de esa manera, sin más, me corro en diez segundos.

Sintiéndome tonta de repente, meto de nuevo el cinturón de baile debajo de la almohada.

Woofer aparca su trasero en el cargador.

Es oficial. Solo es cuestión de días para que mi ama humana sea asimilada por los Borg. Rezaré a la iRobot Corporation para que sea mucho menos desordenada con su forma de ciborg, pero no pienso esperar a que eso suceda conteniendo mi aliento impulsado por ventiladores.

Cuando soy capaz de volver a moverme, abro el portátil y publico la técnica de la «Larga vida y prosperidad» sin titubear. Estoy segura de que mejorará la vida de algunas personas, aunque solo sea de una forma mínima.

Cuando aparece el primer comentario positivo, sonrío. Este blog es de verdad mi vocación. Estoy encantada de que el dinero de Art me permita seguir llevándolo un poco más. Por supuesto, mi gran sueño sería encontrar un buen patrocinador que consiga que yo pueda seguir haciendo esto para siempre... Lo que me devuelve a lo del mensaje para Bella sobre el que he estado procrastinando.

Joder. Leo mi respuesta una vez más y luego le doy a enviar.

No recibo ninguna contestación, pero es tarde. Veo un poco la tele hasta que me entra sueño y luego me meto en la cama, donde no puedo evitar hacer otra sesión de «Larga vida y prosperidad».

———

Me despierto con el sonido de mi teléfono.

Maldigo, lo agarro de la mesilla de noche y miro la pantalla.

Es Art, pero ¿por qué me está llamando a una hora tan obscenamente temprana?

A regañadientes, cojo la llamada.

—¿Sabes qué hora es?

Él suelta una risita.

—¿Las 10 de la mañana?

—Sí. Exacto. Te llamo cuando me levante. —Cuelgo.

Alguien llama a la puerta del garaje que también me hace las veces de pared.

¿Qué cojones?

—Abre —dice la voz de Art al otro lado de la puerta/pared—. He venido con gente que cobra por horas.

¿Que él qué?

Salto de la cama y me visto tan deprisa como puedo.

Me coloco los filtros nasales y abro mi puerta/pared.

Tengo a Art fuera con un puñado de tipos musculosos.

Un momento. ¿Es esto alguna clase de sueño fantástico sobre una orgía?

No. El Art de mis sueños no me comparte con nadie. Esto tiene que ser la realidad. ¿Pero qué...?

—Perdona por haber irrumpido así —dice Art—. He llamado varias veces.

—¿Qué está pasando? —pregunto, tratando con

toda intención de quedarme alejada de todo el mundo porque todavía no me he cepillado los dientes.

—He encontrado un sitio para nosotros —dice él, como si fuese la cosa más obvia del mundo y no un bombazo de proporciones atómicas—. Estos tíos son los que he contratado para la mudanza.

Veinticuatro

—¿MUDANZA? Espero el tachán del final del chiste, aunque no pueda imaginarme de qué puede tratarse.

Art asiente.

—¿No quieres tener tus cosas en nuestra casa?

—¿Nuestra casa? —No sé si será por lo inhumano de la hora temprana pero mi cerebro rehúsa computar las palabras que salen de la boca de mi querido esposo.

Art suspira.

—Las personas casadas viven juntas. ¿Cierto?

Oh, mierda de mofeta. Es verdad. Los del gobierno seguro que sospecharían algo si no residimos en la misma dirección. Igual que todo el mundo.

¿Cómo he conseguido *no* darme cuenta de esta implicación tan básica de nuestro falso matrimonio? ¿Y qué otras cosas no he previsto, me pregunto?

Mi cerebro se inunda de ideas. Ahora que lo nuestro es oficial, Art puede finiquitarme por medio de un horrible accidente... Y él se quedaría con Woofer y con todo lo que poseo.

Detengo la espiral de pensamientos negativos cuando veo a todo el mundo mirándome con aire expectante.

—Necesito lavarme los dientes. ¿Podéis empaquetar mis libros de momento?

Los de la mudanza asienten, así que voy como una flecha hasta el baño e intento ponerme, si no presentable, al menos con un aspecto reconocible como de ser humano.

Cuando salgo, los libros ya están casi todos en cajas. Estos tíos son rápidos.

Miro a Art a los ojos. Está de pie junto a mi cama con una bolsa de plástico.

—Necesitarás esto —dice, y luego coge mi almohada y la mete en la bolsa—. Y no estoy seguro de si querrás un nuevo...

Deja de hablar cuando nota lo que hay debajo de mi almohada.

Ay, joder. Su cinturón de baile. Va a darse cuenta de que lo he estado olisqueando, como una pervertida total.

Si Art se ha disgustado, se recupera rápidamente. Antes de que cualquiera de los de la mudanza pueda verlo, él mete su ropa interior en la misma bolsa que la almohada y luego embute también mis sábanas, ocultando toda evidencia.

Entonces carraspea.

—¿Dónde tienes el armario de la ropa blanca?

Con la cara echando fuego, le enseño la caja que utilizo para ese propósito y él la coge junto a la bolsa con mi almohada y las lleva al camión que hay ahí al lado.

—No —le siseo—. Eso no se lo llevan los de la mudanza.

Si la bolsa se rompe y el cinturón de baile se cae, tendré que asesinar a esos tipos por haberlo presenciado y luego probablemente ir a la cárcel y convertirme en la zorrita de alguna mujer llamada Karen. ¿Pero y si Karen no se ducha lo suficiente? ¿O utiliza perfume? ¿O tiene mal aliento?

Riéndose por lo bajo, Art coge la bolsa y la lleva hasta un Honda Odyssey aparcado ahí cerca.

Me quedo boquiabierta, contemplando el monovolumen.

—¿Es eso lo que conduces?

—Acabo de firmar un leasing —dice—. ¿No crees que clama «estoy casado»?

Yo suelto un suspiro.

—Clama «estoy casado y con hijos», y eso no va a ocurrir.

Una sonrisa oscura se dibuja en sus labios.

—Nunca se sabe.

Si las sonrisas pudieran dejarte preñada, entonces estoy en peligro de necesitar ese monovolumen.

—Necesitamos hablar —le digo—. Sobre todas las divertidas sorpresas que vienen incluidas en nuestro matrimonio.

—Diles a los chicos cómo quieres que empaqueten

tus cosas y entonces iremos al piso nuevo y podremos hablar por el camino.

Me giro sobre mis talones y vuelvo a mi garaje.

Mis instrucciones de embalaje no son muy largas, sobre todo porque no tengo tantas cosas.

—Voy a llevarme esto conmigo —le digo a Art mientras meto suavemente a Woofer en una de entre el millón de cajas que los de la mudanza han traído antes de añadir su plataforma de recarga y otros accesorios.

¡Oh, no! Voy a tener un nuevo amo humano. Uno masculino... Y por tanto, más peludo. ¿Por qué, iRobot Corporation? ¿Por qué yo? Un sitio más grande también significa más polvo. ¿Y si esta caja se pierde por el camino? ¿O si es arrollada por un buldócer?

Art pestañea mirando la caja.

—¿Es eso una Roomba?

Asiento y cierro la tapa.

—No vas a necesitarla —dice Art—. Tengo una señora de la limpieza.

Yo resoplo.

—Woofer es como de la familia. Se viene conmigo.

—Ya veo. —Art se inclina a recoger la caja—. No me había dado cuenta de que tener una aspiradora robótica fuese un compromiso tan serio.

—Ten cuidado con él. —Le entrego a mi tesoro.

Art coge la caja como si fuese un bebé y la lleva lentamente hasta el monovolumen.

—¿Alguna otra cosa que quieras llevar tú personalmente?

Decido que así es. Hago salir a todo el mundo y

entonces empaqueto mi ropa interior, mis juguetes eróticos y mi portátil dentro de una caja a la que le pongo la etiqueta de «PRIVADO».

—Lista —digo.

Art intenta cogerme la caja pero yo me niego a dársela, no vaya a ser que algo empiece a vibrar dentro y lo desvele todo.

—¿Podemos hablar ahora? —pregunto cuando empezamos a movernos.

—En un momento. —Art gira el volante y se vuelve hacia mí—. ¿Conoces a algún gato?

Yo me lo quedo mirando fijamente.

—¿Que si conozco algún qué?

—Algún gato.

Pestañeo varias veces.

—Eso es lo que me había parecido que decías. Pero sigo sin pillarlo.

—Necesitamos un gato. Solo para un ratito.

—¿Ah, sí?

Él frena en un semáforo en rojo y me mira con una expresión totalmente seria.

—Según la tradición rusa, el primer ser vivo en entrar en un nuevo hogar ha de ser un gato.

Yo ladeo la cabeza.

—¿Tradición o superstición?

Él suspira.

—¿Sabes de algún gato o no?

El semáforo se pone en verde y volvemos a ponernos en marcha mientras yo hago algo que nunca pensé que haría: catalogar a todos los gatos que conozco para averiguar cuál de ellos quiero que se implique en mi matrimonio.

Hay poco donde elegir. Blue tiene un gato llamado Machete, pero es un cabrón terrorífico, y quiero que los ojos y otras partes de Art sigan estando intactas, gracias. Honey también tiene un gato. El suyo se llama Bunny y, según Honey, es un psicópata. No estoy segura de si esto ayuda con la tradición rusa o lo empeora.

—Déjame que llame a mi hermana —digo, y marco el número de Honey.

—¡Hey! —me saluda—. ¿Qué pasa?

—¿Podemos Art y yo tomar prestado a tu gato?

Silencio.

—Es por una tradición rusa —le digo.

Más silencio.

—Vale, déjame ponerte en altavoz para que Art te lo pueda explicar mejor. —Hago clic en el botón y muevo el móvil más cerca de los sabrosos labios de Art.

—Art, esta es Honey. Honey, este es Art.

—Hola —dice Art—. Me cuentan que tienes un gato. Si pudiésemos tomarlo prestado aunque solo fuese durante una hora, te lo agradecería enormemente.

—¿Por qué? —pregunta Honey, resumiendo mi postura de forma bastante correcta.

—En Rusia, los gatos son considerados símbolos de prosperidad y bienestar —dice él—. Se cree que un gato traerá positividad a la morada.

Honey resopla con sorna.

—¿Positividad? ¿De verdad quieres conocer a mi gato?

—La personalidad de tu gato no es importante. Cualquier gato anularía las vibraciones negativas que hubiesen dejado los anteriores propietarios del lugar.

—Ah, se trata de vibraciones —digo yo—. ¿Por qué no lo has dicho antes? ¿También apacigua a los espíritus?

Art aprieta los labios formando una línea recta tirante.

—Puede que yo personalmente no me lo crea, pero sí, los antiguos eslavos se preocupaban por los espíritus domésticos y un gato se consideraba un embajador entre ellos.

—¿No se comerá el gato a Fluffer? —pregunto.

Se escucha un ruido como si Honey se acabase de atragantar con algo que bebía.

—¿Quién o qué es Fluffer?

—Nuestra chinchilla doméstica —dice Art—. Que estará bien porque sigue en mi antiguo apartamento.

—Ah, vale —dice Honey—. Traeré a Bunny a vuestra nueva casa. Dadme la dirección.

Art se vuelve hacia mí y las comisuras de sus ojos se arrugan.

—Acabo de caer. ¿Honey y Bunny? ¿Cariñito y cielo?

Meneo la cabeza con vehemencia y hago el gesto de cremallera cerrada sobre mis labios. Si Honey cree que nos burlamos de ella, se negará a traer el gato y entonces tendremos que tratar con la bestia homicida de Blue.

—Tu sentido del humor se parece mucho al de tu mujer —dice Honey secamente—. Puede que esta unión funcione de verdad.

—Pues sí —dice Art, y luego le da la dirección.

—¿Cuándo tendría que estar allí? —pregunta ella.

—En veinte minutos, si puedes.

—Nos vemos. —Honey cuelga.

—Vaya una petición. —Le envío a mi hermana un gracias bien grande.

Art aprieta más fuerte el volante.

—Mira... De niño no tuve un hogar, así que cuando ahora tengo casa nueva, quiero que todo sea lo mejor posible.

Oh. Maldita sea, ahora está jugando la baza del huerfanito, y me siento como una cabrita por haberme metido con él.

—¿Hay otras tradiciones como esta? —pregunto, haciendo lo que puedo no por sonar a crítica ni a mofa.

—Esta es una de las pocas que yo sigo. Pero sí, hay montones más. Hay gente que coloca miel en los rincones de su casa.

—¿Ah, sí?

—Se supone que apacigua al *domovoi*. Una clase de espíritu doméstico benevolente.

¡Guau! Esto se está volviendo cada vez más raro.

Con una gran sonrisa, digo:

—Por si acaso, podríamos pedirle a mi hermana

Honey que se quedara un rato parada en las esquinas, que como Honey es miel en inglés... Así tomaríamos todas las precauciones posibles.

Hasta sé lo que ella diría si se lo preguntara:

«Nadie pone a Baby en un rincón».

Él suelta una risita.

—¿No tendría flashbacks de cuando era una niña traviesa?

Le miro preocupada

—¿Te castigaban al rincón de pequeño? Mis padres opinan que eso es abuso infantil.

Él hace una mueca.

—Eso era lo de menos.

Se me encoge el corazón.

—Lo siento. Me siento como una mocosa consentida. A mis hermanas y a mí ni siquiera nos mandaban a la silla de pensar.

—Y tú has salido genial —dice él. Sus ojos se hacen más cálidos cuando me mira—. Estoy de acuerdo con tus padres. A los niños hay que quererlos, no castigarlos.

Vale. Me guardo eso por si volvemos a emborracharnos y lo hacemos sin protección.

Me remuevo en mi asiento.

—¿Alguna otra tradición que tener en cuenta?

—Algunos rusos esparcen monedas por la casa —me responde.

—Eso podría ser útil. —Reviso los bolsillos y localizo unos cuantos cuartos de dólar—. ¿Algo más?

—No para las mudanzas. Pero cuando dejas una casa, es tradicional verter un vaso de agua.

Mantengo una expresión neutral.

—¿Igual que se hace a la salud de los amigos que no están?

—¿Cómo dices?

—No importa. ¿Qué más?

—Antes de salir de viaje, los rusos se sientan en plan formal. Silbar dentro de su casa está prohibido porque puede derivar en pérdidas económicas.

¿Por eso estoy yo tan arruinada? Me gusta silbar mientras escribo mis entradas del blog, pero no volveré a hacerlo más.

—¿Tienes más?

—No puedes hacer girar un sombrero —dice—. No puedes poner el pan boca abajo. No puedes tirar la sal. No puedes llevar una camisa del revés. No puedes sentarte en la esquina de la mesa... Pero esto solo se aplica si no eres casado. No puedes cortarte el pelo a ti mismo.

—¿Ni siquiera el flequillo?

Él sonríe.

—Creo que eso tendría que resultar seguro.

—Vale. ¿Eso es todo?

—No puedes estrecharle la mano a nadie en el umbral de la puerta principal. Y esa es muy seria. Hasta los rusos que no son supersticiosos la siguen.

Vaya. Supongo que nada de estrecharle la mano al repartidor de pizza. Lo pillo.

—¿Cuál es la que sigues tú más? —pregunto.

Él se para a pensarlo un momento.

—Es la de comerse todo lo que tienes en el plato. Siempre lo hago.

—¿Es por respeto hacia la comida?

Él asiente, con una ligera tristeza.

—Dicen que dejar comida en el plato puede conducirte a las lágrimas, pero creo que tú lo has clavado. La tradición probablemente la iniciasen personas que conocían lo que era el hambre de verdad. Una vez la conoces, no te parece bien tirar comida.

Si está diciendo lo que creo que está diciendo, yo quiero conseguir una máquina del tiempo y volver atrás para poder darle de comer en el orfanato. Además, me siento fatal por todos los postres que dejamos en aquella habitación de Las Vegas. Con suerte, espero que él no considere los postres comida real, pero por si acaso, ahora tengo una razón extra para no admitir mi incapacidad de comerme el pastel después de toda esa fruta.

—Bueno —dice Art—. ¿Querías hablar sobre algunas cosas del matrimonio?

¡Ah! Vale. Casi se me olvida.

—¿Qué otras cosas necesitaría saber? Lo de vivir juntos me pilló por sorpresa, así que imagino que estaría bien tener una conversación al respecto.

Él cambia de carril mientras piensa.

—Mantuve una charla preliminar con una abogada de inmigración, y ella me dijo que necesitaríamos cartas de recomendación de familia y amigos.

—Creo que eso se puede organizar. —Se burlarán

de mí sin piedad, por supuesto, pero bueno, por eso dicen que el matrimonio supone un duro trabajo.

Él para el coche junto a un edificio pijo y se dispone a aparcar.

—A algunas de las otras cosas que mencionó la abogada ya nos hemos anticipado. Necesitamos pruebas de convivencia y fotos juntos. También nos entrevistarán en algún momento así que tenemos que averiguar cosas el uno del otro.

Se baja del coche y cuando aparece al otro lado después de dar la vuelta para venir a abrirme la puerta, le pregunto:

—¿Como qué?

Él se encoge de hombros.

—Te preguntarán si alguna vez he formado parte de algún grupo comunista u organización terrorista. La respuesta es que no. Nos preguntaran sobre asuntos mundanos, como el tipo de cepillo de dientes que usa el otro, a cuál de los dos le gusta más cocinar, o a qué nos dedicamos cada uno.

Mierda de mofeta. Eso último significa que tendré que hablarle de mi blog.

—No te preocupes —dice él, claramente entendiendo mal mi expresión—. Aprenderemos todo lo que tengamos que aprender mucho antes de la entrevista.

Mi teléfono emite un sonidito. Lo muevo en el aire.

—Apuesto a que esa es Honey.

Lo compruebo.

No lo es.

El texto es de Bella, y hace que se me caiga el corazón a los pies.

Hola. Parece que ya no hará falta que organicemos nada.

CAPÍTULO

Veinticinco

¡Oh, no! La he liado, ¿verdad? Los mensajes estando borracha fueron demasiado y Bella se ha rajado con toda la razón.

Mierda de mofeta.

Tendré que empezar de cero con la búsqueda de patrocinador, aunque las posibilidades de encontrar algo que encaje tan bien como la empresa de Bella son casi...

—¿Estás bien? —pregunta Art.

Vale. Me había olvidado de dónde estaba.

—Sí. Todo bien.

Él frunce el ceño.

—No tienes pinta de que esté «todo bien». Si alguien ha hecho que te disgustes, tengo que saberlo para poder...

—Hola —dice por detrás una voz conocida.

Art se da la vuelta y sus ojos se agrandan al ver a

Honey con todo ese atuendo suyo inspirado en una banda de moteros.

—Te dije que tengo hermanas idénticas —le digo.

—Sí —dice él, sonando asombrado—. Y pensar que hay cuatro más de vosotras...

Honey se recoloca la cazadora de cuero.

—Nos verás a todas en la recepción. Hablando de lo cual, ¿recibiste mi confirmación de asistencia?

Él asiente.

—¿Es ese el gato? —Mira al transportín que ella lleva en la mano.

—Pues sí. Aquí está Bunny, presentándose para el servicio.

—Vamos. —Art nos sostiene la puerta del edificio, como un portero y luego nos sigue hasta el ascensor y pulsa el botón del piso doce.

Cuando llegamos allí, encontramos un pasillo limpio y despejado, lo que es una rareza en los edificios de apartamentos de Nueva York. Art se detiene junto a una gruesa puerta de madera de secuoya roja, y saca una llave.

—Aquí es.

Honey deja el transportín en el suelo y lo abre.

Bunny sale, con el mismo aire del Ígor de Winnie the Pooh cuando perdió su cola... Una impresión reforzada por el hecho de que esta raza de gatos no tiene una cola peluda, solo un pequeño rabito corto, como un conejito. Tiene el pelo blanco, con manchas negras alrededor de los ojos. Eso le hace parecer como si perteneciera a la familia Addams o a un club gótico.

—¿Es eso normal? —pregunta Art, examinando el trasero de Bunny.

—Sí. —Honey revuelve el pelo de Bunny y recibe una mirada asesina al hacerlo—. Es un bobtail japonés. Si has visto alguna vez una de esas figuritas que te saludan en los restaurantes de sushi, son una representación de esta raza.

—Ya veo —dice Art—. Así que también en Japón se considera que los gatos traen buena suerte.

—Tal vez. —Me vuelvo hacia Honey—. ¿Es Hello Kitty también de esa raza?

Honey y Bunny me lanzan miradas sarcásticas.

—Hello Kitty es un personaje de dibujos animados —dice Honey—. Y es una chica, no un gato.

Suspiro.

—¿Pero y si fuera un gato?

Honey imita mi suspiro.

—Sería de esta raza.

Con una risita, Art abre la puerta.

Bunny endereza el lomo con aire indignado y pone su cola cortada en la posición de arriba.

—Adelante —dice ella.

Bunny entra con aire regio en la vivienda.

—Mi queridísimo marido —digo—. ¿Cuándo podremos seguir al gato?

Art frunce el ceño.

—Pues en realidad, no estoy seguro.

Yo me froto la barbilla.

—Hablando estrictamente, el gato ha sido el primero en entrar.

—Tengo una pregunta mejor —dice Honey—. ¿Tenéis algo ahí dentro que pueda ser asesinado y/o torturado?

Art entra en el apartamento.

—Todavía no, pero será mejor que entremos tras él, por si acaso.

Yo cruzo la puerta.

¡Guau!

El recibidor y el pasillo son limpios y modernos, con un estante para los zapatos vacío junto a la puerta, un artículo de lujo que yo no poseo, e incluso una percha para los abrigos en la pared.

Muy adulto.

También hay cuadros de estilo clásico por todas partes, pero es el sonido conocido que brota de una esquina lo que me llama la atención.

—¿Es eso un purificador de aire? —le pregunto a Art, emocionada.

Él le echa una mirada a mi nariz.

—He hecho que instalasen uno en cada cuarto.

Ooooh. Me acerco al dispositivo. Es de la misma marca que el que tengo ahora, pero un modelo más chulo. Comprar uno para cada estancia debe de haberle costado un riñón y medio.

—Ohh —dice Honey, haciendo eco a mis pensamientos—. ¿Asegurándose de que este sitio no huela a nada? A este tienes que quedártelo.

—Ya ves que sí. —Me saco los filtros de la nariz.

Maldita sea. Este apartamento es el nirvana olfativo. Casi no soy capaz de oler nada más que no sea el apetitoso aroma de Art y el cuero de la chaqueta de Honey.

—Deberíamos ver qué está haciendo Bunny. —Art nos conduce por el pasillo hasta lo que resulta ser un dormitorio.

Honey suelta una risita.

—Aquí es donde ocurrirá toda la magia.

Yo la miro y arqueo una ceja.

—¿Eres tú, mamá?

—Touché. —Honey mira debajo de la cama—. Bunny no está aquí.

Entramos en la cocina.

—Increíble —murmuro, viendo los relucientes armarios blancos que llegan hasta el techo, los electrodomésticos de acero inoxidable con aire vagamente futurista y las encimeras de cuarzo negro con bastante espacio como para montar una tienda de campaña encima. Sin mencionar la mesa con sillas de verdad.

—Bueno, claro —dice Honey—. Tu antigua casa no tenía siquiera cocina.

Art frunce las cejas. Supongo que no se dio cuenta de ese detalle cuando pasó por ahí esta mañana.

—El gato no está aquí. —Abro uno de los armarios de la cocina en plan de broma. Sigue sin haber ningún gato—. ¿Dónde más podría estar?

—Por aquí —dice Art y nos conduce al salón.

Bonito. Una tele enorme, un elegante sofá gris... Puedo verme a mí misma, relajándome y viendo

Netflix con Art. En el sentido puramente literal y platónico, por supuesto.

Luego veo una estructura parecida a una jaula gigantesca en una esquina del cuarto y al gato mirándola con aire anhelante.

Honey mira la jaula de arriba a abajo.

—Muy pervertido.

Yo pongo los ojos en blanco y Art tose.

—Eso es lo que se llama una mansión para chinchillas —dice—. Es para nuestra *mascota*.

Honey me dedica una mirada cargada de intención.

—Claro, claro. Es para tu pequeña y traviesa *mascota*. Lo pillo.

Estudio a Bunny con cautela.

—¿Por qué se ha quedado así mirando?

Honey sigue la dirección de mis ojos.

—No cabe duda que estará fantaseando con los chillidos de pánico de la criatura que está imaginando que tortura lenta y dolorosamente hasta matarla.

Qué cosa tan alegre.

—Bueno. —Art observa el gato—. Creo que ya ha cumplido con sus servicios.

—Sí —digo yo—. Será mejor que se vaya para que Fluffer no huela a asesinato en el aire cuando regrese.

Honey mira al purificador de aire del cuarto.

—Dudo que ni *tú* puedas oler a Bunny en unos minutos, pero vale. —Ella se inclina y coge al gato con cuidado, mientras la mirada felina no abandona por un segundo «la mansión»—. Probablemente necesitéis acomodaros igualmente, chicos.

—Gracias, hermanita —le digo.

—No hay problema. —Se encamina hacia la entrada y nosotros la seguimos—. Ha sido un placer conocerte, Art.

—El placer ha sido mío —responde él.

Oye, oye. Será mejor que no compartan tanto placer.

—Os veré a los dos en la recepción —dice Honey—. Hablando de lo cual, iré con dos acompañantes. Espero que no sea problema.

Antes de que le pueda explicar lo de que solo tendría que llevar a uno, Art hace un gesto con la mano, quitándole importancia.

—No serás la única.

Genial. Y yo pensando que iba a ser solo un pequeño guateque. Lo que sea. Será en el exterior, así que los olores a perfume y colonia serán menos potentes.

Honey mete a Bunny en el transportín.

—Adiós.

Me despido de ella con la mano y cuando entra en el ascensor, me vuelvo hacia Art.

—¿Y ahora qué?

Él me sugiere que empecemos a instalarnos, así que es lo que hacemos. En breve, los de la mudanza llegan y Art me ayuda a desempaquetar mis cosas y a encontrar buenos sitios para guardarlas.

—Este armario es todo tuyo —dice Art, abriendo una puerta en el dormitorio.

Oh, Dios. Es un vestidor que me recuerda al que

tenía Carrie en la versión cinematográfica de *Sexo en Nueva York*. Es tan enorme que podría hasta llevarme a Narnia, pero a un Narnia con expertos en moda en vez de animales que hablan. Tampoco es que haya demasiada diferencia entre esas dos especies.

Tardo unos minutos en colgar toda la ropa que poseo, y esta ocupa menos de un uno por ciento de esa locura de espacio de almacenaje.

—¡Oye! —me llama Art desde alguna parte—. ¿Puedes venir un segundo?

Le localizo en la cocina, sosteniendo un pastel.

—Los de la mudanza han traído esto —dice, arqueando las cejas.

Mierda de mofeta. Me olvidé de librarme de las pruebas.

—¿No es este el pastel que venía con la fruta? —pregunta.

Suspiro.

—Sabes que sí.

Él sonríe.

—¿Hay algo que quieras decirme?

—¿Como esto? —Hago una reverencia—. Tenías razón, querido. Lo de ser golosa es *totalmente* mi deseo de comer fruta. Me inclino ante tu infinita sabiduría.

Él menea la cabeza y parece estar debatiéndose entre meter el pastel en la nevera o tirarlo. Incapaz de decidirse, me lo acaba dando a mí.

—Me voy a mi casa a coger más cosas mías. ¿Quieres venir conmigo?

—No. Déjame que me quede organizando todo esto.

—Meto el dedo con toda intención en el pastel y lo chupo.

Él observa mi dedo con fuego en la mirada. ¿Le habré hecho enfadar?

Como no quiero pasarme mucho más con mi falso marido, meto el pastel en la nevera. Su ligera mueca es mi recompensa.

—Cierra con llave cuando me vaya —dice Art y sale de la cocina.

Le sigo y le observo marcharse del apartamento, cerrando la puerta tras de sí.

Me quedo mirándola, y la enormidad de lo que acaba de ocurrir me golpea del todo por primera vez.

Voy a vivir con Art.

Yo. Con el tío con el que he estado fantaseando.

Un gritito alegre y de chiquilla se me escapa sin querer de los labios.

No me puedo creer que esté pasando esto.

Es como algún sueño surrealista.

Oh, y la guinda del pastel es que me están pagando por esta mierda.

Antes de que pueda volver a soltar otro gritito, la puerta se abre.

—¿No has echado la llave? —El ceño fruncido de Art me hace retroceder un paso—. Tendrás que hacerlo en cuanto me vaya.

—Sí, querido. Tus deseos son órdenes para mí, querido.

Sus facciones se suavizan.

—Por favor, Lemon. Esto es Manhattan. Nunca se sabe quién podría intentar colarse.

—Vale. —Por fin me doy cuenta de lo que lleva en la mano: mi caja marcada PRIVADO en una mano y la bolsa con mis sábanas en la otra. Mi corazón da un brinco—. ¡Creí haberte dicho que no tocaras eso!

—Lo siento. —Lo deja todo en el suelo—. Me imaginaba que querrías encargarte de lo que sea que hay ahí dentro.

Antes de que pueda pedirle que jure por su vida que no ha echado ningún vistazo dentro de la bolsa, vuelve a marcharse.

Miro fijamente las sábanas y mi corazón se acelera aún más.

Son un recordatorio físico de la pregunta que debería haberle hecho a Art desde el principio.

¿Dónde vamos a dormir? Lo que es más importante, ¿lo haremos juntos? ¿En una sola cama?

Seguramente no. Probablemente él se quede con el sofá. O lo haré yo.

¿Pero y si al final *sí* dormimos juntos?

Esto se está volviendo tan real, tan deprisa, que siento como otro gritito, o un chillido de animalito, está gestándose para salir de mi cuerpo.

Será mejor que me mantenga ocupada con otras tareas.

Lo primero es lo primero. Reviso el apartamento en busca de algún lugar donde guardar mis juguetes eróticos.

Cuando era pequeña, escondía cosas de mis

hermanas dentro del cajetín de un enchufe eléctrico roto, pero en este sitio probablemente funcionen bien todos, y no quiero acabar electrocutada. Las tablas del suelo también parecen bastante sólidas, así que tampoco podré esconder cosas ahí.

¿Tal vez el horno?

No. No tengo ni idea de si a Art le gusta cocinar.

¿El congelador? Pero, ¿y si quiere congelar unos guisantes?

Luego caigo en la cuenta. Corro hasta le baño y levanto la tapa de la cisterna del váter. Pues sí. Como los juguetes son sumergibles, esto servirá estupendamente.

Vale, ahora tendré que encargarme del cinturón de baile. En realidad, no tengo demasiada elección respecto a eso excepto dejarlo estar. No puedo permitir que Art me pille olisqueándolo.

Doy una vuelta por ahí hasta que encuentro la cesta de la ropa sucia, en el baño. A regañadientes, echo dentro el cinturón de baile.

—Adiós —le digo—. Estoy encantada de haberte conocido.

Mierda de mofeta. ¿Tal vez tendría que haberlo olido por última vez?

No. Debo ser fuerte.

Me mantengo ocupada guardando unas cuantas cosas más. Luego me doy cuenta de que todavía no he instalado a Woofer. Hasta con todos esos purificadores de aire y la señora de la limpieza, sin su ayuda este sitio podría empezar a oler a polvo en cualquier momento.

En unos minutos, Woofer está correteando por ahí con el motor rugiendo... Hasta que se golpea contra la primera puerta.

¿Qué demonios, ama humana? Este sitio es demasiado grande. Me cansaré y necesitaré ir a recargarme mucho antes de terminar de haberlo limpiado todo. ¿Y esas puertas? O las tienes abiertas en todo momento, o... Y asegúrate de que no haya ningún cable en mi camino. Parece que la iRobot Corporation me ha abandonado en mi hora de mayor necesidad.

Suena el timbre de la puerta.

Miro por la mirilla. Es Art, y lleva una caja y un transportín.

—¿Quién es? —pregunto, haciendo lo que puedo por sonar súper precavida.

—Art —responde él con tono de aprobación.

—Necesito una prueba de eso. ¿Podrías enseñarme tu carnet de conducir por la mirilla?

Con una sonrisa traviesa, él deja las cosas en el suelo y hace lo que le he dicho:

—¿Puedes abrirme la puerta ahora?

—Es sospechoso que quieras que te abra sin tomar ninguna otra precaución. El auténtico Art querría que tuviese cuidado. ¿Y si te pidieras más pruebas de que eres realmente tú?

Su sonrisita se convierte en un ligero ceño fruncido.

—¿Como cuáles?

Yo sonrío.

—El auténtico Art tiene un tatuaje muy distintivo. ¿Me lo podrías enseñar?

Estoy a punto de abrir la puerta cuando él se echa hacia atrás y hace lo que le pido, mostrándome la tinta y la sexy V que conduce hacia abajo, hacia Mr. Big.

Qué sabroso. ¿Debería pedirle que me enseñara *eso* a continuación? No. Esta broma ya ha durado demasiado. Abro la puerta.

Él coge el transportín y la caja y entra en casa con un gesto exasperado.

—¿De verdad que era necesario hacer todo eso?

—Solo quería estar a salvo, como me ordenaste. Sé mejor que nadie que solo ver el rostro de alguien no es prueba suficiente que demuestre su identidad. Comparto mi cara con otras cinco personas... La mayoría de ellas poco dignas de confianza.

Él deja la caja al lado de la puerta pero sigue sosteniendo el transportín.

—Dudo que yo tenga unos sextillizos perdidos y aunque los tuviera, sería improbable que viviesen en América.

Ya estoy otra vez, recordándole a Art que es huérfano. ¿Qué más cosas podría hacer ahora? ¿Dejarle sin comer? ¿Hacerle ver una maratón de películas con *Batman, Harry Potter y Oliver Twist*?

Un chillido sale del transportín.

Art dice algo tranquilizador en ruso y luego cambia al inglés.

—Vamos a poner a Fluffer en su casita.

—Claro. —Cualquier cosa que aparte su atención de la metafórica chancla de mi boca.

Art me conduce al salón, abre la puerta de la

mansión para chinchillas y alinea el transportín con ella antes de abrir la portezuela.

Fluffer entra pitando en su nuevo hogar, con los ojos muy abiertos por la emoción.

Tal vez no vayan a comerme todavía. Tal vez quieran que esté contento y feliz, como las terneras de Kobe.

Con cautela al principio y luego con creciente alegría, Fluffer salta por los numerosos estantes que han sido claramente diseñados para ese mismo propósito. Cuando se cansa de explorarlos, salta sobre un artefacto con pinta de platillo volante y corre tanto como sus pequeñas patitas le permiten hacerlo.

Yo sonrío.

—¿Es eso una cinta de correr para chinchillas?

La sonrisa de Art imita la mía.

—Más parecido a una rueda de hámster para chinchillas.

Pestañeo, hipnotizada por los ojos brillantes de Art.

—Es demasiado mono.

—Debería darle de comer. —Sale del cuarto y vuelve con la caja.

—¿Qué hay en la caja? —pregunto—. ¿No será la cabeza de Gwyneth Paltrow?

Él frunce el ceño.

—¿Por qué?

—No puedo decírtelo sin hacerte un spoiler de cierta película.

—Vale. —Él abre la caja.

—¿Es eso heno? —Saco unas briznas secas y las huelo. Pues sí. Es exactamente lo mismo sobre lo que jugábamos en la granja de mis padres—. ¿Es esto para Fluffer o para un poni que me piensas dar como regalo sorpresa de bodas?

Él entorna los ojos.

—¿No recuerdas lo que dijo el tío de la tienda?

Hago una mueca.

—Lo siento.

—Necesitamos que Fluffer tenga siempre acceso a algo de heno —dice Art con tono de profe dando una lección—. Es bueno para su salud dental, física y digestiva.

—Oye, que no tengo ningún problema con el heno.

Art menea la cabeza y lo coloca dentro de lo que debe de tratarse de un comedero. Luego le pone cerca un extraño dispositivo con forma de botella. Me recuerda a algo que he visto en la granja.

—¿Es eso una botella de agua con una pajita y una bola de metal?

—Sí. En caso de que lo hayas olvidado, no podemos utilizar un bol para el agua porque eso podría hacer que a Fluffer se le mojara el pelo... Y eso sería malo.

—¿Por qué, engendraría otras bolitas de pelo adorables?

Art me mira a mí como si *yo hubiese* engendrado unas cuantas bolas de pelo.

—Ya sabes, ¿lo de que si lo alimentas después de medianoche se convierte en un gremlin?

La expresión de Art no cambia, pero ahora Fluffer también me mira fijamente.

¿Yo, un gremlin? ¿Te has mirado últimamente al espejo?

Suspiro.

—Si este matrimonio ha de funcionar, hay una lista de películas que tendrás que ver. Pon la de *Gremlins* la primera.

—Veré lo que sea que quieras que vea —dice Art—. ¿Podemos volver a lo de las chinchillas mojadas?

Yo suelto una risita.

—Acabo de caer. Los gremlins no son las únicas criaturas cuya reproducción implica que alguien se moje.

—Qué madura —dice él, poniendo los ojos en blanco—. De todas formas, si se moja podría coger hongos en la piel o tiña, o causarle hipotermia. En general, a las chinchillas no les gusta mojarse.

Fluffer coge una brizna de heno y se pone a mordisquearlo.

Todo eso que ha dicho es verdad, así que cuando tu naturaleza carnívora se revele por fin, no me conviertas en sopa.

Observo la adorable bolita de pelo con una gran sonrisa.

—¿Tendremos que cepillarlo?

—Falta no hace, no —dice Art—. Se arreglará solito. Pero a algunos les gusta que les cepillen, así que podemos intentarlo una vez se acostumbre un poco a nosotros.

Fluffer coge más heno.

¿Acostumbrarme a vosotros? Dejad que os adopte un oso hambriento y luego contadme si querríais que os cepillase el pelo.

—¿Y qué hay de cogerlo en brazos? —Miro a Fluffer con escepticismo—. ¿Le gustaría eso?

—Vuelvo a decirte que cuando se cree algo de confianza —responde Art.

Fluffer me pilla mirando y pone cara de susto.

Ve tú a que te coja un oso hambriento y luego hablamos de confianza.

Art se pone de pie.

—Dejémoslo aclimatarse a su nuevo entorno.

—Por supuesto —le digo—. ¿Qué es lo que quieres hacer ahora?

Por favor di: «Hablemos de cómo organizarnos para dormir».

Él se acaricia la barbilla pensativo.

—Si has acabado de desempaquetar, ¿qué tal si me haces esa lista de películas que quieres que vea?

Hago lo que me ha sugerido, lo que obviamente acaba conmigo viendo alguna de las pelis que he puesto en la lista. Por ser considerada, cierro la puerta del salón para evitar hacerle ningún spoiler a Art.

Justo cuando Hannibal Lecter dice la frase de «voy a cenar con un viejo amigo», mi nariz detecta algo delicioso proveniente de debajo de la puerta.

Dejo que me nariz me guíe hasta el epicentro del tentador aroma: la cocina.

La mesa de la cocina está puesta con unos bonitos platos cuadrados, velas y tres boles que contienen unas exquisiteces de aroma increíble, con música clásica para dar ambiente.

—Arroz pilaf —dice Art cuando ve a dónde estoy mirando—. Con pasas y dátiles.

¡Guau! Hablando de cosas que pasan, lo que está pasando es algo así como que me he topado sin quererlo con una cita.

—¿Has cocinado todo esto? —pregunto, con la boca hecha agua—. ¿O has hecho un pedido a domicilio?

—Me gusta cocinar —dice.

Casi le suelto un: «cásate conmigo», pero entonces recuerdo que ya lo hemos hecho.

—Siéntate, por favor —me invita—. Estaba a punto de llamarte.

No necesito que me lo diga dos veces. Dejo caer el trasero en la silla y extiendo el brazo hacia el arroz.

Art me coge suavemente por la muñeca, lo que hace que estallen los fuegos artificiales arriba y abajo por todo mi cuerpo. Un castillo de fuegos que termina con más brillantez en mis zonas inferiores.

—Voy a servirte

Oh, eso otra vez. Igual que la última vez, la idea de que me haga servicio me hace venir imágenes clasificadas X a la mente, pero ahora son todavía peores dado que ya he visto el aspecto que tiene cuando me «sirve» en el sentido guarro que también implica comer.

Art me pone arroz en el plato y luego lo cubre con algo que parece todavía más apetitoso.

—¿Cómo dices? —pregunto—. Huele divino.

Como para confirmar mi afirmación, me ruge el

estómago, igual que Woofer cuando está especialmente gruñón.

Art sonríe.

—Pato a la naranja. —Coloca algo con aspecto frutal junto al pato—. Con peras pochadas.

¿Si me gusta ese pato, lo utilizará él como prueba de que soy francesa?

Voy a coger mi tenedor y mi cuchillo pero me detengo.

—¿Puedo coger eso yo misma o que tú me pases los cubiertos forma parte del servicio?

Él los agarra y corta el pato para mí en pedazos pequeños y de fácil disfrute.

—Se te permite coger tu propio tenedor y cuchillo. Solo has de permitirte que te llene el plato y la copa—. Haciendo que sus actos combinen con sus palabras, rellena mi vaso con algo que parece sangría—. Macedonia al estilo ruso —me explica.

—Gracias.

Empiezo por el arroz. Dulce y sabroso, hace que sienta un orgasmo estallando en mi boca. Después, pongo un diminuto pedacito de pera en mi boca. ¡Guau! Incluso mejor que el arroz. Le doy un sorbito a la bebida. Doble guau. Esto podría ser mi nueva adicción, desbancando al Mountain Dew. Ataco el pato. Triple guau. Más dulce todavía, y con el suficiente sabor umami para hacer las delicias de un crítico gastronómico japonés, el pato hace que el placer me ponga los ojos en blanco.

—¿Te gusta? —pregunta Art.

Me cuesta un esfuerzo de voluntad no hacer cuac.

—No me gusta... Me encanta. —Me meto más de todo en mi ansiosa boca.

Art exhibe una amplia sonrisa.

—Me alegro. ¿Es lo bastante dulce?

Como tengo la boca demasiado llena, asiento.

—No lleva nada de azúcar —dice él con orgullo—. Es todo por la fruta.

Mastico y trago, disfrutando de cada segundo. Lo único preocupante de esta comida tiene que ver con el viejo proverbio:

«El camino para conquistar el corazón de un hombre es a través de su estómago». Si eso funciona también con las mujeres, mi corazón podría correr serio peligro.

—Entonces —digo, cuando me he librado de lo más urgente de mi apetito—. ¿Has ido a una escuela de cocina o algo? Esta no es una comida que pueda preparar cualquiera.

—Autodidacta. —Coge otra ración de la ensalada que he estado evitando a toda costa—. Al principio de mi carrera, el ballet no me dejaba mucho tiempo para otras cosas, pero más recientemente, me he metido en la cocina y las inversiones. ¿Y qué hay de ti? ¿Qué estudiaste en la universidad?

Este no es mi tema favorito. Hay otras personas con un ADN idéntico al mío que han completado altos niveles educativos. Yo... Pues no.

—No fui a la universidad —hago una mueca—. Supongo que yo también soy autodidacta.

Es verdad. Llevo masturbándome tanto tiempo como soy capaz de recordar, y si dieran títulos por ello, tendría al menos un máster, o tal vez incluso un doctorado, considerando lo mucho que he escrito sobre el tema.

Si a Art le parece mal mi falta de educación formal, no lo demuestra ni una pizca. En todo caso, su gesto de asentimiento parece aprobarlo.

—Eso me recuerda —dice—. ¿A qué te dedicas?

Se me para un instante el corazón. Esta situación es culpa mía. Tendría que haberlo visto venir cuando le pregunté por la escuela de cocina. Soy tan estúpida. ¿Tal vez todavía pueda arreglarlo?

—Un momento —le digo—. No me has dicho lo que has estudiado *tú*.

Sus ojos entornados me recuerdan a las barritas de chocolate Hershey's Kisses.

—¿Estás esquivando mi pregunta, verdad?

Mierda de mofeta. Yo dejo el tenedor en la mesa.

—Oh eres *tú* quien no quiere hablarme de sus estudios universitarios.

Él suspira.

—Fui a una universidad en Rusia, pero me dieron mis títulos en base a mi fama con el ballet, no a mis méritos, así que no considero que mi licenciatura en económicas valga mucho. Cuando me metí en lo de invertir, tuve que aprenderlo todo desde cero.

Ahora me está mirando con expectación.

Le devuelvo la mirada con aire inocente.

—He recopilado esa lista para ti. ¿Quieres verla?

Él estira la mano por encima de la mesa y me coge juguetonamente por la barbilla... Lo que causa algún tipo de cortocircuito en mis bragas.

—Cuéntame cómo te ganas la vida.

—No.

Él me suelta y me pone ojos de cachorrito, y esta vez el cortocircuito sucede en mi cerebro.

—Por favor.

Por un lado, es halagador que quiera saberlo todo sobre mí. Me hace sentir que le importa. Por otro lado, en cuanto se entere de esto, va a salir corriendo.

Los ojos de cachorrito no desaparecen.

Dejo escapar un suspiro.

—¿Tengo que hacerlo?

Su rostro se torna serio.

—Nos harán estas preguntas en la entrevista.

Oh, mierda de mofeta. Me había olvidado de eso. No está solo intentando conocerme porque le importe. Todo esto es solo una forma de lograr un fin, la tarjeta de residencia.

—Vale —le digo—. Pero lamentarás haberte casado conmigo, seguro.

—Lo dudo.

Yo respiro hondo.

—¿Prometes no burlarte?

Él asiente.

—¿Prometes no divorciarte?

Ahora él parece preocupado.

—Lo prometo, a menos que tu profesión sea algo realmente horroroso, como en la oficina de impuestos.

—Vale. Mi trabajo implica acariciar el conejo... Si sabes lo que quiero decir.

Él pestañea.

—¿Cuidas de los conejos de los demás cuando se van de vacaciones?

Yo pongo los ojos en blanco.

—Estoy pensando en mover la ficha de parchís por un tablero húmedo.

—¿Qué?

—¿Tocar la campanita?

¿Es eso de su mirada preocupación por mi estado mental?

—Acariciar el kiwi. ¿Estrujar la breva? —Hago la forma en V del saludo vulcaniano con los dedos—. Tú me has visto hacerlo. ¿Recuerdas?

Una chispa de entendimiento resplandece en sus ojos.

—¿Eres una trabajadora sexual?

Es mi turno de mirarle sin entender.

—¿Cómo has llegado a eso? Estoy hablando de la masturbación.

Él asiente, titubeante.

—Y por eso te he preguntado si eras una trabajadora sexual.

—¿Qué clase de trabajadora sexual se masturba para ganarse la vida?

Él levanta uno de sus anchos hombros con un gesto de no saber.

—¿Las chicas de las cabinas de los sex shops? ¿Las

que trabajan a través de una cámara en un chat? ¿Las que...?

—No, lo siento. No soy una trabajadora sexual. Al menos, no creo serlo. Tengo un blog sobre el tema de hacer de DJ con tus bajos, pero en realidad no lo hago delante de nadie... Aparte de esa vez contigo.

Él se rasca la nuca.

—Si eso es todo, ¿por qué no querías decírmelo?

—¿Porque es bochornoso?

Él exhala un suspiro de alivio.

—¿Y eso es todo?

—Bueno, sí —Empiezo a sentirme un poco tonta—. Creía que eras del tipo conservador y que ibas a juzgarme.

Él pone una mano sobre la mía, lo que hace que entender lo que dice después me resulte difícil.

—Solo porque me guste la música clásica y te sostenga las puertas no significa que sea un mojigato.

Eso tiene sentido, al menos con su mano embarullándome el cerebro.

Con una sonrisa, él aparta la mano para coger su teléfono.

—¿Cómo se llama tu blog?

Me ruborizo y le respondo:

—Pet the Petunia.

Él lo escribe en su móvil y lee durante unos momentos que se me antojan entre los más largos de toda mi vida.

Por fin, deja el móvil boca abajo sobre la mesa.

—Es bastante bueno.

Un ballet de cisnes aletea y sale volando en mi vientre.

—¿Tú crees?

Él asiente.

—Todos esos comentarios positivos... Estás ayudando a otras mujeres. Creo que es genial.

Si tuviese deseos de meterse en mis bragas, esta sería la forma de hacerlo. Bueno, esto y la cena. Y su mano sobre la mía. Y la forma en la que huele. Y...

Vale. Parece que para Art no es tan difícil meterse en mis bragas... Lo que me recuerda una cosa.

—¿Cómo vamos a organizarnos para dormir? —le espeto.

Ya está. Igual que arrancarse una tirita.

Las manos de Art se quedan quietas y su tenedor se queda como congelado en el aire.

—¿Estás segura de que no quieres comerte el postre primero?

El pato y el arroz se endurecen hasta convertirse en minerales de carbón dentro de mi estómago.

—Mira quien está evitando la pregunta esta vez.

Él coge el vaso de bebida frutal y le da un generoso trago.

—Tienes razón. Deberíamos hablar de esto.

Pero sigue allí sentado, en silencio, hasta que yo no puedo soportarlo más y le digo:

—Estoy empezando a suponer que quieres que durmamos *juntos*.

Su cabeza se mueve con un ligero gesto de asentimiento.

—Pero la Regla Número Uno sigue aplicándose.

¿Estoy decepcionada o aliviada?

—¿Entonces, por qué?

—Por las entrevistas —dice—. Te podrían preguntar si ronco, o quién se queda con toda la manta. He pensado que deberíamos dormir en la misma cama al menos el tiempo suficiente para averiguar ese tipo de detalles. Después de eso, podemos turnarnos para usar el sofá del salón. Me he asegurado de que fuera extremadamente cómodo.

Yo tamborileo los dedos sobre la mesa.

—Eso es de una lógica a prueba de bombas.

Y tan poco romántico como un hormiguero.

—Bien. —Él se levanta con agilidad—. ¿Preparada para probar el postre?

Vale, supongo que esa es toda la conversación que vamos a tener en lo referente a cómo vamos a dormir. No estoy segura de poder culparle por no querer pensar más en ello.

—Vamos a tomar postre —digo, fingiendo una alegría que normalmente siento cuando los postres son el tema de conversación.

Él abre el congelador.

Gracias a Dios que no guardé los juguetes eróticos allí.

No se puede ver bien a través de la bolsa que saca de él, y luego su espalda me tapa lo que hace con el contenido, pero sea lo que sea, estoy intrigada.

De repente, el sonido de una motosierra ruge en la cocina, casi ensordeciéndome.

¿Qué diablos...? ¿Estará sacando sirope de arce de dentro de un tronco? Pensaba que para eso solo tenías que hacerle un agujerito.

Cuando el ruido se detiene, Art saca algo del vaso de la batidora, lo que explica el ruido, y lo pone en un bonito bol.

—Toma. —Pone el premio delante de mí.

—Parece helado —le digo—. ¿Pero no es eso la raíz de todo mal?

Él espolvorea un surtido de frutos secos por encima del helado.

—Pruébalo. —Me pasa una cucharilla.

Yo saboreo el resultado. Ñam-ñam. Me recuerda a un batido con extra de plátano.

Él observa mis labios como si estuviese hipnotizado por ellos.

—¿Te gusta?

Me trago el delicioso bocado dulce.

—¿Dónde está la trampa?

—Es plátano.

Me como otra cucharada.

—Claro. Puedo notar el sabor.

Su sonrisa adquiere el tamaño de la del Gato de Cheshire.

—No lo entiendes. El *único* ingrediente es el plátano.

¿Qué?

Meto la cucharilla en esa dulzura cremosa y la remuevo.

—No puede ser que esto sea solo plátano.

—Sí, que puede ser —dice él. Saca la bolsa que cogió del congelador y me enseña los plátanos congelados que hay dentro—. Esto es todo lo que he metido en la batidora.

Vuelvo a coger otra cucharada. Mmm.

—Ahora que sé a qué tiene que saberme, el efecto de que es un helado se ha estropeado un poco.

Él se encoge de hombros.

—Si te gusta, acábatelo. Si no, no pasa nada.

Mentira. Sé que él es Mr. No Dejes Nada en el Plato. Aunque no es que quiera tirar esto. Puede que este helado sea tan falso como nuestro matrimonio, pero está frío, es cremoso y sabe delicioso... Sin mencionar todo el potasio y demás cosas que incluye.

Me lo acabo y dejo la cucharilla en la mesa.

—Gracias.

—De nada. —Él coge todos los platos, los lleva al fregadero y empieza a lavarlos.

—Espera —le digo—. Tú has cocinado. Al menos déjame limpiar a mí.

—No hace falta. —Abre una puerta que resulta ser un lavavajillas—. Earl se encargará de eso.

Yo arqueo una ceja.

—¿Earl?

Él mete dentro el resto de los platos.

—Tú has bautizado a tu aspiradora así que he pensado que bien podría bautizar yo a nuestro lavavajillas.

Como si le hubiésemos llamado, Woofer entra en la cocina... Y golpea la pata de mi silla.

Parece que el amo humano es tan perezoso como el ama. No puede lavar ni un plato él solo. Al menos se le ha dado mejor bautizar a la pobre máquina a la que ha esclavizado. Earl suena regio y digno, mientras que Woofer es un nombre propio de algún chucho asqueroso.

Yo me levanto.

—¿Y ahora qué?

Art saca una pastilla para el lavavajillas de su envoltorio parecido al de un caramelo y lo mete dentro de Earl.

—Estaba pensando en que intercambiásemos nuestras listas de películas.

—¿Intercambiarlas? Pensaba que solo iba a darte una yo a ti.

Él saca su móvil.

—He decidido que lo que es bueno para la gansa es bueno para el ganso.

—Vale. Muchas gansadas son esas, pero déjame echarle un vistazo a tu lista.

—Las damas primero.

Con un gruñido de broma, le envío la lista.

Él la escanea y una sonrisa aparece en su cara.

—¿Qué? —pregunto.

Señala la pantalla.

—Esa serie. Ya la he visto antes. Es estupenda.

No.

No puede ser.

Pero solo hay una serie en toda la lista.

Aun así, no puedo asumir nada. Es demasiado grande para dejarlo en una asunción.

—¿De qué serie estás hablando? —pregunto con tono inseguro...

—De *Sexo en Nueva York*. Soy muy fan.

—¿Te gusta *Sexo en Nueva York*?

No habría sentido un shock tan grande ni si me hubiesen electrocutado con una pistola taser. Todavía tengo que toparme con un hombre que la haya visto, y mucho menos con uno al que le haya gustado. Quiero decir, siempre he sabido que esas criaturas existían en teoría, como los cisnes negros el personal de telemarketing que hace que a la gente les guste recibir sus llamadas, pero no esperaba que uno de ellos me hiciese la cena.

Art asiente.

—Esa serie es la que me hizo enamorarme de Nueva York. En cierto modo, no estaría aquí de no ser por ella.

Vale. Es oficial.

Me he casado con mi alma gemela.

CAPÍTULO

Veintiséis

AL INSTANTE SIGUIENTE, la duda me asalta. ¿Es posible que me haya dicho eso? Además, incluso aunque diga la verdad, ¿por qué habrá visto esa serie? ¿Es porque le ponía alguna de las actrices o porque quería entender mejor a las mujeres?

Él me toca el antebrazo.

—¿Estás bien?

—¿Por qué?

—Porque me estás mirando con una cara muy rara.

Pestañeo varias veces.

—Quiero decir, «¿Por qué has visto tú esa serie?»

Él sonríe.

—Vayamos al salón y pongámonos cómodos. Después hablaremos.

Qué forma de provocarme. Le sigo hasta el sofá y me dejo caer a su lado, sintiendo un cosquilleo en la piel cuando se rozan nuestras rodillas.

—Escúpelo —gruño.

—Creo que tendría que resultar obvio —dice él.

Yo le miro sin entender.

—Mikhail Baryshnikov —añade con tono de exasperación.

Oh. ¿Cómo no habré pensado en eso?

—Ese era el tío que hacía de «el ruso» en la última temporada —dice Art. Si el tema fuese cualquiera otra cosa que no fuese *Sexo en Nueva York*, estaría haciéndome mansplaining, pero me encanta demasiado esto para quejarme, y le dejo continuar—. En caso de que no lo sepas, en la vida real, es una leyenda del ballet... Y como yo, nació en Riga.

Yo sonrío arrepentida.

—Ahora me siento como una tonta.

—No lo hagas. ¿Cómo ibas a saber tú que ese hombre es mi ídolo? Empecé con los nueve episodios en los que aparecía y luego me enganché y vi todo lo demás.

—Entonces, ¿cuál es tu episodio favorito?

Él se rasca la barbilla.

—Temporada seis, episodio doce.

Yo sonrío.

—¿Ese es en el que Baryshnikov aparece por primera vez?

Él asiente.

—¿Y que hay ti? ¿Cuál es el que más te mola?

—Temporada uno, episodio nueve —digo sin titubear—. Se titula «La tortuga y la liebre».

Él entorna los ojos y luego menea la cabeza.

—Es difícil de acordarse solo con el título. ¿De qué iba?

—Es ese en el que adquieren el conejo.

—¿El conejo? ¿Es esa otra mascota?

Me echo a reír.

—Es un vibrador que parece tener orejas. Ese episodio tranquilizó a las mujeres sobre que estaba bien masturbarse. Si hasta a Charlotte le parecía bien hacerlo, ¿por qué no a ellas?

—Creo que ya me acuerdo. Y es lógico. El vibrador fue tu Baryshnikov.

Mi sonrisa se amplia de oreja a oreja.

—¿Cuál es tu menos favorito?

—Las películas —dice, haciendo que eso suene como una palabrota.

—Estoy de acuerdo. Todo lo de después del último episodio de la temporada seis estaba por debajo del nivel.

Él asiente, claramente en serio, y repasamos nuestros momentos menos favoritos de las películas, de los que hay un montón.

Mientras habla animadamente sobre Carrie y Samantha, no puedo evitar preguntarme por qué el que le guste la serie resulta tan significativo, tan portentoso. Por qué parece que tenemos mucho más en común ahora mismo en comparación con hace diez minutos. Quiero decir, se trata solo de una serie de televisión, ¿no?

En general, no me gusta la sensación que estoy notando en el pecho. Entre su mano en mi rodilla y la agradable modorra que me causa la comida gourmet, la ficción y la realidad de nuestro matrimonio se están volviendo algo confusas, y eso es muy peligroso.

Nada ha cambiado. Lo único que él quiere es una tarjeta de residencia y nada más. Todavía...

—Espera un segundo —dice Art con fingida severidad—. El apodo de mi polla... Esa es una referencia a *Sexo en Nueva York,* ¿verdad?

Se me van los ojos al pan y mi cara se vuelve de un tono granate.

—¿Eso la haría sentirse menos especial?

Art se ríe.

—En realidad, yo siempre creí que el Mr. Big de Carrie era un poco gilipollas, así que esto pega. En vez de con él, ella tendría que haber acabado con Baryshnikov.

Decido que hace ya un tiempo que tendríamos que haber cambiado de tema.

—¿Has mencionado tu lista?

Él asiente y me envía un mensaje.

—Las películas destacadas son en las que sale Baryshnikov.

Miro mi móvil. Mmm. Una cosa sería que las pelis que no me suenan fuesen solo esas en las que sale su ídolo. Pero nunca he oído hablar de ninguna. Algunas incluso parecen inventadas como *El brazo de los diamantes, La ironía del destino o goce de su baño,* o *La prisionera del Cáucaso.*

—¿Son estas de verdad? —pregunto—. Me

considero una cinéfila, pero nunca me he topado con estas.

Él me da unas palmaditas en la rodilla.

—Y aquí está el problema. Puede que *Sexo en Nueva York* no sea suficiente para hacer que esta relación funcione.

Yo sonrío.

—Eso es discutible. Una puede llegar lejos con *Sexo en Nueva York*.

Él enciende la tele.

—¿Qué tal si tú me enseñas lo tuyo y luego yo te enseño lo mío?

¿Todavía estamos hablando de películas?

—¿Qué tal si vemos *Dirty Dancing*? —le sugiero—. Solo ten presente que el baile que sale no es para nada ballet.

Ponemos la peli y de alguna forma acabo acurrucada contra él en el sofá igual que si fuésemos alguna pareja de ancianos casados. Él me rodea los hombros con el brazo y yo engullo grandes bocanadas de su hipnótico aroma, sintiéndome tan segura y calentita que podría fundirme y convertirme en un charco.

Hablando de charcos, puedo notar mi ropa interior claramente húmeda.

Cuando empiezan a pasar los títulos de crédito, él me dice que la película es estupenda y que deberíamos ver *La ironía del destino o goce de su baño* a continuación.

Si eso significa que nos vamos a quedar así en el sofá, vería lo que fuera, hasta *Glitter*.

Cuando empieza la película, comprendo por qué nunca había oído hablar de ella. Fue rodada en la Unión Soviética, en los años setenta.

Art detiene la película muy al principio y dice:

—Solo para que lo sepas, esto es un clásico que echan por la tele cada Nochevieja, que es la respuesta rusa a la Navidad.

—¿Qué quieres decir? —Siento como si estuviese a punto de bostezar, pero me reprimo. Estoy demasiado cómoda para moverme de aquí, y además me aterra la tentación del dormitorio.

Ya es bastante malo lo del sofá.

Él me abraza con más fuerza.

—En Rusia, la gente decora sus pinos, intercambia regalos e incluso tienen un equivalente a Santa Claus llamado Grandpa Frost... Todo en Nochevieja.

¿Cómo se supone que vamos a pensar a derechas estando así?

—¿Tiene Grandpa Frost algún parecido con Santa? —Consigo preguntar de alguna manera.

—Solo que también es mayor y lleva un saco de regalos y barba blanca. —Con su mano libre, Art busca una foto con el móvil—. Creo que empezó siendo el espíritu ruso de los hielos, pero después sufrió de polinización cruzada con las descripciones de Santa Claus.

—Espera. —Señalo a una mujer en la foto—. ¿Es esa la señora Claus?

Él se aparta y me dirige una mirada horrorizada.

—¿Es que no ves lo joven que es? Esa es su nieta,

Snegurochka, también conocida como La doncella de la nieve.

Vaya.

—¿Y qué hay de su mujer? ¿Y de los padres de Snegurochka?

Él parece pensativo.

—Ahora que lo mencionas, no creo que haya nadie más en esta familia. Solo la nieta. Creo que ella también es un personaje de la antigua mitología rusa que fue asociado con el Año Nuevo. Los soviéticos cambiaron varias costumbres tradicionales para secularizarlas en los años treinta, y supongo que ni la lógica ni la consistencia fueron entonces una prioridad.

Después de decir eso, vuelve a poner la peli en marcha.

Está subtitulada, no doblada, pero eso resulta ser mejor de algún modo... Me hace sentir como si estuviese en Rusia. Según avanza la película, Art la detiene con frecuencia y me explica ciertos detallitos similares al Grandpa Frost. Oh, y algunos elementos de la trama me traen ciertos recuerdos recientes a la cabeza... Como cuando el héroe y sus amigos beben demasiado vodka en el banya.

—¿Qué te ha parecido? —pregunta Art cuando aparecen los títulos de crédito.

A regañadientes, me libero de su abrazo.

—Me ha gustado.

—Genial. Mañana, podemos ver *La prisionera del Cáucaso*.

Yo arqueo una ceja.

—¿Esa también es una comedia romántica o se trata de algo más serio? Ese título la hace sonar como un romance basado en el síndrome de Estocolmo.

Sus ojos se agrandan.

—Es una comedia romántica. Resulta que está basada en una antigua tradición del Cáucaso en llamada «robo de novias».

Bostezo.

—Suena intrigante. Y de mi lista, ¿qué tal si vemos *La princesa prometida*?

—Hecho. —Él también bosteza—. Creo que es hora de irse a la cama.

Mi somnolencia se evapora.

—Claro.

—Ven —dice—. Vamos a aprendernos la rutina del otro.

Sí. Eso es normal. No hay motivo para que me ponga a dar botes de emoción y alegría, que es lo que me apetece hacer de repente.

Manteniendo una cara de póker, le sigo al baño principal... Un cuarto casi tan grande como toda mi residencia anterior, con una ducha efecto lluvia, dos lavabos y una enorme bañera.

—¿Prefieres ese lavabo? —Señala hacia el que he dejado el cepillo de dientes.

—Claro.

¿Puede notar lo alterada que estoy? Porque lo estoy y *mucho*. El aire hogareño de todo esto es una locura. Convierte a este arreglo de convivencia tan descacharrante en algo real.

—¿Sueles ducharte antes de irte a la cama? —pregunta.

Mierda de mofeta. Ni siquiera había pensado en eso.

—Sí. —Me ruborizo como la doncella de la nieve—. ¿Y tú?

Lo que es más importante, ¿qué probabilidades hay de que quiera que nos duchemos juntos?

Sus ojos chispean.

—Normalmente me ducho después de los ensayos de ballet, pero hoy, estaba pensando en hacerlo antes de meterme en la cama. Cuando me retire, ese será mi nuevo hábito.

Las imágenes. Oh, esas imágenes. Puedo notar como me palpitan las sienes.

—¿Quieres hacerlo mientras yo me cepillo los dientes? No miraré.

Sí, lo he dicho con el rostro serio, sabiendo muy bien que le veré un montón de cosas en el espejo... Y que miraré, sin vergüenza.

Él coge el cepillo y lo aprieta para poner algo de pasta en él.

—¿Qué tal si hacemos turnos?

¡Buu!

—Vale. Buena idea. —Cojo el cepillo de dientes y accidentalmente pongo demasiada crema—. Después de esto.

Cuando activo el cepillo de dientes, desearía que estuviese orientado a mi chichi en vez de a mis dientes. Tal vez si quemase algo de esta energía sexual, volvería a sentirme otra vez como una humana normal y dejaría de ver imágenes de un Art enjabonado en mi mente.

Él se cepilla los dientes de forma manual, como un cavernícola, lo que hace que flexione su fuerte antebrazo.

Genial. Ahora quiero utilizar mal mi cepillo de dientes todavía más.

Él escupe la pasta al lavabo.

—¿Las damas se duchan primero?

—Vale —murmuro yo con la boca llena de espuma—. Déjame que acabe con esto.

—Por supuesto. —De nuevo, sus ojos resplandecen, lo que puede querer decir que está tan desconcertado y desubicado con todo esto como yo.

Algún tipo de demonio obliga a mi boca a preguntar:

—¿Qué sueles ponerte para dormir?

Su sonrisa tiene un aire travieso.

—Normalmente, duermo desnudo, pero a partir de ahora me pondré pijama.

En vez de escupir la pasta de dientes, me la trago con un ruidito.

No me jodas. ¿Estará haciéndome esto a propósito?

Moviéndome igual que una zombi salida, agarro mi camisón de aspecto más conservador, aunque sigue siendo poco ideal si la idea es taparme tanto como sea posible.

Art observa la prenda que tengo en la mano con una extraña expresión.

—Que disfrutes de tu ducha. —Con eso, desaparece del baño como si fuese a perseguirlo.

Cierro la puerta y me quedo con la espalda apoyada contra ella, cerrando los ojos con fuerza mientras intento controlar mi respiración.

Esto es una locura.

Aunque se tratase de mi marido de verdad, este nivel de deseo parece poco sano. Tal como están las cosas, mi temor es tirármelo, o peor, estando medio dormida, en mitad de la noche.

Bueno, hay una solución sencilla: Puedo masturbarme de forma preventiva.

Yo escaneo el baño. El cabezal de la ducha tiene el estilo incorrecto para resultarme útil, y no estoy segura de que mi cepillo de dientes y mis dedos por si solos me sirvan hoy. Necesito algo grande dentro y tal vez extra vibrante por fuera.

Luego caigo en la cuenta. ¡He escondido mis juguetes favoritos aquí mismo, en este baño! Debe de haberlo planeado mi subconsciente.

Saco los juguetes de la cisterna del váter y enciendo la ducha para asegurarme de que Art no se da cuenta de lo que estoy haciendo.

Ahora que lo pienso, hace tiempo que no he probado la vía digital en el la ducha... Y no creo haber escrito ninguna entrada en mi blog al respecto.

Decidido, pues.

Extiendo mis juguetes cerca de las botellas de champú y luego me desnudo debajo del cálido chorro.

Esto está muy bien.

En piloto automático, me lavo el cuerpo y los cabellos antes de recordar mi importante misión secundaria.

Escaneo los juguetes. Oh, sí. Esto requiere el vibrador más grande que tengo... Uno que es unos centímetros más corto y algo más delgado que Mr. Big.

Yo le sonrío traviesa.

—Tú tendrás que valer.

Saber que Art se encuentra al otro lado de esta pared me hace sentirme muy traviesa.

Escupo en el vibrador para lubricarlo y apoyo el pie izquierdo contra la pared para facilitar la entrada.

Allá vamos.

Coloco el vibrador contra mi abertura... Y entonces es cuando mi pie derecho se resbala en el suelo húmedo de baldosas.

CAPÍTULO

Veintisiete

¡Oh, no! ¡No, no, no!

Aleteo con ambos brazos, el que sujeta el vibrador y el que no.

No sirve de nada.

Golpeo el suelo con un ruidoso «plas», y el aire se me escapa de los pulmones.

Mierda de mofeta.

Veo las estrellas y escucho un estruendo en los oídos.

En un segundo, las estrellas dejan de girar, pero el estruendo sigue ahí. Es raro, pero suena como alguien gritando:

—¿Qué ha pasado?

Gran pregunta, grito imaginario.

¿Me habré roto algo?

Me palpo las costillas y todo lo demás.

No, creo que estoy bien.

Un momento.

El grito se escucha más fuerte ahora, y es la voz de Art.

Está exigiendo saber si estoy bien.

Me lleno de aire los pulmones para poder responder, pero es demasiado tarde.

¡Crac! Con un violento sonido, la puerta sale volando de sus bisagras y ahora oigo la voz de Art mucho más cerca.

—¡Joder! ¿Estás bien?

¡Mierda! ¡Mierda! ¡Mierda!

Unos fuertes brazos me dan la vuelta y un Art presa del pánico examina cuidadosamente cada centímetro de mí, como si estuviese llevando a cabo mi chequeo dermatológico anual.

¿He caído al suelo sobre mi cara? Las mejillas me arden de forma casi dolorosa.

—Estoy bien —miento.

Me levanto torpemente, no muy segura de qué hacer primero: esconder los juguetes o cubrirme el cuerpo desnudo con algo.

Art me agarra por una mano con firmeza.

—¿Estás segura de te encuentras bien? Ha sonado como si te hubieses dado un buen porrazo.

¿Me sangran las mejillas?

Lo compruebo en el espejo.

Pues no. Solo están rojísimas.

No me puedo creer que aparte de todo lo demás, haya sonado al caer igual que un saco de patatas. ¿Y ahora qué más, universo? ¿Estoy a punto de vomitar delante de él? ¿De hacerme pis encima?

Frenética, agarro una toalla y me envuelvo con ella.

—Vale, ya que estoy bien, deberías marcharte.

Solo ahora me doy cuenta de que solo lleva puestos unos calzoncillos negros... Y vaya, lo bien que le sientan.

Art tensa la mandíbula con tozudez.

—No pienso marcharme hasta que me asegure de que te encuentras bien.

Mátame, camión.

—¿Y cómo puedo demostrártelo?

Él se pasa los dedos por el pelo.

—No tengo ni puta idea.

—¡Vale! Podrías apartar la vista al menos.

—¿Por qué? —pregunta. Y luego por fin, se da la vuelta.

Hay juguetes eróticos por todas partes. Debo de haberlos tirado todos de la estantería de los champuses cuando he movido los brazos para intentar agarrarme a algo.

—Oh. —dice él, y sus ojos se agrandan—. Estabas...

—Practicando espeleología. —Las mejillas me arden tanto que parece increíble que puedan estar tan calientes—. Pellizcando el kiwi. Aplaudiéndome a mí misma.

Él se inclina y agarra el vibrador que nunca he tenido ocasión de utilizar.

—¿Cómo ha llegado esto hasta aquí?

Echo una mirada a la cisterna del váter, todavía abierta, y el sigue la dirección de mis ojos.

—¿En serio?

Me sonrojo todavía más.

Él me mira a mí, luego a los juguetes, luego a mi otra vez y frunce el ceño.

—¿Por qué todo ese sigilo? Pensaba que escribías un blog sobre estas cosas. Podrías simplemente guardarlas en tu mesilla de noche.

Yo pongo los ojos en blanco con tanta energía que me duelen.

—Sí. Por supuesto. ¿Debería también usarlos mientras te tengo al lado en la cama?

Sus pupilas se dilatan hasta el tamaño de monedas. Traga saliva y murmura:

—Bueno, eso tal vez no. Pero no voy a estar siempre en casa. También puedo trabajar en el ordenador de la oficina cuando necesites... —Menea el vibrador en el aire—. Ocuparte de tus necesidades.

Le arrebato de la mano el ofensivo objeto.

—Vale. —Lo que sea para terminar con esta conversación.

Antes de que pueda responderme, agarro los juguetes en mis brazos y salgo corriendo del baño.

Él me sigue, probablemente para asegurarse de que estoy bien.

Abro el cajón de la mesilla más cercana y los tiro dentro.

—Ya está. ¿Podría tener algo de privacidad ya?

Él me mira de arriba abajo otra vez.

—¿Estás segura de que no te has hecho daño?

—Del todo.

Él coge su pijama que está ahí al lado.

—¿Me prometes que me darás un grito si empieza a dolerte algo?

—Lo juro por lo que queda de mi dignidad.

Él se mete en el baño y sale con el pijama puesto.

—Volveré enseguida. —Él sale del dormitorio.

Yo cierro la puerta tras él y utilizo la toalla que me cubre para secarme antes de ponerme el camisón.

Alguien llama a la puerta.

La abro y me meto en la cama.

Art está ahí de pie sosteniendo varias herramientas. Mientras yo le miro boquiabierta, él procede a reparar la puerta del baño con toda la tranquilidad de alguien que sabe lo que se hace.

Maldición. Encima es mañoso. Aunque hubiese tenido ocasión de utilizar los juguetes, después de esto seguramente requeriría de otra sesión.

—¿Sigues encontrándote bien? —pregunta cuando la puerta ha quedado ya como nueva.

—Pues sí. —Físicamente al menos. Bueno, mis glándulas salivares se encuentran en modo sobrecarga, pero esa es mi nueva normalidad a su alrededor.

Desaparece en el baño y empieza a escucharse de nuevo la ducha.

¿Y ahora qué?

A pesar de la caída, lo que quiero hacer con más ganas es hacer girar el dial de mi teléfono antiguo una vez más... Y saber que Art está en la ducha solo lo empeora.

El problema es que no tengo ni idea de lo que le

suele costar ducharse. Lo último que deseo es que me vuelva a pillar.

¿Y si pudiera quedarme dormida y ya está?

Cierro los ojos. El purificador de aire zumba tranquilizador junto a la cama, y en circunstancias normales ya me habría quedado roque. Pero estas circunstancias son de todo menos normales.

Abro los ojos con frustración.

Lo que lo está convirtiendo en algo extra mosqueante es mi extraña convicción de que Art está acariciando a Mr. Big en la ducha. No tengo ni idea de cómo ni por qué he decidido que era así. Tal vez haya sido uno de esos sueños que te asaltan en estado de duermevela. O tal vez todas esas hormonas han despertado mis poderes de percepción extrasensorial latentes. Sea como sea, estoy tan segura de que se está haciendo una paja que prácticamente puedo verlo a través de las paredes. En los vívidos detalles del cine IMAX 3D.

Cabrón desconsiderado. ¿Qué ha pasado con eso de «lo que es bueno para la gansa es bueno para el ganso»?

¿Y si llamo a la puerta y le digo que pare?

La ducha se apaga.

Por suerte. Probablemente haya acabado justo ahora de correrse. Qué agradable debe de ser eso.

La puerta se abre y Art entra de puntillas en la habitación.

¿Creerá que me he quedado dormida? Tal vez sea mejor fingir que es así.

Se desliza en silencio bajo la manta al otro lado de la cama.

Yo trago saliva, con fuerza. A pesar de la ducha y de los mejores esfuerzos del purificador de aire, todavía puedo detectar el llamativo aroma de Art, y eso no ayuda a mejorar mi frustración sexual en lo más mínimo.

Se vuelve de lado, dándome la espalda.

Una avalancha de fantasías toma mi pobre cerebro al asalto. En la mayoría, extiendo la mano y agarro a Mr. Big, para empezar.

Él se vuelve hacia mí.

La fantasía empieza ahora con un beso.

Él se pone de espaldas sobre la cama.

¡Guau! ¿Eso de la manta es una tienda de campaña? ¿Estaré equivocada sobre lo que ha estado haciendo en la ducha? ¿O no, pero es que se recupera muy deprisa? ¿Pero qué estoy diciendo? Sé que se recupera muy deprisa. Lo he visto en vídeo.

Él vuelve a girarse y darme la espalda.

¿Cómo será de alto su metabolismo? Siento calor irradiando de su cuerpo en oleadas.

Él se vuelve hacia mí.

Suspiro. Así jamás podré quedarme dormida.

Se queda quieto.

¡Ay!

—¿Estás despierta? —susurra.

—Eso parece —le respondo con otro susurro.

Él se levanta de la cama de golpe.

—Lo siento, pero no puedo dormir así.

—¿Así, cómo?

Aunque yo estaba pensando exactamente lo mismo, me siento insultada. ¿Cree que huelo mal? ¿Hago demasiado ruido al respirar? ¿Me ruge el estómago?

—Voy a dormir al sofá. —Agarra su almohada.

—Espera. —Me siento en la cama—. ¿Y qué pasa con las preguntas de la entrevista? Podrían preguntar por nuestros patrones de sueño.

Observa la manta cómoda que hemos estado compartiendo.

—Puedes decirles que en lo que respecta a las mantas, soy todo un caballero. Y que a ti te gusta envolverte en ella sin preocuparte por nadie más.

Miro hacia abajo y me doy cuenta de que según hablamos, me estoy convirtiendo en un burrito de manta y persona.

—He dejado la mía en el armario de la ropa blanca —le digo—. Utilízala, por favor.

—Gracias —Él se acerca al armario y la coge—. Dulces sueños.

Al verlo marcharse, lucho contra una inexplicable oleada de decepción.

Esto es estúpido. Acaba de hacernos un favor a los dos. De esta manera, puedo cerrar un poco los ojos, por fin.

Para eso, lo hago.

Y espero.

Y espero.

Debería resultar más fácil dormirme ahora, ¿verdad?

Pues no.

Doy vueltas durante media hora antes de rendirme. Cierro la puerta del dormitorio con llave, subo el purificador de aire al máximo para tapar cualquier sonido vibratorio y saco los juguetes de mi mesilla.

Él me ha dicho que podía hacer esto en nuestra cama.

Me arrastro hasta su lado y olisqueo las sábanas.

Sí. Eso es. Si el hambre es la mejor de las especias, un marido buenorro al que no puedes tirarte es el mejor potenciador de la masturbación. El orgasmo que estalla en mí me hace curvar los dedos de los pies y temblar por todo el cuerpo.

Sintiéndome como un fideo demasiado cocido, me obligo después a arrastrarme hasta el baño para lavar los juguetes. Para cuando los guardo, siento como si unas grandes piedras me sujetaran los párpados abajo.

El sueño me llega en el preciso instante en que mi cabeza toca la almohada.

CAPÍTULO
Veintiocho

ME DESPIERTO. Por un segundo, estoy confusa al mirar al rededor. Todo me resulta poco familiar.

Ah, vale. Es que me he mudado con Art.

Me levanto, me lavo los dientes, me pongo algo de ropa y luego me voy en busca de mi queridísimo maridito.

No está en su despacho ni en la cocina.

Al acercarme al salón escucho música clásica sonando. Art debe de andar por aquí.

Pues sí. No solo está aquí, sino que mis esfuerzos de buscarlo se ven recompensados con una visión increíble.

Con unas ajustadas mallas y una camiseta corta sin mangas, Art está haciendo la pose del guerrero de forma impecable, con una rodilla doblada, la espalda derecha y cada músculo de sus brazos extendidos tensado. Hasta sus pies descalzos son sexis, fuertes y masculinos.

Fluffer, que estaba vigilando a Art, vuelve su cara peluda y cargada de sospechas hacia mí.

¿Lo ves? Estás mirando a este gigante como si quisieras comértelo. ¿Qué oportunidad tiene una diminuta migaja como yo?

Art extiende su brazo derecho sobre su cabeza.

Me debato entre dos opciones igualmente razonables: hacerle saber que estoy aquí o correr de vuelta al dormitorio para usar los juguetes.

La elección no la hago yo. Woofer se acerca por detrás de mí y hace tanto ruido que Art mira en mi dirección.

Uno de los amos humanos ha olido al otro, ¿y aun así yo cargo con las culpas?

—Buenos días. —Art sale de su postura, más ágil de lo que yo podría esperar ser jamás—. ¿Qué tal has dormido?

—Bien. — Yo miro al sofá. No hay señal alguna de que haya dormido allí de verdad. ¿Es un friki de la limpieza?—. ¿Y tú?

Él se encoge de hombros.

—Cuando lo sacas, este sofá es casi tan cómodo como la cama.

Hago un gesto con la mano en dirección a su esterilla.

—¿Haciendo un poco de yoga?

—Es parte de mi rutina matinal. ¿Por qué no te unes? —Sin esperar a mi respuesta, él se acerca hasta el sofá y saca otra esterilla.

Mmm. Me metí en lo del yoga hace algún tiempo,

después de escribir una entrada de blog sobre la masturbación tántrica. Mi movimiento maestro es hacerme un dedo en posición del loto, pero cuando hablamos de otras poses, las posibilidades de parecer una estúpida son altas.

—No quiero interrumpir tu práctica —le digo.

Él me pone ojos de cachorrito.

—Solo un par de posturas.

Aghh. Si este falso matrimonio acaba por alguna extraña razón conduciendo a tener niños, espero que él no les enseñe ese gesto en particular, o acabarán más mimados que...

Yo doy un paso atrás y me casi tropiezo con Woofer.

—Creo que tengo demasiada hambre.

Art exhibe una sonrisa.

—He hecho el desayuno. Lo compartiré contigo si te portas bien.

Tentador. Si esa comida está tan buena como la que hizo anoche, puede que valga la pena este ejercicio que no me apetecía hacer.

—De acuerdo —digo a regañadientes—. Cinco minutos.

Hace un gesto hacia la alfombrilla.

—Ponte ahí de pie.

Lo hago.

—Enséñame tu pose del guerrero.

Me muestra la suya, lo que me hace muy difícil concentrarme mientras hago lo mismo.

Menea la cabeza y se acerca hacia mí.

—¿Puedo hacerte unas cuantas correcciones?

Yo asiento. ¿Está esto yendo adónde quiero que vaya?

Pues sí.

Me agarra suavemente por las caderas y me centra la pelvis.

No me jodas.

Siempre me ha ido lo de que me manejen, pero esto está a otro nivel. Se me empapan las bragas al instante y el yoga es lo último que tengo ahora mismo en la cabeza.

Levanta mi brazo más arriba, enviando erótica carne de gallina por todo mi cuerpo.

¿Yoga? ¿Y eso qué es?

—Bien —dice, volviendo a su esterilla—. Mantén la postura unos segundos.

Hago lo que puedo e incluso me acuerdo por algún milagro de respirar.

—Hagamos una pinza —dice, y se dobla por la mitad hacia adelante con cero esfuerzo.

Maldita sea. Podría escribir sonetos enteros sobre sus glúteos. Sonetos y haikus;

Su culo es sexy sexy.

Es muy muy sexy sexy. ¿Verdad?

Lo quiero, lo quiero.

Mientras sigo sus indicaciones le rezo al dios Ganesha por estar haciéndolo correctamente. Si Art se pone detrás de mí y ajusta esta pose, yo podría sufrir de combustión espontánea.

—Eres una yogui nata —dice él

¡Fiuu!

Pero por otro lado, una parte de mí se siente decepcionada porque él no se haya deslizado por detrás para hacerme correcciones. Esa parte también esperaba que me bajase los pantalones, me abriese las piernas y...

Yoga. Céntrate en el yoga.

—Perro mirando hacia abajo —anuncia Art, moviéndose a esa pose, y yo trago saliva cuando me uno a él en señalar con el culo hacia el techo y la cabeza hacia el suelo.

—Un trabajo estupendo —dice.

Maldita sea, ¿por qué no la habré liado con esta? Tenía el culo en pompa, todo listo para ser poseído.

Luego hacemos el barco, después la cobra, y todo eso añade más imágenes a mi banco de frotamientos. Cuando doblamos las piernas en una media paloma, mi estómago ruge, ruidosamente.

—Vale —dice Art—. Ahora puedes ir a comer.

Por supuesto. Pero, ¿puedo traérmelo aquí y ver el resto de su entrenamiento de yoga?

Noo. Probablemente no sea apropiado. Hasta un marido de verdad podría sentirse tratado como un objeto.

El desayuno resulta ser delicioso: unas tortitas que saben igual que si estuviesen hechas de azúcar y queso fresco, y *blins* empapados con alguna clase de sirope que yo no había probado nunca.

Cuando casi he terminado, Art entra en la cocina.

—¿Cómo dices? —Señalo al sirope con el tenedor.

—Dátiles rehidratados y molidos con agua —dice—. ¿Te gusta?

—Me encanta. —Me meto el último pedazo de comida en la boca.

Él sonríe y saca de la nevera lo que parecen ser copos de avena sin nada y una pequeña ensalada.

Yo miro a todo ese verde.

—¿Ensalada para desayunar?

—Todavía no me he retirado —dice Art—. Esto es un auténtico festín comparado con lo que comen las bailarinas.

Ataca la comida con voracidad y se la termina en un abrir y cerrar de ojos.

—¿Puedo acabarme eso? —Señalo a los *blins* y las tortitas que él ni ha tocado.

—Los he hecho para ti.

Ooooh. De verdad está decidido a llegar a mi corazón a través de mi estómago. Y de mis ojos. Y de mi nariz.

—Bueno —dice—. Tengo un ensayo al que ir.

Haciendo lo que puedo por ocultar mi decepción.

—¿Cuándo vas a volver?

—Por la tarde. Si vas a estar en casa, come sin mí. Tienes la comida en la nevera.

Me lo quedo mirando, boquiabierta.

—¿También me has hecho la comida?

Una comisura de su boca se curva dibujando una sonrisita.

—¿Para qué están los falsos maridos?

Oh, se me ocurren muchas cosas. Tantas cosas.

—Está bien, supongo. Hasta luego.

Él sale de la cocina y yo le sigo hasta la puerta como un perrito. Lo miro mientras se pone los zapatos. Luego se vuelve hacia mí con esos ojos cálidos color chocolate y siento que me ha rodeado con un lazo el útero, como a un animal en un rodeo, y está tirando de él.

Me inclino hacia él, embriagada por su olor. Sus ojos echan una llamarada y parecen oscurecerse hasta casi parecer negros. Por un instante, me parece como si fuese a inclinarse hacia mí, pero solo dice suavemente:

—Echa la llave.

Trago saliva y doy un paso hacia atrás. El momento de locura temporal se ha desvanecido. Con una sonrisita falsa, hago una reverencia.

—Sí, querido. Tus deseos son órdenes para mí, querido.

Él menea la cabeza y se va.

Yo cierro la puerta, como una buena esposa. Puedo fingir cuando tengo que hacerlo.

CAPÍTULO
Veintinueve

APENAS HAN PASADO unos minutos cuando mis pies me llevan directa a la oficina de Art.

No debería cotillear. De verdad que no.

Oh, ¿a quién quiero engañar? Entro en el despacho y miro a mi alrededor.

Un escritorio, una silla y dos monitores montados en la pared, y eso es prácticamente todo.

¿Las inversiones precisan de un entorno así de espartano?

Como si estuviese poseída, enciendo el ordenador.

Me pide una contraseña.

Mmm. Blue entraría en un santiamén.

Yo tecleo: «ballet»

Pues no.

Lo intento con «Baryshnikov».

Premio. Estoy dentro.

Para mi decepción, el único icono en el escritorio es una aplicación bursátil. Tampoco hay nada interesante en su historial de búsquedas: solo Gmail, Forbes y otros sitios aburridos como esos.

¿Nada de porno?

Cierro el ordenador y me voy a coger mi propio portátil.

Como mi historial de búsquedas es uno que induce al sonrojo, debería hacer que mi contraseña fuese más difícil de adivinar por si acaso Art también es un cotilla. Actualmente, mi clave de acceso es «klittra», que es la palabra sueca para la masturbación femenina.

¿Alguna otra cosa menos obvia? ¿Mareando la almeja? ¿Puliendo la barandilla? ¿Orbitando Venus? ¿Buscando a Nemo?

Al final, sencillamente abro un documento en blanco del Notepad, cierro los ojos y tecleo algo al azar. Allá vamos. Nadie va a adivinar nunca este batiburrillo de signos. Me paso unos minutos memorizando la contraseña nueva y luego la aplico antes de visitar mi blog.

Interesante.

Tengo un fan nuevo y muy ávido con un divertido nombre de usuario: SquirrelBoner, lo que en inglés significa erección de ardilla.

«Un texto asombroso» dice SquirrelBoner sobre mi última entrada.

«Eres genial» dice ella (¿o él?) sobre la entrada en la que hablo de mi vibrador favorito.

Y el repaso continúa, hasta el punto en el que tengo la extraña sensación de que conozco a esta persona. De alguna forma. Los desconocidos no suelen ser agradables contigo en internet, casi nunca. Por eso existe el término «troll» pero no su opuesto.

¿Podría tratarse de Art? ¿Tal vez haya decidido leer mi blog para apoyarme y se haya pasado un poco con sus elogios?

Pero lo de «SquirrelBoner» no le pega. En todo caso «HorseBoner», referido a un caballo, sería más de su estilo.

Y lo que es más importante, SquirrelBoner me hace algunas preguntas muy interesantes sobre las técnicas más complicadas en las que se utilizan juguetes. Sea quien sea él o ella, está claro que sabe mucho de juguetes eróticos. Y mientras que Art podría ser clasificado como un juguete erótico en sí mismo, dudo que sepa lo bastante sobre ellos para ser «SquirrelBoner».

De hecho, conozco a muy poca gente que sepa tanto de orgasmos y...

Espera un segundo.

¿Podría ser mi madre?

Noo. Gia, Honey y Blue no son tan crueles como para contarle lo de mi blog. Al menos, no sin mediar provocación previa.

Por si acaso, les escribo a las tres y les pregunto si han hecho comentarios en mi blog.

Sus respuestas son todas negativas, y van seguidas de algunas preguntas sobre Art.

Mis respuestas nos llevan a otra sesión de Zoom, durante la cual pongo a mis hermanas al día sobre mi actual situación de convivencia.

—Es guapo *y* sabe cocinar. Maldita sea.

Gia y Blue expresan estar en consonancia con ese sentimiento. Dirijo la conversación hacia el misterio de SquirrelBoner, pero nadie admite usar ese nombre ni habérselo contado a mamá. Blue hasta se ofrece a utilizar sus habilidades especiales para localizar a SquirrelBoner. Sin embargo, cuando me dice que necesitaría un favor a cambio, la rechazo educadamente.

—Buena suerte entonces —dice Blue y sale de golpe de la conferencia. Mis otras dos hermanas la siguen.

Con un suspiro, cierro la aplicación del Zoom y empiezo a estrujarme el cerebro en busca de algo de contenido para mi blog.

Oh, ya lo sé. Nunca he descrito una cosa a la que yo llamo hacer de DJ. Genial. Escribiré una entrada para explicarlo, y para hacerlo más divertida, utilizaré mis mejores frases como, «pincha el disco» tanto como pueda.

En cuanto la cuelgo, SquirrelBoner comenta: «Qué prolífica eres. Este blog es perfecto».

¿Debería preguntarle directamente a SquirrelBoner quién es?

Noo. Ya lo averiguaré. En algún momento.

Por ahora, me ha entrado algo de hambre, así que miro lo que me ha hecho Art para comer.

¿Empanadillas asiáticas?

Muerdo una.

Qué sabrosa. Es dulce, viene llena de queso fresco, pasas y dátiles.

De postre, me ha dejado una macedonia, así que en vez de eso me como el pastel del otro día, para llevarle la contraria. Salvo que Art gana igualmente. Su cocina incluía tanta fruta que solo puedo comerme un pedazo del pastel, una moderación insólita en mí.

Mi estómago satisfecho me inspira a hacer algo que llevo tiempo queriendo hacer: investigar lo que opinan los rusos sobre las mujeres con curvas. De una forma puramente antropológica, por supuesto. No porque yo tenga algún interés personal en la respuesta en absoluto.

Los resultados de mi investigación son prometedores... Es decir, lo serían si yo tuviese algún interés personal en esto. Por ejemplo, cuando traduzco «figura curvy» al ruso, me devuelve «soblaznitel'naya figura». Si traduces «soblaznitel'naya figura» a nuestro idioma otra vez, se convierte en: «figura seductora». ¿Querrá eso decir que «curvy» y «seductora» son vocablos intercambiables en la cultura rusa?

Aun así, lo que se aplica a los rusos en general no tiene por qué hacer que a algún ruso en concreto (digamos, Art), le gusten ciertas curvas en concreto, (digamos, las mías)

Cierro el portátil, disgustada. En realidad yo no tengo ningún problema con mi cuerpo... Al menos no lo tenía hasta todo esto de Art. Él está tan fuera de mi liga... Y el hecho de que esté rodeado por todas esas bailarinas enclenques no ayuda.

Por otra parte, está a punto de retirarse, así que las bailarinas ya no estarán revoloteando a su alrededor.

Y tal vez él no crea estar tan por encima de mis posibilidades. Después de todo, me ha contratado para hacer de su esposa, así que debe de pensar que nuestro emparejamiento es al menos plausible. Además, cuando estaba borracho no tuvo problemas en que yo le gustase. ¿Y qué fue eso de la tienda de campaña en la manta de ayer por la noche? Es posible que...

Suena el timbre de la puerta.

Miro por la mirilla.

Hablando del guapo diablo... Art ya está aquí, sosteniendo su carnet de conducir a la altura de la cara.

Sonriendo, abro la puerta.

Él entra con dos grandes bolsas de papel en las manos.

—¿Has ido a comprar? —pregunto.

Él asiente.

—¿Qué te parecería una cena con cocina de fusión? Estaba pensando en *Pommes Anna* hechas con boniato, junto con unos cuantos plátanos macho fritos al estilo cubano y cerdo no muy agridulce.

—¡Guau! Súper elegante. ¿Puedo ayudarte a cocinarlo?

—Claro. —Él lleva las bolsas a la cocina y yo le sigo.

—Toma. —Me pasa una bolsa de boniatos—. Por favor, lávalos y pélalos.

Hago lo que me pide, mirándole de reojo con disimulo todo el rato. Parece imposible, pero está tan sexy cuando cocina como cuando hace yoga.

Aj, ¿pero qué me pasa, babeando detrás de él en la

cocina, de entre todos los sitios posibles? ¿Se han desmadrado del todo mis hormonas?

Cuando todo está haciéndose en los fogones, los deliciosos aromas ya me hacen sentir un hambre de loba, lo que me hace más fácil ignorar la otra clase de hambre.

—¿Querrás probar mi ensalada? —pregunta Art—. Le pongo un aderezo de vinagre balsámico de higos, que es muy dulce y puedo echarle también unas uvas o pasas.

Otra vez eso.

Lo miro con los ojos entornados.

—Cuando insistes en que coma tanta fruta y verdura, ¿me estás echando algún tipo de indirecta?

Art se echa para atrás como si yo le hubiese dado una bofetada.

—Me gustan las frutas y las verduras y quería compartir la experiencia contigo. Es lo mismo que con los listados de películas. —Una olla silba furiosa, así que él baja el fuego con el mando de la cocinilla antes de mirarme otra vez—. Cuando yo era pequeño, la fruta y la verdura eran difíciles de conseguir aparte de en verano, e incluso en esa estación, eran un lujo poco habitual para nosotros en el *detdom*. Algunos niños incluso enfermaron de escorbuto. Así que ahora que tengo acceso ilimitado, me doy el gusto en cada ocasión que se presenta.

Peste de mofeta. Ya he vuelto a recordarle sus años de mierda en el orfanato... Y esta vez, por culpa de mis estúpidas inseguridades.

Cojo aire.

—Vale. Si es como lo de los listados de películas, probaré un poco de ensalada.

Es mi penitencia... Especialmente si lleva kale.

Pero resulta que hasta la ensalada de Art es deliciosa... Quiero decir, para ser una ensalada. Lo mismo va para el resto de la comida. Tengo la sensación de que es lo mejor que he comido en mi vida, aunque eso puede estar siendo influenciado por mi participación en los preparativos.

—¿Sabes? —Le digo cuando estoy lo bastante satisfecha como para poder hablar—. Si lo de las inversiones no sale bien, podrías hacerte chef.

—Gracias, pero cocinar por dinero no sería tan divertido.

Yo ladeo la cabeza.

—Opino que conseguir que te paguen por hacer algo que te encanta es el sueño de los sueños.

Él sonríe.

—¿Estás hablando de tu blog?

—Tal vez. —Carraspeo—. Hablando de eso... ¿Lo has leído por casualidad?

Él sonríe con suficiencia.

—Un poquito.

—¿Has dejado algún comentario?

Él niega con la cabeza.

—Como la audiencia objetiva son las mujeres, me sentí como un intruso, y comentar solo me habría hecho sentirme peor.

Entonces él no es SquirrelBoner. De todas formas, yo no creía que lo fuera.

—Hablando de que te paguen por hacer cosas que te gusta hacer —me dice—. Al principio me gustaba el ballet, pero cuando se convirtió en mi profesión, algo se perdió. Creo que por eso me he metido en lo de invertir. Quiero ser independiente a nivel financiero y dedicarme a hobbies que no se ven estropeados por el dinero. Pero oye, todo el mundo es diferente.

—Pues sí. No puedo estar más en desacuerdo.

Él sonríe.

—En un buen matrimonio, tienes que aprender el arte de estar en desacuerdo de forma pacífica.

—Sabes mucho sobre el matrimonio —le digo—. ¿Habías estado casado antes?

Qué sutil eres, Lemon. Muy delicada.

—No he encontrado a la persona correcta. —Clava una mirada en mí—. ¿Y que hay ti? ¿Me he casado con una divorciada?

El boniato que estaba masticando casi se me va por el otro lado.

—¿Yo, casada? Apenas he salido con mucha gente siquiera.

Él me mira boquiabierto.

—¿Apenas no?

Bajo la vista hacia mi plato casi vacío.

—¿Sabes lo de mi nariz sensible?

Él asiente y cuando levanto la vista veo sus cejas fruncidas.

—Eso hace que la intimidad resulte difícil.

Él pone una mano sobre la mía.

—Lo siento. No era consciente.

—Mi relación más larga fue con un tío que se duchaba de forma compulsiva. Antes de eso tuve unos cuantos rolletes muy breves y que me hacían sentir nauseas.

Él aparta la mano.

—¿Qué hay de mí? ¿Te hago sentir nauseas?

Meneo la cabeza con vehemencia.

—Tú eres una extraña excepción... Un poco como los miembros de mi familia. Al menos, cuando no llevan perfume.

Parece aliviado.

—Odio la idea de darte asco.

¿Lo hace? ¿Por qué? Como no soy lo bastante valiente para preguntarle eso, me inclino por algo sobre lo que siento idéntica curiosidad.

—¿Y que hay ti? ¿Has perdido la cuenta de la cantidad de bailarinas con las que has salido?

Él arruga la nariz.

—Es difícil perder la cuenta cuando el número es casi cero.

—¿Casi cero? —¿Es eso porque son tan delgadas que solo cuentan como una fracción de una mujer normal?

—Bueno, tuve un par de encuentros casuales con bailarinas, y hasta esos acabaron siendo tales dramas que ahora las evito a toda costa. Hay un dicho ruso que dice: «No escupas dentro del pozo. Podrías querer beber agua de ahí». Y como trabajo con ellas... —Él se encoge de hombros.

Suelto una risita.

—Nuestra versión es todavía menos poética: «Donde se come no se caga».

Él se encoge involuntariamente.

—Por vulgar que suene, es todavía más apropiado para la situación.

—Entonces, si no con bailarinas, ¿con quién? Y no me digas que no has salido con un millón de mujeres.

Eso sería imposible de creer.

—He salido con mujeres —dice—. Pero no con millones de ellas, y nunca me ha llevado a nada serio. Mi relación más larga fue con una cantante de ópera.

Yo arqueo una ceja.

—¿Es famosa?

Él me dice su nombre y yo saco el móvil para buscarla.

¡Guau! Muy bonita. Además, innegablemente curvy.

Mmm. ¿Me atrevo a albergar esperanzas?

—Ahora me tendrías que dar el nombre de uno de tus ex para que yo pueda husmear —dice Art cuando levanto la vista.

Le doy el nombre de un tío con el que salía en la universidad.

—No tiene tanto talento como tu ex, y era como una sudadera.

—¿Cálido y cómodo? —Él saca su móvil y teclea el nombre.

—No, como una de gimnasio, olía un montón a sudor.

Art mira la pantalla con el ceño fruncido.

—Es abogado. Odio a los abogados.

¿Los habrá odiado de siempre o habrá desarrollado ese odio ahora mismo, igual que yo de repente he desarrollado una repulsión hacia las cantantes de ópera?

—Bueno —le digo—. ¿Qué película me vas a hacer ver hoy?

—*La prisionera del Cáucaso*. ¿Y que hay ti?

Oh, sí. Él eligió esa ayer. Le digo la mía y nos vamos al cuarto de estar para empezar con la maratón, acurrucándonos en el sofá como es natural.

La prisionera del Cáucaso resulta ser realmente divertida, especialmente por los tres tíos que parecen cómicos que imitan a Los Tres Chiflados. Oh, y hay una canción sobre osos. ¿Cómo de ruso es eso?

—Entonces —le digo cuando salen los créditos—. Supongo que es mi turno de dormir en este sofá.

—De hecho, he decidido cederte el dormitorio de manera permanente. —Creo que él encuentra mi presencia tranquilizadora. —Señala hacia la mansión de Fluffer.

Los ojos negros de Fluffer resplandecen.

No estoy seguro de si tranquilizar es la palabra correcta... Pero tú pareces ser el gigante menos susceptible de comerme... Al menos hasta que te retires del ballet.

—¿Estás seguro? —Miro el sofá—. No me importa que nos turnemos.

—Insisto.

—Gracias —digo poniéndome en pie—. Será mejor que me ponga con ello.

Él apaga la tele.

—Puedes ducharte primero.

Qué amable por su parte. Me meto en la ducha y me ducho. Cuando estoy lista, me pongo un camisón que acentúa mis curvas de la manera adecuada, sin motivo alguno, y vuelvo a buscar a Art.

Oh, Dios.

Art está ahí sentado acunando a Fluffer en sus manos grandes y fuertes.

Siento como si se me fundiera el pecho, igual que el helado de plátano.

—¿Quién ha disfrutado de su baño de arena? —Canturrea Art—. ¿Quién es mi...?

No tiene ocasión de terminar de decir lo que estaba diciendo porque Fluffer me ve... Y salta de sus manos.

¿En serio?

Con un sonoro chillido, la chinchilla se vuelve directa a su mansión, igual que lo haría yo si me encontrara con un T-Rex.

—No creo que le guste a nuestra mascota —le digo, y el tono herido de mi voz es solo broma en parte.

Art me mira de arriba abajo y podría jurar que aprecia lo que está viendo. La teoría de que le gustan las curvas está ganando más y más peso... Aunque eso no quiere decir que me desee a mí.

Aun así, punto para Lemon.

—Solo es que todos necesitamos tiempo para acostumbrarnos los unos a los otros —dice con voz algo ronca.

Tal vez Art pueda acostumbrarse a mí, pero la

mirada de susto de Fluffer no me inspira demasiada confianza.

—Toma. —Art me entrega un extraño objeto con aspecto de uva pasa—. Esto es un premio que se supone que les encanta.

Nuestros dedos se rozan y yo siento un agradable cosquilleo rebotando en zigzag por mi cuerpo.

Huelo la baya. Ni idea.

—¿Qué es esto?

—Escaramujo seco —dice Art y saca otra cosa vegetal—. Esto es una raíz de diente de león. Otro premio.

Me la da y nuestros dedos vuelven a rozarse.

De la chinchilla, no sé, pero todos estos roces son un premio para mí, uno gordo.

—Gracias. —Me acerco a la mansión y meto la raíz de diente de león dentro—. Toma, Fluffer, ven a cogerla.

—Me voy a la ducha —dice Art.

—Vale —respondo sin aliento.

Esas imágenes con él todo enjabonado vuelven a inundarme la mente... Eso es, por supuesto, hasta que la chinchilla da un salto y me arranca la raíz de las manos.

—¡Guau! Eso ha sido un poco agresivo, pero vale.

Los ojos de Fluffer resplandecen con aire victorioso.

¿Cómo podría estar seguro de que la raíz de diente de león no era un cebo? Más vale prevenir que ser comido.

Empieza a mordisquearla y parece estar disfrutando

cada segundo. Es tan adorable... De verdad quiero acariciarlo.

Claro, acaríciame con tus dientes de carnívoro.

Después de terminarse la raíz, Fluffer agarra un palo de madera y lo mordisquea mientras yo le observo con una sonrisa.

Como quiero volver a tener su atención, le enseño el escaramujo.

—¿Lo quieres?

Como un tornado peludo, Fluffer se lanza hacia mí, me quita su nuevo premio y luego se sube al estante más alto y me vuelve la espalda mientras se lo come.

Muy maleducado, pero de una forma muy mona también.

Cuando se ha terminado el premio hay mucha más calidez en los ojos de Fluffer, aunque podría ser cosa de mi imaginación. Tal vez incluso me tenga un poquitín más de confianza.

Si me das de comer durante veinte años sin parar, te dejaré que me comas.

—¿Ha sido un buen chico? —pregunta Art, haciéndome dar un respingo.

Me levanto de golpe y le miro. Lleva puesto un pijama, lo que es una pena, pero su cabello húmedo igualmente despierta mi imaginación clasificada X y casi me ahogo en mis propias babas.

—Ha sido una ducha rápida —balbuceo.

—Es un hábito que adquirí en el ejército.

Me quedo boquiabierta.

—¿Has estado en el ejército?

¿Formaba parte de las fuerzas especiales y supersecretas del ballet ruso? En *Avengers: La era de Ultrón,* nos enseñaron algo del pasado de la Viuda Negra y averiguamos que aprendió ballet, así que todo es posible. Tal vez Art pueda hasta hacer baile de lucha como la chica del último remake de *Jumanji.*

—Era obligatorio —dice Art—. Lo es para todos los hombres rusos.

Obligo a mi boca todavía abierta a cerrarse porque la visión de mis dientes podría asustar al pobre Fluffer.

—No lo sabía. ¿Fue duro?

Él se encoge de hombros.

—Comparado con el *detdom,* fue un juego de niños.

Maldición. Cada vez que menciona el orfanato, me entran ganas de lanzarme a abrazarle, pero no creo que ese sea un comportamiento propio de una falsa esposa.

—Buenas noches —le digo, pero las palabras suenan como una pregunta.

Lo que de verdad quiero es que él me conteste: «Quédate».

—Buenas noches. —Me tira un beso con la mano.

¡Buu! Pero bueno, eso es algo.

Atrapo el beso cuando sé que no está mirando y lo guardo en mi mano hasta que cierro la puerta del dormitorio.

Sintiéndome como una gilipollas, me meto el beso imaginario en las bragas. ¿Podría estar un poco más loca? Culpo a las hormonas. Y la única manera de domarlas está en el cajón de mi mesilla.

Son necesarios varios orgasmos y toda una hora, pero por fin me quedo dormida.

CAPÍTULO
Treinta

Durante los días siguientes seguimos una rutina parecida. Art se levanta primero, hace el desayuno y la comida y luego yo me uno a él para hacer yoga antes de que salga para sus ensayos de baile. Cuando regresa, cocinamos juntos la cena y vemos más películas de nuestras listas.

Cada día siento que me estoy acercando más a él... Una ilusión agradable. Cada vez más y más, como si fuésemos marido y mujer de verdad, solo que con una vida sexual disfuncional. Pero vamos, no todas las relaciones son perfectas.

También se acerca nuestra recepción de bodas, que tendrá lugar este sábado. Art está planificándolo todo, pero eso no significa que yo sea inmune al estrés. He tenido que vetar cada una de las flores que Art ha elegido porque su olor me habría vuelto loca.

Hemos acordado decorar solo con plantas de la familia de las suculentas.

El jueves, al darnos las buenas noches, Art me pregunta:

—¿Estás emocionada por ver a tus padres?

—Sí —digo con tanta emoción como soy capaz de conjurar—. No quiero parecerle una mocosa desagradecida en lo que a la familia se refiere.

La verdad es que lo que más temor me suscita sobre la inminente recepción es presentarle mamá y papá a Art.

En lo referente a generar formas creativas de avergonzar a sus hijas, mis padres deberían estar incluidos en el libro Guinness.

—¿Son tus padres aventureros en lo que a comer respecta? —pregunta Art.

Se me eriza el pelo de la nuca, como si hubiese detectado una gran perturbación en la Fuerza.

—¿Por qué? —No lo preguntó cuando planeaba la comida que servirían en la recepción, así que no es por eso...

Él inclina la cabeza hacia un lado

—Solo pensaba en qué cocinar para ellos mañana.

¡Oh, no! Mi instinto arácnido puede estar en lo cierto... Algo que hace que mi corazón se acelere.

—¿Has invitado a mis padres a comer con nosotros antes de la recepción?

Él hace un mohín.

—No solo a comer. Van a quedarse aquí con nosotros.

¿Que van a *qué*?

Mierda de glándulas apestosas de mofeta. ¿Cómo ha

podido hacer algo tan insensato? Hay un montón de hijas más con las que se pueden quedar mamá y papá, sin mencionar los miles de hoteles.

—Interesante —digo con voz ronca—. Es raro que quieran quedarse con nosotros en vez de en un hotel.

Él sonríe.

—Tu padre en realidad sonaba emocionado, al menos por mensaje. Él no creía que conocernos por primera vez en la recepción fuese lo bastante privado.

Vale.

Ha sido a propósito.

Yo respiro hondo para calmarme.

—No son raros con lo que comen.

Eso es decirlo suavemente. Estoy bastante segura de que mis padres han comido de todo, desde medusas hasta placentas humanas.

—Genial —dice Art—. *Es* un poco raro que no te hayan dicho nada de su visita.

No es raro. Probablemente sabían que intentaría convencerles de que no vinieran.

Dejo escapar un suspiro.

—Supongo que mañana tendré que ocuparme de ellos. Ahora mismo, debería irme a la cama.

Él me deslumbra con una sonrisa cálida.

—Dulces sueños.

Corro al dormitorio y cierro la puerta.

Debo llamar a mis padres y evitar este Armagedón.

Mamá no contesta.

No me jodas.

Papá tampoco.

Les dejo mensajes de voz a los dos para que me devuelvan inmediatamente la llamada y también les escribo diciendo que tenemos que hablar.

Mamá responde al mensaje:

Conduciendo. Hablaremos cuando nos veamos por la mañana.

¿Por la mañana?

Por favor, que alguien me pegue un tiro. Que acaben con mi sufrimiento.

———

Un lejano sonido como del timbre de una puerta me despierta a la mañana siguiente.

Me siento y un subidón de adrenalina me aclara la mente mejor de lo que lo haría un expreso.

Miro la hora. Son las 10:15 de la mañana. Demasiado, demasiado temprano para recibir visitantes normales. Pero por supuesto, lo único que mis padres no son es normales.

Salgo corriendo del dormitorio, todavía en camisón, justo a tiempo para ver a Art saliendo de la cocina.

En lugar de su atuendo de yoga habitual, se ha puesto un par de pantalones de vestir y una camisa abotonada. El modelo le queda de miedo, y me genera un remolino en el vientre. Un remolino que es lo último que necesito con mis padres por aquí.

—¡Espérame! —Grito mientras él ya atraviesa el pasillo hacia la puerta principal.

Art se da la vuelta y su mirada se oscurece al ver lo que llevo puesto.

Mi corazón se detiene un instante. Si me quedaba alguna duda de que él disfrutaba de verme así vestida la última vez, ahora se han disipado. Hasta se relame los labios con aire hambriento.

—Son tus padres —dice con la voz algo ronca mientras su mirada regresa a mi rostro—. ¿Estás segura de que no quieres ponerte algo más encima?

¿Y dejarle a solas con ellos? No se me ocurre una idea peor. Por otra parte, tampoco puedo ir todo el día danzando por ahí en camisón.

—Déjame que os presente, y luego iré a cambiarme —le digo, con la voz algo ronca de recién levantada.

¿Qué daños podrían causar mamá y papá en el tiempo en que tardo en cepillarme los dientes y cambiarme?

Paso por delante de Art y giro la llave.

—No has preguntado quien era —murmura él entre dientes—. ¿Cuántas veces tendré que recordártelo?

—Alguien está gruñón sin su ensalada matinal —murmuro como respuesta, pero miro por la mirilla, pensando que mejor tarde que nunca.

Pues sí.

Son mis unidades parentales.

Mamá jura que cuando se conocieron, papá se parecía a Bob Dylan. Actualmente se parece más a Larry David, si Larry David fuese a ganar un montón de peso. Y dejarse el pelo largo y llevarlo en una coleta. Y convertirse en un hippy. Y dejarse crecer una barba revuelta. Bueno... No como Larry David, pues.

Mamá, por otra parte, tiene un aspecto extremadamente bueno... Especialmente para alguien que ha parido a ocho bebés. Fueran los que fuesen los nutrientes que chupamos de ella mientras nos tuvo dentro, los ha reemplazado hace tiempo. Su pelo es sedoso como el de un anuncio de champú, y su piel es tan suave como la calva de la cabeza de papá.

Abro la puerta y les dedico una enorme sonrisa. A pesar de toda la humillación que seguro van a causarme, les quiero y estoy contenta de verdad de verlos.

—Hola, mamá. Hola, Papá.

Mamá me devuelve la sonrisa.

—Namasté, solete.

—Cosita 4 —dice papá, moviendo la cabeza como saludo.

—Ese es mi apodo —le susurro a todo volumen a Art.

Mamá menea las cejas.

—Veo que tu marido no te está dejando ponerte demasiada ropa. Encajará muy bien con nuestra familia.

Y ya empezamos. Me aclaro la garganta.

—Me gustaría presentaros al mencionado marido, Art.

Art les invita a entrar con un gesto, probablemente para evitar el temido estrechón de manos bajo el umbral. Pues sí. En cuanto están dentro, les ofrece su mano.

Papá la mira con gesto burlón.

—Eres ruso. Dame un beso.

Y seguimos.

Art se lo toma bien, sin embargo. Con una amplia sonrisa abraza a papá y luego le besa en ambas mejillas, que es, espero, lo que papá quería decir. Por lo que yo sé, podría existir alguna antigua tradición de los Hyman sobre los suegros dándoles besos de tornillo a sus nuevos yernos.

Mamá les observa celosa, y estoy bastante segura de que está deseando que Art la estuviese besando a ella.

Cuando él y papá se sueltan por fin, ella dice con ansia:

—Es mi turno.

Yo suspiro mientras Art la abraza y la besa con una sonrisa incluso mayor.

Mamá parece tan contenta como Petunia, la cerda a la que hizo tener un orgasmo.

—Encantado de conocerles, Sr. y Sra. Hyman —dice Art cuando logra por fin liberarse de alguna manera de las garras de mamá.

—Ni a mi padre le llama nadie Mr. Hyman —dice papá—. Ahora eres parte de la familia. Llámame papá.

—Y a mí, mamá —dice ella.

Un caleidoscopio de emociones pasa fugazmente por el rostro de Art. ¿Ha sido eso nostalgia? ¿Gratitud? ¿Alegría? ¿Tristeza? Ha sido demasiado rápido para poder interpretarlo.

—Lo haré, *mamá* —dice, saboreando la última palabra. Se vuelve hacia papá y parece disfrutar igualmente de decir—: Adelante, por favor, *papá*.

Papá parece estar en éxtasis, probablemente porque esto es lo más cerca que haya estado nunca de tener un hijo varón. Las demás sextillizas y yo le debemos nuestra existencia al deseo de nuestros padres de ir a por el niño. Después de tener a las gemelas, recurrieron a tecnologías de reproducción asistida con esa esperanza, y la Ley de Murphy se hizo cargo del resto.

—Por favor, quitaos los zapatos —les pido.

—Oh, no hace falta —protesta Art.

—No, no —dice mamá. Hemos leído sobre eso. Los rusos se quitan los zapatos al entrar en casa, así que nosotros también lo haremos.

Papá se quita en dos patadas sus raídas sandalias.

—Además, esta es una oportunidad para que yo vea los bonitos pies de tu madre.

Por favor, por favor, no le expliques a Art lo que eso significa. Por amor de Dios y por mantener la cordura. A mis padres les gusta «investigar» fetiches y uno que parece que le ha caído en gracia a mi padre es el fetiche de pies.

Mamá se quita los zapatos y yo veo laca de uñas roja, una tobillera, y anillos en los dedos de sus pies. Una prueba clara de que ese gusto en mi padre sigue estando vivito y coleando.

—Toma. —Art saca dos pares de zapatillas de estar por casa de las tallas correctas. ¡Guau! Alguien se ha preparado bien para esto.

Mamá mete los pies en las zapatillas y papá hace un mohín.

Por favor, no lo expliques. Por favor.

Por suerte, papá no dice nada sobre la desaparición de sus objetos de deseo y solo se pone sus propias zapatillas.

—¿Qué clase de té os gusta? —pregunta Art, dirigiéndonos a todos hacia la cocina—. Tenemos té negro, verde, Darjeeling y Caravan ruso.

Mamá pone ojos de corderita a Art.

—Me muero por probar algo ruso.

—Yo también —dice papá.

Las comisuras de los labios de Art se curvan hacia arriba, haciéndome sentir a mí también ganas de beberme algo ruso.

—Excelente elección.

—Mientras os tomáis el té, chicos, yo me voy a vestir —les digo.

Repito: ¿en cuántos problemas podrían meterse en los escasos minutos en los que yo no voy a estar?

Por si acaso, corro hasta el dormitorio, me cepillo los dientes la mitad del tiempo normal y me salto la seda dental. Y aun así, cuando vuelvo a la cocina, veo que he tardado demasiado.

Me quedo boquiabierta mirando la escena que se presenta ante mis ojos, que al principio parece como papá dándole servicio oral a Art, de una forma no muy distinta a como lo hice yo en cierto vídeo del que nunca hablamos.

Pero no. No es eso, aunque lo que está pasando en realidad no es mucho mejor, ni más apropiado.

Papá está haciéndole un masaje al pie izquierdo de Art.

Sí. Eso es lo que ha pasado en el abrir y cerrar de ojos en el que he estado fuera. Que mi padre ha decidido hacerle un masaje en los pies a mi marido. Lo está haciendo con tanta energía que su cola de caballo se queda enroscada en la pantorrilla de Art.

Esto sería raro hasta aunque papá no hubiese aludido hace nada a su fetiche de los pies.

Intento buscar las palabras y todo lo que consigo decir es:

—¡Papá! ¿Qué diablos...?

Papá levanta la vista y me mira con un rostro que es la viva imagen de la inocencia.

—Art nos acaba de hablar de sus ensayos de ballet y lo duros que son para sus pies, así que...

—Claro, claro —le digo. ¿Y te ha pedido que te arrodillaras en medio de la cocina?

—No me importa, de verdad —interviene Art.

Mamá suelta una risita.

—Me acuerdo de mí misma de recién casada. Tenía celos si alguien estornudaba siquiera encima de Harry.

Sí, el nombre de papá es Harry Hyman, lo que nunca falla en hacerte pensar en mamuts lanudos virginales.

Me arden las mejillas.

—No estoy celosa. Estoy avergon...

—Mis disculpas. —Papá suelta el pie de Art, se saca

un calcetín del bolsillo, se lo vuelve a colocar, luego le pone la zapatilla y se sienta en la silla más cercana—. Desde que Crystal y yo empezamos a saber más cosas sobre el poliamor, he hecho todo lo que he podido para olvidar que los celos existen siquiera.

Caca de mofeta en barca. Mis hermanas y yo a veces hacemos bromas sobre que mamá y papá algún día crearán una comuna sexual. La bromita ha debido de ser un mal presagio, porque podría convertirse en realidad.

—Demasiada, demasiada información —le siseo a mamá antes de volverme desesperada hacia Art—. ¿Qué tal si nos cuentas qué es todo esto que hay para desayunar? —Señalo hacia el enorme surtido de la mesa.

Art levanta la tapa de un platito, mostrando unas bolitas negras que hay debajo.

—Caviar. —Después señala a los *blins* y explica lo que son, terminando con—: Los *blins* con caviar son un clásico.

No es de extrañar que quisiera asegurarse de que mis padres no son tiquismiquis con la comida. Los huevos de gallina parecen algo perfectamente normal para el desayuno, pero las huevas de pez... Qué asco.

Como si me leyera la mente, Art me acerca otros tres platitos, levantando las tapas y explicando:

—Gelatina de lichis, mermelada de mango y sirope de dátil.

Mamá parece súper impresionada.

—¿Has hecho tú todo esto?

Él asiente y yo digo:

—Sí, hasta ha puesto los huevos el mismo.

Ay, mierda. Esto está demasiado cerca del tema de...

—¿Sabías que Crystal es sexadora de pollos? —pregunta papá.

Esto es culpa mía. He mencionado los huevos.

Art nos sirve *blins* en cada uno de nuestros platos.

—¿Qué es una sexadora de pollos?

Yo miro molesta a mi marido.

—¿Ya habéis olvidado lo que acabo de decir sobre tener demasiada información?

Ignorándome, papá dice:

—Una sexadora de pollos puede distinguir las gallinas bebé de los gallos.

Art sirve caviar para todos excepto para mí.

—Eso es fascinante. Gracias por aumentar mi vocabulario. ¿Y a qué te dedicas tú... papá?

Suspirando, pongo un poco de cada uno de los dulces aderezos frutales en mi *blin*. Nada podría distraer a papá de decir lo que está a punto de decir.

—Soy un testador de penetración —anuncia triunfal. Como siempre, estaba buscando alguna excusa para decir eso—. No es tan guarro como suena.

Resignada a dejar que esto se desarrolle por sí solo, le doy un mordisco a mi desayuno. Está delicioso pero me resulta difícil decidir cuál me gusta más: la gelatina de lichi, la mermelada de mango o el sirope de dátil.

—Penetra sistemas informáticos —dice mamá con tono conspirador—. Eso es, cuando no me está penetrando a mí.

Por esto, textualmente, es por lo cual mis hermanas y yo nunca hemos recibido la visita de un amigo del cole en casa más de una vez. Bueno, excepto por Fabio.

Lo interesante es que Art no se achanta ni me pide el divorcio. Por otro lado, por lo que él sabe, así es como hablan todos los padres.

—Hablando de curros —dice papá—. Art, ¿podrías decirnos *tú* lo que la Cosita 4 hace para ganarse la vida? Lo ha estado manteniendo en el máximo de los secretos.

Oh, no. No estoy preparada para esto. Debo desviar la conversación.

—Mamá —intervengo, cargando mi voz con un tono de urgencia—. ¿Se te dan tan bien los penes de ardilla como los de los pollos?

Ya está. Si mamá es SquirrelBoner, se descubrirá ahora.

Mamá me mira como si fuese yo la que lleva todo este rato comportándose como una lunática.

—Los pollos no tienen pene. Fertilizan los huevos usando su cloaca.

¿En eso es en lo que se ha centrado en vez de preguntar por los penes de ardilla? Bueno, al menos la pregunta sobre mi trabajo ha quedado olvidada.

Pero, ¿los pollos no tienen polla? Eso es bastante irónico.

Otra nota: si Blue escuchase casualmente esta charla avícola, le daría un puto soponcio.

—Espera. —Papá se mete el último pedazo de comida en la boca.

Mierda de mofeta. ¿Tal vez lo de mi trabajo no se le haya olvidado?

Cuando traga, pregunta:

—¿Por qué has mencionado los penes de ardilla?

Art me mira con una curiosa expresión. Apuesto a que a) también quiere saberlo y b) se está dando cuenta de que esta manzana no ha caído demasiado lejos del árbol envenenado.

Imito a papá y me meto lo que queda de mi *blins* en la boca para darme un momento para pensar.

Todos me observan como halcones.

¿Tendrán pene los halcones? Probablemente no.

—Bueno —pregunto después de tragar—. Lo he preguntado por... Nuestra chinchilla. Hemos estado usando pronombres masculinos con él, pero no puedo ver genitales que prueben si es de un género u otro.

—¿Una chinchilla? —Mamá mira alrededor con los ojos brillantes de emoción—. No tenemos ninguna en la granja.

—Vale —digo yo—. Pero tenéis algo parecido, una ardilla macho, así que me había imaginado que podrías usar tu experiencia como sexadora para verificar que Fluffer es un chico.

Ya está. Si se creen eso, también intentaré venderles el Puente de Verrazzano.

—¿Puedo ver la chinchilla, por favor? —Mamá suena igual que una niña de cinco años.

Le lanzo a Art una mirada de preocupación.

—¿Tal vez después de desayunar?

Mama hace lo que acabamos de hacer papá y yo: deja limpio su plato.

Art se termina su comida también.

—¿Qué tal si os lo presento? —dice él—. Venid.

Mis padres le siguen igual que si fuese a llevarlos a la Tierra Prometida.

Cuando entramos en el salón y ven al pobre Fluffer, mamá chilla de alegría y papá se pone a soltar ohhs y aaahs.

Fluffer no comparte su entusiasmo en lo más mínimo.

Sabía que algún día me convertiría en el desayuno. Lo sabía.

Art coge el baño de arena y lo prepara para el pequeñajo.

Resulta que su miedo hacia nosotros no es tan potente como sus ganas de darse un baño, y mientras Fluffer se revuelca, Mamá le observa de cerca, probablemente por si le enseña su colita.

Cuando termina el baño de arena, ella menea la cabeza.

—No tengo ni idea. Tendréis que consultarlo con un especialista en roedores.

—Sin embargo, él o ella es muy mono —dice papá—. Y me recuerda a la semana pasada.

Mamá sonríe con aire sabio.

—Sí.

No pregunto qué pasó la semana pasada adrede. No hay forma alguna en que la respuesta a eso sea algo que alguien desee oír.

Art no recibe mi memorándum.

—¿Qué pasó la semana pasada?

—Nos vestimos de peluche —dice papá

—En nuestra noche de «prueba un nuevo fetiche» —añade mamá.

Oh, esas imágenes. Las imágenes. Los estoy viendo haciéndolo con trajes de wookie. Con trajes de ewok. De kneazles. De escarbatos De micropuffs. De fizgig. De Gizmo. De tribbles. La lista es interminable.

Por favor, que alguien me lave el cerebro con lejía. Ya no pienso volver a usarlo.

A juzgar por la expresión del rostro de Art, no sabe de qué está hablando papá... Y en su favor, no pregunta.

Sin embargo, da igual. Si no los distraigo, ellos lo explicarán igual.

—Chicos —intervengo, frenando cualquier explicación—. ¿Os he hablado de las asombrosas películas rusas de Art?

La distracción funciona de primera. Mis padres piden ver un ejemplo con entusiasmo, así que Art les pone *El brazo de los diamantes*.

La cinta resulta ser una comedia sobre criminales y Art tiene que pararla con frecuencia para hablar con mamá y papá sobre Rusia, porque aparentemente están planeando hacer un viaje allí.

—¿También naciste cerca del Círculo Polar Ártico? —pregunta mamá después de que Art explique donde está un sitio que se menciona en la peli: Kolyma.

Él les cuenta que nació en Riga, Letonia, y que eso está un poco más cerca del Círculo Polar Ártico que

Moscú, la ciudad en la que se crio. También sugiere que es mejor que visiten Letonia en vez de Rusia, porque es más segura.

Para cuando aparecen los títulos de crédito ya es hora de almorzar y Art invita a todo el mundo a la cocina.

El plato principal parece estar hecho de cerdo desmigado, pero en realidad está hecho con una fruta indonesia, la jackfruit. En general, el tema aquí parece ser la fruta. Hay sushi de fruta, ensalada de fruta y pastel de fruta en la mesa.

—Desde el punto de vista botánico, un rollito de aguacate también es sushi de fruta —dice Art, poniéndole a cada uno una ración de su dulce variante—. Pero quería hacer algo diferente para vosotros. Algo memorable.

—Esto es delicioso —dice papá cuando prueba un pedazo de un rollito de frambuesa, mango y kiwi con manteca de cacahuete—. El único problema es que me hacen entrar ganas de comer sushi de verdad. —Mamá y él intercambian unas miradas siniestras.

Me pregunto de qué va eso.

No, bórralo. No quiero saberlo. De hecho, redirijo la conversación de vuelta a su hipotético viaje a Letonia, lo que conduce a mis padres a ametrallar a Art con más preguntas.

Cuando acabamos de comer, mis padres exigen ver una de las actuaciones de ballet de Art. Ha pasado mucho tiempo desde que he babeado viendo una, así que a mí también me apetece.

Art nos pone *La bella durmiente*, en la que es el protagonista masculino. Tardamos una eternidad en verlo, porque mis padres no dejan de preguntarle cómo se llama cada uno de los pasos de baile (una avalancha de palabras en francés), quién escribió la música (Tchaikovsky) y todo eso.

Por mi parte, cuando aparece el personaje de Art, solo desearía no estar en compañía de mis padres. Su papel es el del Príncipe Desiré, lo cual es bastante apropiado dadas las emociones crudas y carnales que evoca en mí.

Me remuevo en mi asiento, incómoda. Regla para el futuro: ponerme una compresa cuando vea ballet con Art. O mejor aún, verlo sin mamá y papá.

Si no estuviesen aquí, me arrancaría toda la ropa delante de Art y dejaría que saliese el sol por Antequera.

En algún momento del acto tercero, Art recibe un mensaje de texto. Lo lee y frunce el ceño.

—¿Todo bien? —pregunto.

Él baja el móvil.

—Era nuestra organizadora de eventos. La última previsión del tiempo da un treinta por ciento de posibilidades de lluvia, así que la gente del Jardín Botánico está levantando unas carpas por encima de todas las mesas. Necesitan que lo aprobemos.

Siento una punzada de culpabilidad. Mi nariz suprasensible es la razón por la cual la recepción se está celebrando en el exterior.

Miro la hora. Son las cuatro y media.

Probablemente mis padres empiecen a pensar pronto en la cena.

—¿Deberíamos ir a echar un vistazo? —pregunto a Art.

Él asiente.

Me vuelvo hacia mamá y papá.

—¿Queréis venir?

Mama menea la cabeza.

—Id vosotros, chicos.

Mi sensación de culpa aumenta. Estoy encantada de que no vengan. Me vendría bien una pausa en lo de dirigir conversaciones hacia aguas más seguras.

—¿Estáis seguros de que estaréis bien aquí por vuestra cuenta? —pregunta Art.

—Adelante —dice papá—. Podemos ver otra peli mientras tanto.

—¿Deberíamos esperaros para cenar? —pregunta mamá.

—No —respondo—. Sé qué querréis cenar pronto. Solo pedid comida para que os la traigan. Nosotros probablemente pillemos algo por el camino.

—Suena bien —dice papá—. ¿Cuándo creéis que estaréis de vuelta?

Art mira su teléfono.

—No deberíamos tardar más de un par de horas.

—Vale. —Mamá dedica a papá una mirada cargada de intención—. Pediremos sushi.

Se vuelve hacia Art.

—¿Tienes algún menú de comida a domicilio?

Antes de que yo le pueda hablar a mamá de ese

genial invento llamado Google, Art saca un menú en papel de un cajón de la cocina.

—Tendríamos que irnos —me dice después de dárselo a mi madre.

Me pongo en pie.

—Vamos.

———

—¿Te importa que revise mi cartera de acciones? —me pregunta Art después de que nos subamos al taxi.

—Por supuesto que no.

Él saca el móvil y yo empiezo un mensaje de grupo con mis hermanas para explicarles lo de la situación parental. Gracias al apestoso autocorrector, lo que el mensaje dice en realidad es:

Los panteras están quemando conmigo y Art. Adelante, disfrutad de la schadenfreude.

¿En serio, autocorrector? ¿La lías con padres pero no con schadenfreude?

Blue es la primera que responde, con un LOL:

Ya te llegará el turno, le escribo. *Prepárate para almuerzos y/o cenas.*

Mantenlos alejados de la mantequilla de cacahuete escribe Olive, y añade un emoticono vomitando.

Qué raro. ¿Ha sido cosa del autocorrector o hay allí alguna historia que desconozco?

Guau, interviene Honey. *Si Art se queda contigo después de esta visita, vuestro matrimonio durará para siempre.*

El resto de los mensajes de mis hermanas están llenos de bromas a mi costa.

Miro de reojo a Art. Lo más loco es que él de hecho parece estar bien con mis padres. No. Más que bien. Creo que está disfrutando de su compañía.

Aunque eso da igual. Nuestro matrimonio no es real.

El taxi se detiene. Eso ha sido rápido. El tráfico debe de estar más fluido de lo habitual.

El organizador de eventos, un tipo con muchos músculos, nos saluda a la entrada del jardín.

¡Guau! Conozco este tío. Como soy una buena amiga, he visto todo el porno de Fabio, y este tío estaba en una de sus escenas. Obviamente, estoy demasiado avergonzada para comentarlo, así que me quedo callada mientras él nos conduce al espacio donde tendrá lugar la recepción.

Mientras andamos, noto el vientre como si fuese el campo de batalla de una bandada de cisnes bailarines. Nunca me ha ido mucho todo eso de las bodas, al menos no tanto como les va a otras mujeres, pero si fuese a imaginarme un lugar de ensueño para celebrar una, sería este. Art lo ha clavado todo, desde los clásicos manteles blancos en las mesas de estilo escandinavo a las maravillosas plantas y los adornos de buen gusto.

—Así que, es la hora de la verdad —dice el organizador—. ¿Pensáis que las carpas son horrorosas?

Yo observo las construcciones blancas y limpias colocadas encima de cada mesa. Proporcionan tanto sombra, importante para mi hermana que tanto evita el sol, Olive, y protección contra una posible lluvia.

—Pienso que son bonitas.

El organizador me mira como si me hubiese vuelto loca.

—¿Bonitas? ¿Esas cosas?

Art apoya una mano en el hombro del tío.

—Relájate, Festus. Son perfectas.

¿Festus? En el vídeo, era papaíto.

Festus se queda mirando boquiabierto la mano de su hombro, con pinta de estar a punto de desmayarse. O de estallar de forma orgásmica.

—Sí tú lo crees.

—Los dos lo creemos —le digo—. Adelante con ello. —Por tonto que suene, él único hombro que quiero que toque Art es el mío.

El mío.

Art aparta la mano. Festus parece decepcionado pero se recupera rápidamente, mirándome con gesto de confusión.

—¿De verdad estás de acuerdo con esto?

¿Esperaba alguna novia chiflada, una Bridezilla?

Asiento y Art sonríe.

—¿La recepción todavía va a celebrarse? —pregunta Festus, sonando vagamente incrédulo.

—Sí, claro —digo yo.

—Genial. —Festus exhala un gran suspiro—. Dejadme que se lo vaya a decir a los del Jardín Botánico. —Sale a toda prisa, sin duda temiéndose que cambiemos de idea.

—Gracias —le digo a Art, haciendo un gesto hacia las mesas de nuestro alrededor—. Va a ser una recepción alucinante.

Lástima que no sea de verdad.

La mirada de Art es tan cálida que me parece como un abrazo. Se acerca hacia mí, me agarra las manos y las aprieta ligeramente.

—Me alegro de que guste todo.

Me humedezco los labios, que de repente se me han quedado secos.

—Gustar es una palabra demasiado suave para lo que siento.

Su mirada desciende hasta mi boca y su voz se vuelve ronca.

—¿Sabes? Mañana la gente va a esperar que nos besemos.

Levanta la mirada hacia mí y me siento igual que un trocito de avellana atrapado en chocolate fundido. Las palabras me brotan entrecortadas.

—¿Estás preocupado porque parezca falso?

—Es una... Preocupación, sí.

Los cisnes de mi vientre aletean rabiosos.

—¿Quieres ensayar?

Él me sostiene la cara entre sus grandes manos.

—Es solo por prudencia.

—Prudencia es mi segundo nombre —susurro. Y art presiona sus labios contra los míos.

CAPÍTULO

Treinta y Uno

Santa oxitocina bendita.

Sabe ligeramente a trufas de chocolate, pero el orgasmo que mi boca está experimentando haría avergonzarse a todos los causados por dulces.

Esto no es real. Es surrealista.

Nuestras lenguas bailan el ballet más intrincado jamás puesto en escena, y siento como si estuviese teniendo una experiencia extracorpórea. Como si sus labios estuviesen enviándome escalofríos por el alma.

Alguien se aclara la garganta.

Art no parece ni notarlo ni importarle, pero yo me aparto a regañadientes. Tengo la cara ardiendo, igual que otras partes más privadas de mi cuerpo, cuando me giro para mirar Festus, que está intentando por todos los medios no parecer disgustado.

Aspira aire por la nariz con cierto ruido y dice:

—Todo listo —antes de añadir entre dientes—: Ahora buscaos una habitación.

Yo me toco los labios hormigueantes.

—¿Gracias?

¿Debería estar tirando piedras ese que realizó todos esos trucos de sexo anal en pantalla?

—Vale —dice Art, con voz ronca—. Gracias.

Le miro y nos largamos deprisa, como si Festus fuese un oso que nos persiguiera. Aunque Fabio le llamaría un toro, creo.

Me da vueltas la cabeza.

Eso no ha sido un beso en plan «finjamos que nos besamos». Me ha parecido sorprendentemente real.

¿Ha sido así para Art? Quiero preguntarle pero lo que al final termino soltando es:

—Me muero de hambre.

Parece como si él también quisiera decir algo, tal vez «yo también estoy hambriento» pero cierra la boca y hace un gesto con la cabeza en dirección a un food truck de comida mexicana aparcado al otro lado de la calle.

—¿Quieres que compremos algo ahí?

Así que no vamos a hablar de ello. Vale.

Compramos la comida y cogemos un taxi.

El camino transcurre en silencio, y mis tacos de churro me resultan insípidos al engullirlos.

Art tampoco parece disfrutar de sus tacos de gambas.

———

Cuando entramos en el apartamento, todo parece tranquilo en el salón. La tele no está encendida, mamá y papá no se ven por ninguna parte e incluso Fluffer está echando una siesta.

Mis padres deben de estar comiendo una cena tardía, al menos para ellos.

Art se encamina delante de mí hacia la cocina. Entonces se detiene en seco en la puerta y mira con gesto confuso a algo que hay dentro.

Yo le alcanzo y miro en la misma dirección.

Oh, mierda de mofeta.

Mamá está desnuda del todo y abierta de piernas sobre la mesa de la cocina. Está cubierta de sushi, rollos de maki y sashimi.

El tiempo parece detenerse mientras mi adrenalina se eleva de golpe.

En lo que parece un abrir y cerrar de ojos, noto varios detalles no deseados, como el hecho de que el pezón derecho de mamá está cubierto por sashimi de atún y el izquierdo por sashimi de salmón, con salsa de soja dentro de su ombligo.

Me estremezco al pensar dónde habrán puesto el wasabi.

Papá también está desnudo, y su manubrio apenas oculto por la mesa.

A partir de aquí, la cosa solo empeora. La boca de papá se dirige a una de las piezas de sashimi de uni que está sobre una hoja de shiso cubriendo el chichi de mamá... Y no estoy segura de que mi hermana Olive me hiciese ningún favor cuando me informó de que el uni está hecho con las glándulas reproductoras del erizo de mar.

Las palabras que se escapan de mi boca son más bien un chillido.

—¿Pero qué demonios...?

Mamá vuelve la cabeza en nuestra dirección, y si se siente avergonzada, pues joder, yo no lo veo.

—¡Uy! Habéis vuelto temprano.

—¿Uy? —Golpeo el suelo con los pies con fuerza, como si volviese a tener cuatro años—. ¿Eso es todo lo que tienes que decir sobre esto? ¿Uy?

Deteniendo su perturbadora trayectoria, papá se pone de pie y me mira con severidad.

—No le hables así a tu madre.

Oh, mis ojos.

Mis pobres ojos.

La mesa ya no está escondiendo las partes privadas de papá.

Me cegaría a mí misma con los palillos chinos que hay ahí, pero ¿quién sabe dónde han estado?

Mis mejillas deben de estar más coloreadas que el salmón que cubre el pezón de mamá cuando consigo decir:

—Me vuelvo al cuarto de estar y solo hablaré con vosotros dos después de que os vistáis.

Ignorando sus respuestas, salgo a grandes zancadas furiosas y Art me sigue.

Una vez en el cuarto de estar, susurra:

—Hey. Tienen una vida sexual sana. Eso es bueno.

Genial. Eso es lo que necesito ahora mismo: a mi

falso marido hablando de lo sano de los hábitos de dormitorio (y de cocina) de mis padres.

—Creo que a Fluffer le iría bien más heno. —Me acerco a la mansión para rellenar la bandeja.

Fluffer me observa como un halcón peludo.

Resulta que hay un destino peor que solo ser asesinado y comido. Es que te conviertan en sashimi, te pongan sobre el cuerpo desnudo de una giganta y te coman.

Aparecen mis padres, finalmente vestidos.

—No voy disculparme por ser un ser sexual —dice mamá sin perder un instante.

Yo respiro hondo para calmarme.

—¿Y qué hay de ignorar la higiene más básica sobre la mesa de nuestra cocina?

Ante esto, mamá y papá intercambian miradas culpables.

—Si me dices donde guardáis los productos de limpieza, limpiaré la mesa —ofrece mamá.

Estoy muy tentada de decirles que la mesa ahora es suya, pero Art habla primero:

—No te preocupes. Yo me encargaré de la limpieza mañana por la mañana.

La mirada que papá le dedica es casi de adoración.

—Gracias... hijo.

¿Eso de los ojos de papá son lágrimas? ¿Tantas ganas tiene de tener a otro hombre en la familia, o es que está fastidiado por lo del coitus interruptus?

Chasqueo los dedos para obtener su atención.

—Nueva regla: todos podemos ser seres sexuales,

pero no mientras estemos todos juntos compartiendo este apartamento tan pequeño.

Mamá parece tremendamente decepcionada pero asiente. Papá se mesa la barba y levanta la mano para contar algo con los dedos.

—Vale —dice al final—. Son dieciocho horas más. Supongo que seremos capaces de hacerlo.

—Bien, y nada de sushi o de mantequilla de cacahuete. —No tengo ni idea de lo que hacen con esa última, pero más vale prevenir que curar.

Mamá y papá vuelven a asentir.

Yo me relajo un poquitín.

—Hablemos de cómo organizarnos para dormir. Creo que vosotros tendríais que usar el dormitorio principal mientras Art y yo...

—No, no —dice mamá—. Nos hemos traído nuestras esterillas de yoga.

—¿Eh? —Es mi genial respuesta.

Papá se hincha orgulloso.

—Llevamos un par de semanas durmiendo en nuestras esterillas de yoga. Mis problemas de espalda han desparecido.

—Eso es genial —dice Art—. Pero no hacía falta que os trajeseis vuestras propias esterillas. Podríais haber tomado prestadas las nuestras.

Solo si quiere quemarlas también en la misma hoguera que la mesa de la cocina.

—Las nuestras están hechas de corcho —dice mamá —. Nos van mejor.

¿No utilizan esterillas de corcho en el Bikram yoga porque manejan mejor el sudor? ¿Entonces por qué...?

Da igual. Espero no saberlo nunca seguro.

Cuando mamá y papá sacan las mencionadas esterilla de una maleta y las extienden en medio del cuarto de estar, caigo de golpe en lo que implica esto.

Con mis padres aquí, Art no podrá dormir en el sofá del salón.

Él y yo estamos a punto de compartir la cama.

—¿Os puedo traer alguna otra cosa, chicos? —pregunta Art a mamá y papá mientras yo proceso la alucinante idea que me acaba de asaltar.

—No, gracias —dice mamá.

—Has sido un excelente anfitrión —dice papá. La mirada que me echa a mí parece decir: «no como otras».

Art sonríe cálidamente.

—Gracias. Buenas noches.

Mi sonrisa es mucho menos amable.

—No dejéis que los bichos de las esterillas de yoga os piquen.

Art y yo nos dirigimos al dormitorio principal, y con cada paso mi corazón se acelera.

—Puedo dormir en el suelo —me susurra Art en cuanto la puerta se cierra.

—No seas ridículo —le susurro yo—. Lo último que

querríamos es que estuvieses doblado de dolor de espalda durante la recepción.

Él hace un gesto de quitarle importancia.

—Mi espalda es muy fuerte.

Cierto. Tiene que serlo, para hacer malabares con todas esas bailarinas.

—No dormirás bien en el suelo —le digo—. No queremos que salgas en todas las fotos con ojeras. Durmamos los dos en la cama.

Para poner fin a la charla, me dirijo al baño. Art no me sigue, lo cual me tomo como que accede.

Mientras me ducho, pierdo parte de mi bravuconería, que se ve reemplazada por inquietud.

¿Por qué he insistido en que durmiésemos juntos?

¿Y si me doy la vuelta estando dormida y accidentalmente acabo empalada en Mr. Big? ¿Y si Mr. Big acaba en mi boca? Existe una clase de sonambulismo en el que andas dormida, así que ¿por qué no van a existir las mamadas en modo dormido?

Cubriendo como una capa todas esas preocupaciones está la repetición mental del beso, que ha estado dando vueltas en mi cabeza desde que sucedió.

Parecía tan real. Como si él de verdad *quisiera* besarme. Y yo decididamente me sentí a punto de ceder a la imposible tentación que es Art.

Mientras las imágenes vuelan por mi mente, tengo que frenarme de utilizar todas las técnicas de masturbación sobre las que haya escrito jamás. No quiero caerme y hacerme daño. Un momento vergonzoso más hoy y podría implosionar, como una bombilla incandescente intentando asaltar sexualmente a un martillo.

De alguna manera, termino con mi rutina nocturna y salgo del baño con mi cordura todavía intacta... Que es cuando Art entra. Ahora tendré que luchar contra la tentación de los juguetes eróticos que tengo justo ahí.

No puedo.

No debería.

Pero...

La puerta del baño se abre.

Un Art en pijama sale, cierra la puerta del dormitorio y se desliza bajo las sábanas conmigo, apagando la luz por el camino.

¡Guau! Esa ha sido una ducha todavía más rápida. Eso significa que él no se ha masturbado. ¿Quiere decir que no ha querido? ¿O también le habrá dado miedo resbalar y caerse?

Solo sé que de haber cedido a la tentación de los juguetes eróticos, me habría pillado... Y una parte de mí se pregunta si eso hubiese sido algo tan malo.

Tal vez si se hubiese excitado con eso y...

—¿Estás despierta? —murmura suavemente Art.

—Pues no —susurro—. Siempre hablo en sueños.

—¿Quieres hablar de lo que ha ocurrido?

¿Quiere decir el beso o el incidente con el sushi?

Sea lo que sea, le respondo:

—Claro. Hablemos.

Enciende la lámpara de la mesilla y nos volvemos el uno hacia el otro.

Oh, Dios.

Solo unos míseros treinta centímetros nos separan de besarnos de nuevo.

—Has sido algo dura ahí fuera —dice suavemente—. Me ha sorprendido.

Entonces esto va sobre el incidente del sushi.

—¿Te estás poniendo del lado de mis padres?

Él se arrima un centímetro hacia mí.

—No hay lados en esto. Solo que parecen agradables. Además, dado tu trabajo, encuentro raro lo incómoda que estás acerca de su expresión de la sexualidad.

Me lo quedo mirando, boquiabierta.

—¿Me estás llamando moralista?

—Lo has dicho tú, no yo.

Le doy un puñetazo a mi almohada.

—¿Cómo te sentirías *tú* si vieses a *tus* padres hacer eso?

Da un respingo y una expresión de tristeza deforma sus rasgos.

Oh, mierda de mofeta. Ahora me siento una gilipollas insensible. Me arrimo a él hasta que nuestras narices casi se tocan y le pongo suavemente una mano en la mejilla.

—Cuánto lo siento. Eso ha sido muy desconsiderado por mi parte. —Me muerdo el labio—. O tal vez es que me hayas hecho sentirme mala hija, y por eso he saltado. No es de ayuda que les haya estado mintiendo todo este tiempo y...

Él pone su mano sobre la mía y siento sus callos

agradablemente ásperos contra el suave dorso de mi mano.

—No, yo soy quien lo siente. Les estás mintiendo por mi culpa y...

Le beso. No puedo evitarlo. Mi intención es que sea un beso tranquilizador de «lo siento», pero calculo mal.

Él se queda rígido por un instante y luego me devuelve el beso con tal pasión carnal que si yo fuese la Bella Durmiente me habría despertado con un ataque al corazón.

CAPÍTULO

Treinta y Tres

IGUAL QUE DURANTE nuestro beso del Jardín Botánico, yo experimento una alegría etérea y extracorpórea. No me sorprendería en lo más mínimo que nos pusiésemos a flotar por encima de la cama.

Jadeando, Art se aparta para mirarme a los ojos. El calor de sus ojos color chocolate fundido podrían caramelizar el azúcar de una docena de crèmes brûlées.

—Te deseo —murmura, y el ansia en su voz me envía una descarga erótica por la espalda.

El corazón me golpea fuerte en el pecho cuando aparto a patadas la tiesa manta que nos cubre.

—¿Ah, sí? ¿Podrías ser más específico?

¿Puede el chocolate fundido convertirse en magma?

—Quiero que te corras en mi cara —dice, pronunciando claramente cada palabra—. Y después en mi polla.

Es un milagro que sea capaz de hablar.

—¿Qué pasa con la Regla Número Uno?

—Que se joda la Regla Número Uno.

Yo me relamo los labios.

—¿Y el trato que hemos hecho con mis padres? Se supone que nadie va a practicar nada de sexo bajo nuestro techo en las siguientes dieciocho horas.

—Que le den a eso también. —Se sienta en la cama y se arranca la camiseta.

Oh, Dios.

Esos abdominales.

Esa V que conduce a Mr. Big.

Parafraseando a Matthew McConaughey en Magic Mike, «hoy veo aquí a muchos transgresores de la ley».

Me siento y me quito también la parte de arriba del pijama.

Sus ojos se recorren mi piel expuesta como si fuese un bufet libre de cupcakes, y su voz se hace más ronca.

—Eres perfecta, *kislik*.

Kiss y lick, besar y lamer es lo que yo quiero también. Salto de la cama y me retuerzo para quitarme los pantalones.

—Tú tampoco estás mal.

Él mira mis piernas y sus fosas nasales se expanden mientras echa los pies al suelo.

—Como he dicho, jodidamente perfecta.

Se pone de pie, se arranca los pantalones del pijama, y me refiero a arrancarse de verdad, destrozándolos en tiras de algodón.

Al enfrentarme a Mr. Big sobria por primera vez y en la vida real, el vello de mi nuca se pone firme.

Esto me recuerda a la primera vez que me encontré

delante del Empire State. Sí, sabía que era lo bastante grande para que King Kong trepara por él, pero una vez te ves de pie allí delante aprecias de verdad la escala real.

Igual que una estrella atrapada en el pozo gravitacional de un agujero negro supermasivo, me veo atrapada en la órbita de Art. Y él en la mía.

Le agarro por los hombros, me pongo de puntillas y nuestros labios se unen una vez más.

Pura delicia. Incluso mejor que los donuts con helado.

Siento que me baila la cabeza, en parte por las sensaciones orales, pero mucho más por su aroma embriagador.

Sin apartar los labios, Art me coge en brazos y me deja sobre la cama.

¡Guau! Todos esos malabares con las bailarinas le han imbuido de las habilidades de manejar cuerpos de un dios.

Mordisquea mi labio inferior y luego traslada sus atenciones de mi boca a mi cuello.

Joder, sí.

Bajo la mano y acaricio a Mr. Big.

Es suave como el caramelo. Como un caramelo muy muy duro.

Gruñendo de placer, Art se venga dándole un mordisco pequeño pero hambriento a mi cuello.

¿Estará pensando en mí en términos de postres también? Si es así, lo apruebo.

Mordisquea el camino hasta mi clavícula y luego

tengo su cara en medio de los pechos. Me quedo inmóvil, esperando que... Y entonces, ¡sí! Se mueve y me chupa el pezón izquierdo, con una boca que siento caliente y húmeda sobre mi piel sensible. Al mismo tiempo masajea el otro pecho haciendo que las sensaciones sean más intensas.

Jadeante, me arqueo contra él cuando cambia al otro pezón. Luego, como empujado hacia donde quiero más que esté, desliza la lengua por mi vientre hasta que siento su cálido aliento sobre mi sexo.

Jadeo y el levanta la vista, con los ojos echando fuego.

—¿Recuerdas lo que tienes que hacer?

Mis mejillas arden con renovado vigor.

—Recuérdamelo.

—Vas a correrte. —Su voz está cargada de oscuras promesas—. Con mi lengua.

Asiento porque, ¿qué puedo decir?

Él me besa el clítoris, con solo la presión de una pluma en sus labios.

Cojo aire de golpe, desesperada.

Le da a su objetivo un lametón indulgente, de la clase que yo reservo para una cucharada de panacota.

Yo agarro con fuerza dos puñados de sábanas.

Él pone la lengua plana y ancha.

Los dedos de los pies se me curvan.

Él lame otra vez.

Eso arranca un gemido de mis labios.

Vuelve a hacer lo del beso, seguido por lo de la

lengua plana, luego un lametazo, luego otra vuelta de lo mismo, y otra más.

Con un grito, hago lo que me ordenó: me corro por todo su hermoso rostro.

—Que *kislik* tan buena —murmura con voz ronca, levantando la vista—. Ahora vas a correrte otra vez. Sobre mi polla. —Tiene los labios brillantes cuando se pasa la lengua por ellos, al parecer disfrutando del sabor.

Como respuesta, gateo hasta la mesilla, localizo un condón y se lo doy. Luego observo con respiración irregular cómo empieza a recubrir a Mr. Big. Aunque la goma sea de talla XL (era optimista cuando lo compré), no estoy segura de que le entre.

¡Fiuu!

El pobre látex no se rompe. Ahora veamos si me va a caber a mí.

Con un movimiento fluido y tan rápido que me parece borroso, Art hace su magia inspirada en el ballet otra vez y yo me encuentro a cuatro patas.

¿Cómo?

Mr. Big acaricia suavemente mi entrada.

Oh, Dios. Olvidemos el cómo. Olvidémonos de todo.

Me centro en las sensaciones: primero una de tirantez y luego una de maravillosa plenitud.

Art me coge por las caderas con sus fuertes manos. Sus pulgares me masajean los glúteos.

Por fin, joder. Nuestro *pas de deux* está a punto de comenzar.

El primer empujón es suave... *Adagio*, como lo llaman en el ballet. Los siguientes lo son también. Luego Art va más despacio, como para comprobar si me he ajustado del todo a su (bastante gran) invasión.

Respondo apretándome contra Mr. Big y arqueando la espalda. Si supiera hacer twerking, se lo haría ahora mismo, pero, por desgracia, es una habilidad que todavía tengo que dominar.

Aun así, Art pilla el mensaje. La siguiente embestida es más dura y rápida. Y luego más.

Vuelvo a agarrar dos puñados de sábanas. Una inmensa oleada de placer se está acumulando dentro de mí.

Los dedos de Art se clavan en mi carne, sus movimientos alcanzan el territorio del *allegro*.

Mi respiración se convierte en gemidos entrecortados.

—Sí —gruñe Art—. Córrete para mí. —Acelera el paso hasta que se mueve dentro y fuera de mí tan deprisa que no existe un término en el ballet para eso.

Ay, joder.

Aquí está.

Mi orgasmo toca tierra y me corro, gritando el nombre de Art.

Él gruñe y Mr. Big se vuelve imposiblemente más grande y duro, enviando réplicas sísmicas por todo mi sexo hipersensible.

En el momento en que siento que se corre, Art me pellizca el clítoris y me saca otro orgasmo... Uno cuyos gritos yo entierro en la almohada.

Después, me encuentro manejada por él una vez más, esta vez para hacerme volver la cuchara pequeña. Art me rodea el cuerpo con el brazo, me besa en la oreja y murmura palabras tiernas y apenas audibles de alabanza, y una satisfacción inusual me envuelve, una que los monjes Zen podrían experimentar después de un mes de meditación... O tras romper su voto de celibato.

Calentita y a salvo, rodeada por el hipnótico aroma de Art, cierro los ojos y caigo en el sueño más profundo de mi vida.

Treinta Y Cuatro

ME DESPIERTO ACURRUCADA CONTRA ART, con la cabeza en el hueco de su hombro y su brazo rodeándome.

Mi pecho se inunda de calidez. Estaría encantada de despertarme así para siempre.

Salvo... Salvo que no tengo para siempre. Como mucho, tengo el tiempo que le cueste a Art conseguir la residencia. Como poco, en cuanto mis padres se vayan, volveremos a dormir en cuartos separados.

Obligo a mis ojos a abrirse mientras más realidad poco deseada se cierne sobre mí.

¿Ha ocurrido siquiera todo este sexo de fuera de este mundo? ¿Puede haberse tratado de un sueño?

No. Tengo molestias ahí abajo que demuestran que todo ha sido real.

¿Y ahora qué? Los sentimientos cálidos y chispeantes en mi pecho son aterradores. Me hacen preguntarme qué es lo que piensa Art sobre todo esto.

¿Significó lo de anoche tanto para él como lo hizo para mí?

Alguien llama a la puerta sonoramente.

—Namasté, solete —grita mamá del otro lado—. Si no te levantas ya, llegarás tarde para tus citas de la peluquería y el maquillaje.

Mierda de mofeta. ¿Cuánto tiempo tengo antes de que mamá entre por esa puerta?

Me libero de Art y miro la hora.

¡Guau! Las 11:05 p.m.

Art nunca duerme nunca hasta tan tarde. Jamás.

—Salgo en un minuto, mamá —grito, poniéndome un albornoz.

Art abre un ojo.

—¿Qué es todo ese jaleo?

—Lo siento —susurro, ruborizándome—. Tengo que ir a un sitio. Duerme un poco más si quieres.

Corro al baño a hacer mis cosas. Cuando casi he terminado de lavarme los dientes, Art se une a mí, ya vestido. Mi sonrojo aumenta cuando nuestros ojos se encuentran y él me dedica una sonrisa traviesa antes de coger su propio cepillo de dientes.

Vale. Así es como vamos a actuar, como que todo es guay. Lo pillo.

Me cepillo los dientes vigorosamente, y él hace igual. Lo hogareño de todo esto me pellizca algo por dentro del pecho. Quiero escupir la pasta y agobiarle a preguntas sobre lo que significó lo de anoche, pero antes de que pueda poner en práctica esa idea tan dudosa, llaman más fuerte a la puerta del dormitorio.

—Oficialmente, llegamos tarde —grita mamá.

Me encuentro accidentalmente con los ojos de Art en el espejo y me trago lo que me quedaba de la pasta de dientes.

—Me tengo que ir.

Con el cepillo todavía en la boca, Art me hace un gesto con el pulgar hacia arriba.

Corro al dormitorio, me visto y abro la puerta.

Mamá echa una rápida mirada a la cama.

—Una noche platónica, ¿no? —pregunta, meneando las cejas.

—Una dama no habla de esas cosas —murmuro.

Mamá sonríe.

—Una dama no lo haría, pero ¿qué hay de ti?

No me digno a responder a eso. En cambio, voy directa a la cocina donde papá está tomando una taza de café.

—Buenos días —digo, y empiezo a meterme comida en la boca de forma indiscriminada. Necesitaré energías para el calvario de belleza.

Mamá entra bailoteando y me mira de arriba abajo.

—¿Lista?

—Sí —respondo. Y justo entonces Art entra también en la cocina.

Papá le sonríe.

—Suena a que tú y yo vamos a tener una mañana de chicos.

Me trago lo que quedaba del muffin que estaba masticando.

—Eso no existe.

—Pues nos la inventaremos —dice Art y se vuelve hacia mi padre—. ¿Has oído hablar de los banya?

Papá dice que no con la cabeza.

—Es algo que me gusta hacer cuando estoy estresado o solo quiero relajarme un rato —dice Art—. Una manera estupenda de empezar un gran día como este.

Arrugo la nariz.

—No piensas llevarle al sitio del *taranka*, ¿verdad?

Art parece decepcionado.

—¿Lo de la sensibilidad olfativa es algo genético?

—No —dicen mamá y papá al unísono.

—En ese caso, sí —dice Art—. Iremos a Easy Fume.

Mamá me agarra del codo.

—Ya vamos más que tarde.

Mientras la dejo que me saque de allí, me pregunto si papá y Art llegarán a la segunda base en el banya. Es probable pero en fin, allí podría verse como algo socialmente aceptable.

Una vez fuera, mamá me mete a empujones en un taxi, que nos lleva a la cita número uno de cómo un millón.

La meta de todas esas fases de emperifollamiento y acicalamiento es que yo sea la persona que tenga mejor aspecto en toda esa celebración. Lo bueno es que mi madre parlotea sin parar, lo que me evita darle vueltas a Art y a lo que pasó anoche.

Horas después, mamá anuncia que la meta ha sido alcanzada.

Me quedo mirando fijamente mi imagen en el

espejo y doy un silbido. No estoy segura de si ha valido la pena emplear todo ese tiempo, pero tengo un aspecto genial... Lo que es algo así como un desperdicio, dado que todo el asunto es una farsa.

—No te preocupes —dice mamá, malinterpretando mi ceño—. Les he advertido a tus hermanas que no vayan de blanco y en general, a comportarse para asegurar que hoy tú seas la sextilliza más guapa.

Bien. Espero que parezcan totalmente desastradas.

———

Cuando mamá y yo llegamos al Jardín Botánico, nuestros maridos, el suyo real (espero) y el mío falso (tristemente) nos están esperando ya.

Art me escanea desde la punta del peinado hasta los zapatos de tacón, y el calor de su mirada me hace revivir en un flashback lo de anoche, con un escalofrío por la espalda.

—Estás increíble, *kislik* —dice con voz ronca, y no sé si lo dice de verdad o si está interpretando su papel para que esto parezca real.

Sea lo que sea, le respondo:

—Gracias, queridísimo —y le miro cuidadosamente a mi vez. Lleva un smoking hecho a medida, su pelo está cuidadosamente peinado y su rostro recién afeitado. Intentando no babear, murmuro—: Estás tan bien como para hacer que mis hermanas estén celosas.

Mamá me guiña un ojo.

—Las solteras, por supuesto.

—Llegas tarde —dice papá. Todos están ya aquí.

—Espera —dice Art—. Hagamos algunas fotos.

Meto la mano en el bolso para coger mi móvil y me doy cuenta de que no lo tengo.

Mierda de mofeta. En mis prisas por llegar aquí, me lo he dejado en el cargador.

En fin. Art puede hacer las fotos con su móvil y todos los que podrían llamarme ahora van a estar en la fiesta.

Una vez hemos hecho las fotos, los hombres nos guían hasta las carpas, y me entero de que la «mañana de chicos» ha sido un éxito tan grande que papá planea convertir los viajes al banya con Art en algo regular.

—Gracias por llevártelo —susurro a Art al oído, y me resisto heroicamente a las ganas de mordisquearle.

—Oh, ha sido un placer —me susurra él a mí con sus labios haciéndome cosquillas en la oreja—. El único problema es que tuvimos que interrumpirlo.

Antes de poder responder, entramos en el claro dónde está la gente y todos paran de hablar para mirarnos.

Vaya.

Esto debe de ser cómo se siente cuando sales a hacer el «primer baile» oficial en una boda. Es como divertido ser el centro de atención. Es decir, hasta que veo dos ojos ardiendo con odio.

Esos ojos en cuestión pertenecen al Cisne Negro, que claramente no tiene ni pizca de tacto. ¿Por qué si no llevaría un vestido blanco?

Doy un respingo al recordar cómo se enfrentó a mí

en los vestuarios del *banya*. Ya estaba borracha, lo que hizo que el incidente se perdiera en las nieblas de mi memoria. Pero ahora lo recuerdo claramente. Me dijo cosas desagradables, o al menos asumo que lo hizo. Su tono era borde y me llamó vaca rusa. No, perdón, solo vaca.

Art sigue la dirección de mi mirada y frunce el ceño. Me pregunto si él tampoco se alegra de ver al Cisne Negro aquí. Pero si es así, ¿por qué la ha invitado?

Por otra parte, supongo que tampoco podía *no* invitarla. A su lado hay un montón de bailarines de la compañía de Art, probablemente, todo el elenco al completo. Sería raro dejar fuera a una sola colega, imagino, aunque sea una zorra.

Tal vez esté frunciendo al ver esa cosa tipo tutú de color blanco que lleva puesta. O por lo triste que es que por su lado solo haya gente del ballet, sin una sola representación de familia... A menos que cuentes los dos compañeros del *detdom* sentados junto a los bailarines. Les reconozco de las fotos que me ha enseñado Art. Los dos viven en Nueva York. Tendré que decirles hola después.

Por mi parte reconozco casi todas las caras en las mesas que no son del ballet como miembros de mi familia o sus acompañantes. Por ejemplo, las gemelas. Gia y Holly, están sentadas con dos tipos guapos, sus novios.

Miro más de cerca a su mesa. Al lado de Holly hay una mujer a la que no reconozco. Es más guapa que cualquiera de las compañeras de trabajo de Art, y eso es rebasar un listón muy alto. ¿Será alguna bailarina que ha hecho amistad con Holly, la menos sociable de mis hermanas? ¿O acaso Holly y su novio practican el poliamor?

Espera un segundo. El novio de Holly se parece un poco a la mujer misteriosa. Además, Gia mencionó que...

Alguien se aclara la garganta lo bastante fuerte para hacer vibrar la cristalería de las mesas.

—Damas y caballeros —dice Fabio al micrófono—. Por favor, den una dulce bienvenida a Lemon y Artjoms Skulme.

Todos vitorean y aplauden.

—¿Dulce? —murmuro al oído de mamá—. ¿Ha sido idea tuya lo de darle *a él* el micrófono?

—Lo siento —me responde mamá con otro susurro —. Dijo que sería bueno.

Normal. Ella lleva encontrando a Fabio *dulce* desde que íbamos al instituto.

Cuando todo el mundo vuelve a callarse, Fabio me mira.

—¿Te gustaría bailar con tu nuevo compañero de baile al alimón?

¿Un baile? Si ni siquiera nos hemos sentado aún.

Art no parece compartir mi falta de entusiasmo. Todo lo contrario. Se aparta de mí con elegancia y luego extiende la mano de la forma más delicada posible: algo que yo esperaría ver en la corte de Luis XIV, no en la ciudad de Nueva York.

Cuando cojo su mano, un cosquilleo recorre todo mi cuerpo.

Empieza a sonar una pieza de música clásica que yo ya había oído a Art poner antes.

Lo miro con los ojos entornados.

—¿Tú has planeado esto? —digo aunque no se me oiga con la música.

Él me guiña un ojo y me arrastra a bailar.

¡Guau! No soy ninguna bailarina, pero con Art dirigiéndome, lo estoy haciendo como una verdadera profesional.

Art me acerca más a él.

—Perdóname —susurra—. No quería que te sintieses ansiosa por salir delante de todos, así que lo he mantenido como una sorpresa.

Antes de que pueda contestarle algo feo, me hace girar.

Maldita sea.

Esto es divertido. Y sexy. Y falso. Esa última parte me agría la felicidad, y me alegro de que el baile se acabe enseguida.

—Ven. —Art me arrastra hasta nuestros asientos mientras Fabio anuncia que los siguientes en bailar serán mis padres.

Mamá y papá se adueñan de la pista mientras Art me pone un poco de todo en el plato. La comida es estupenda, y lo que es interesante: todos los platos pertenecen al tipo de los que no huelen mal. Claramente, siguiendo las órdenes de Art.

Después de que mamá y papá terminen de bailar,

Fabio les dice a todos que coman tranquilos un rato pero les advierte que «pronto volveremos con el baile».

En cuanto mamá y papá vuelven a la mesa, papá empieza a hablarle a mamá del banya, y Art interviene de tanto en tanto. Les dejo hablar mientras yo como a dos carrillos. Ha pasado mucho rato desde mi apresurado desayuno y estoy muerta de hambre.

Justo cuando me termino todo lo del plato, alguien me da tres palmaditas en el hombro.

Me doy la vuelta y me encuentro cara a cara con Holly y la atractiva mujer de su mesa.

—Quería darte mi enhorabuena —dice Holly—. Y presentarte a Bella.

Treinta Y Cinco

Por supuesto, mofetamente. Estaba a punto de caer en la cuenta cuando Fabio me interrumpió. Esta es Bella Chortsky, la propietaria de la empresa de juguetes eróticos Belka y la persona con la que he estado intentando hablar sobre una oportunidad de patrocinio.

Cuando Gia la mencionó por primera vez, fue en el contexto de ser la nueva mejor amiga de Holly, así que no es *tan* sorprendente que Holly la haya traído aquí como su segunda acompañante.

Salvo porque creía que Bella me había hecho ghosting. Sin embargo, su cálida sonrisa no me parece la que te dedicaría alguien que te haya hecho *ghosting*.

Al percatarme de que estoy mirando a Bella con la boca abierta igual que una idiota, me levanto rápidamente y le estrecho la mano.

—Lemon. Encantada de conocerte.

La sonrisa de la Bella se hace más amplia.

—También estoy encantada de que nos conozcamos así, cara a cara.

¿Ah sí? ¿Y qué ha pasado con lo del *ghosting*?

—En realidad, es algo raro —prosigue Bella—. Siento como si ya te conociera.

—¿Ah, sí? ¿Por qué?

Ella arquea una ceja perfecta.

—¿Por todos esos intercambios en tu blog?

¿Qué intercambios? ¿Me están dando por el culo? Holly pone los ojos en blanco.

—Ya te lo dije. No sabe que *belka* significa ardilla.

Bella se gira hacia su mejor amiga.

—¿Cómo puede ser eso? Se ha casado con un ruso.

¿Belka significa ardilla en ruso? Espera un minuto…

—¿Tú eres SquirrelBoner?

Bella parece contrita.

—Creí que ya lo sabías. Lo siento. En caso de que te lo estés preguntando, Boner es el nombre de mi perro. Es el diminutivo de Bonaparte.

Su perro. Por supuesto.

Sonríe ante lo que debe de estar leyendo en mi cara.

—De todas formas, ¿sería ahora un buen momento para una charla?

—Claro que sí. ¿Qué tal allí? —Señalo a una zona libre de mesas.

—Genial. Ella va a donde le he indicado. Al seguirla, noto el maletín que lleva. Está cubierto de diminutos penes y vaginas multicolores, dibujados a mano.

Vaya. Apuesto que mi madre nos mataría a mí o a

una de mis hermanas para conseguir tal pieza de equipaje.

Cuando por fin tenemos privacidad, no puedo evitar soltarle:

—Estoy confusa. Recibí un mensaje tuyo diciendo que ya no hacía falta que organizásemos nada.

—Bueno, sí. —Bella deja su peculiar maleta en la hierba a su lado—. Holly me invitó a esta celebración así que supuse que ya hablaríamos hoy. Me alegro de haberlo hecho. Hacer de acosadora en tu blog mientras tanto me ha dado toda la información que necesitaba. En este punto, sé que Belka está interesada en colaborar contigo. Solo necesitaremos pulir los detalles.

¡Oh, Guau! Esto es increíble. Me siento con ganas de dar botes de alegría, pero me resisto a la tentación. Es mejor parecer fría ya que necesitamos de hablar de dinero.

—¿Qué clase de detalles?

Mierda de mofeta. Me doy cuenta de que estoy balanceando mi peso de un pie al otro. Espero que ella piense que necesito hacer pis.

Bella abre la maleta, que contiene suficientes vibradores y juguetes como para satisfacer a un ejército de ninfómanas entusiastas. Contengo una exclamación de asombro. Es como esa parte de *Pulp Fiction* en la que una luz dorada brilla desde el maletín.

—Son gloriosos, ¿verdad? —Bella parece una mamá orgullosa al mirar a un par de bolas anales—. Y como tu esposo me advirtió que no llevara perfume, me he asegurado de que todos estos también estén libres de perfumes.

Yo asiento, todavía deslumbrada.

—¿Qué tal si los pruebas y escribes una entrada patrocinada con tu opinión? Belka te pagará cinco de los grandes por cada entrada.

¿Cinco de los grandes? Se me salen los ojos de las órbitas y un agudo chillido intenta encontrar el camino de salida de mi garganta. Me lo trago, pero una sonrisa traidora todavía aparece en mi rostro.

Imposible ya parecer fría.

Por supuesto, la negociación no ha terminado aún.

—Una cosa —digo, intentando al menos mantener un mínimo de la compostura apropiada para una reunión de negocios—. Las críticas serán honestas. Si no me gusta algún juguete, lo diré y diré por qué. También seré transparente con mis seguidoras acerca de nuestro acuerdo—.

—Suena justo. Creo en mi producto. —Mete la mano en la maleta y agarra un vibrador extra-grande—. Ya sea buena o mala, tu crítica me hará siempre ganar algo.

—¿Ah, sí?

—Si es buena, es obvio —dice ella—. Pero si es mala, resultará útil, porque si tienes buenas razones de por qué algo no funciona, eso nos da una oportunidad para mejorar el producto... Que es lo principal para mí.

Vaya. Está realmente dedicada en el placer de las mujeres. Tenemos mucho en común.

—Por cierto, ¿qué opinas de esto? —Aprieta los dos

extremos del vibrador que sostiene y la cosa se abre, mostrando uno más pequeño en su interior. Vuelve a hacerlo y hay otro aún más pequeño. Luego otro más pequeño.

—Es un prototipo —dice—. Por ahora lo llamamos las Pollas Matrioska. —La observo llegando al juguete más diminuto de todos, que resulta que puede vibrar realmente bien.

Yo hago un mohín.

—Tendría que usar las Pollas Matrioska para estar segura, pero mi primera impresión es que esto sería un excelente compañero de viaje para alguien a quien le guste jugar con tamaños distintos.

—Lo sé, ¿verdad? —Vuelve a montar las Pollas Matrioska dentro del vibrador de gran tamaño.

—También es el mejor regalo que puedes hacer —digo.

—¿Por qué?

Yo sonrío.

—Normalmente no sabemos qué preferencias tienen nuestras amigas en lo referente al tamaño de estas cosas... Pero este es de talla única, válido para todos los gustos.

—Talla única, válido para todos los gustos —dice, pensativa—. Creo que voy a usar eso si no te importa.

Abro la boca para decir que me sentiría honrada pero la voz de Fabio resuena en el lugar.

—Vamos a continuar el baile con uno padre-hija —dice al micrófono.

Bella deja caer las Pollas Matrioska en la maleta y la cierra.

—Será mejor que vayas. Seguiremos hablando en el futuro cercano. No me cabe duda de que este es el principio de una hermosa amistad.

Le estrecho la mano con energía y corro a la pista de baile donde me espera papá.

Cuando empezamos, sus ojos empiezan a llenarse de lágrimas. Los míos les imitan.

—Ni siquiera estaba seguro de que debiésemos hacer esto —dice, con la voz quebrándose—. Este baile es solo una excrecencia que brota de la historia del patriarcado, después de todo. Pero tu madre insistió y ahora me alegro de que lo hiciera.

—Yo también —susurro.

Entonces recuerdo que mi estado marital es falso y los sentimientos de calidez se transforman en tristeza. También me siento culpable por mentirle a papá. Tiene lágrimas en los ojos, por el amor de las mofetas.

Cuando el baile termina por fin, papá se suena la nariz y me conduce de vuelta a la mesa.

Por favor, que todo el rollo formal ya esté.

Pues no.

Fabio anuncia la siguiente fase: un baile entre la suegra y su nuevo yerno.

Miro a mi madre entornando los ojos. Parece igual que una niña la mañana de Navidad.

¿Es por esto que ha insistido en que tuviesen lugar estos bailes? Grr. Por otra parte, Art parece tan contento de participar que reprimiré mis celos por un par de minutos... Es decir, a menos que mamá le agarre por aquel sitio.

Pues no.

Su baile es bastante apto para menores, aunque esta noche no me fiaría de dejar a mamá cerca del sushi.

Además, cuando la música termina, mamá parece extremadamente decepcionada.

Fabio vuelve a hablar.

—En este punto, a Art le gustaría dirigirle unas palabras a la flamante novia.

Todos jalean a Art mientras se dirige al micro y se lo quita a Fabio antes de volverse hacia mí. Insegura con respecto al protocolo, me pongo en pie.

—Lemon, *kislik* —dice Art con aire ceremonioso—. Desde el primer instante en que te vi, supe que todo había acabado para mí. Supe que había encontrado mi persona. Mi luz. Lo que convertiría el resto de mi vida en algo dulce.

Se me doblan las rodillas y no me queda otra salvo dejarme caer en mi asiento.

Art frunce el ceño preocupado.

—Estoy bien —digo sin aliento—. Piernas cansadas. Continúa.

Es la mentira más gorda que he contado en la vida.

No estoy bien.

Estoy gritando por dentro.

Sus palabras suenan tan jodidamente sinceras que me duelen. Y como sé que son mentiras, en vez de calentarme el corazón, me hacen sentir como si lo estuviesen haciendo jirones.

Maldito sea este falso matrimonio. Quiero que Art esté diciendo la verdad. Daría lo que fuera porque estuviese diciendo la verdad, pero por supuesto, sé que no es así.

—Parece que la he vuelto a levantar del suelo otra vez. —Art mira a su alrededor, dedicándoles una sonrisa conspiradora.

Todos excepto yo chillan.

—De todas formas, ¿por dónde iba? —Art me mira—. Ah, sí. Estaba a punto de decir que mi esposa es la mujer más hermosa que yo haya conocido jamás. Y la más lista también. La...

Mamá solloza tan fuerte que me pierdo lo siguiente que dice Art.

¿Desde cuándo se pone tan emocional con estas cosas? Debe de ser por la promesa de tener nietos o algo así.

Papá le aprieta suavemente el hombro haciendo un esfuerzo por calmarla. Ojalá alguien me calmase a mí. Estoy subida en una montaña rusa emocional y ni siquiera sé por qué. Yo he firmado para participar en esta charada. No debería sentir nada al escuchar el falso discurso de Art.

Mamá deja de sollozar, y la voz de Art vuelve a llegar a mis oídos:

—Alguien cuya mano yo quiero sostener cada noche. Alguien a quien honraré y respetaré. Alguien a quien seré fiel. Alguien a quien nunca dejaré. Alguien...

Mamá vuelve a sollozar, esta vez más sonoramente, y el contacto de papá no la consuela. Para cuando se tranquiliza, solo consigo escuchar la última parte de lo que dice Art, que es:

—Uníos a mí y brindemos a la salud de mi esposa.

La gente vacía sus vasos mientras Art se encamina hacia mí. Cuando llega a mi lado, un montón de voces empiezan a gritar: *¡Gor'ko! ¡Gor'ko! ¡Gor'ko!*

—¿Qué significa eso? —murmuro al oído de Art.

—Hemos ensayado para esto —dice él—. Significa amargo.

Yo frunzo el ceño.

—¿Es esta alguna broma extraña relacionada con mi nombre? Además, ¿cómo hemos ensayado para esto?

—Es solo una tradición rusa. Es lo que grita la gente cuando quieren que los novios se besen.

Entonces amargo significa beso. Qué cosa tan rusa. Y ahora entiendo a qué se refiere con lo de haber entrenado.

Art mira mis labios.

—Obviamente, si tú no...

Me pongo de pie, le rodeo el cuello con los brazos, me pongo de puntillas y uno mis labios a los suyos. Recojo todas las emociones que ha despertado su discurso y las transmito al beso.

A lo lejos, oigo vítores y a mamá llorando otra vez.

No les hago ni caso. La cabeza me da vueltas y el corazón me galopa a lo loco. Deseo tantísimo que Art diga esas palabras de verdad... Y deseo que me posea aquí y ahora.

Con inmensa reluctancia, me aparto y rompo el beso.

Fabio suelta un silbido apreciativo.

—Eso sí que ha sido una demostración pública de afecto.

Todos le jalean.

—Ahora —prosigue Fabio con tono dramático—, el momento que todos estabais esperando. ¡Todos pueden bailar ya con quien les apetezca!

Otro vítor.

Art y yo nos sentamos y yo me bebo un vaso de agua para recuperar la compostura después de ese beso.

Alguien me da unos golpecitos en el hombro.

¿Está Bella de vuelta?

Me vuelvo pero no es mi nueva socia comercial. Es un tipo atractivo de una de las mesas de la gente del ballet.

—¿Me concedes este baile? —pregunta con una educada reverencia.

—No —gruñe Art a la vez que yo ya abría la boca para aceptar.

Sobresaltada, le miro.

—¿Por qué no?

—Porque este baile es mío —dice Art con tono severo—. Y todos los demás también.

¿Entonces ahora está actuando como un marido posesivo? Si esto fuese de verdad, creo que me gustaría.

—Mis disculpas —dice el tío y se aleja.

—Puedes bailar con una de sus hermanas —dice mamá a sus espaldas—. Normalmente se visten mejor y llevan perfume.

¿No se está poniendo muy avariciosa? Está en la boda de una hija pero ya está intentando colocar al resto.

Cuando el tío desaparece de nuestra vista, Art dice:

—¿Bailamos?

Yo le digo que no con la cabeza.

—Primero, tengo que empolvarme la nariz. —Y controlar mi loco corazón de nuevo. Yo miro a mi alrededor—. ¿Sabe alguien dónde está el baño?

Mamá me explica dónde ir, y salgo rápidamente.

Entre ese discurso, ese beso y todo lo demás, estoy a punto no solo de tener sino también de expresar emociones que él no querría escuchar, especialmente en nuestra falsa recepción nupcial.

El baño huele a cloro. Contengo el aliento todo lo que puedo mientras hago mis cosas y para cuando salgo, estoy desesperada por conseguir algo de aire fresco.

En lugar de eso, me golpea un perfume que me ataca como un arma.

El Cisne Negro está delante de mí, en toda su inapropiada gloria de tutú blanco.

Yo doy un paso atrás. La expresión del rostro de la bailarina es tan aterradora que me alegro de tener la vejiga vacía.

Con un acento muy marcado y una voz a partes iguales sexy y siniestra, me bufa:

—Tu matrimonio. Es un fraude.

Treinta Y Seis

No me jodas.

¿Cómo lo habrá descubierto? ¿Se lo dirá a las autoridades? ¿En cuántos problemas se meterá Art?

Veo en mi mente Art siendo deportado. Veo abogados. La cárcel.

Mierda de glándulas apestosas de mofeta.

Cisne Negro me sigue clavando puñales con la mirada.

¿Qué hago? ¿Qué cojones hago?

Negarlo. Sí, esa es mi mejor y única estrategia.

Solo tartamudeo ligeramente al decir:

—No tengo ni idea de a qué te refieres.

Cisne Negro da un paso amenazador hacia mí y mete la mano en el bolso.

¡Mierda! ¿Estoy a punto de ser apuñalada con una esquirla de cristal?

Saca un pedazo de papel.

Mmm. En la antigua China, había un método de

tortura llamado «la muerte por mil cortes». ¿Querrá hacerme eso con los bordes de esa página?

Me arroja el papel a mis manos temblorosas.

—Toma. Por eso tu no su mujer.

Entonces, da un giro como una pirueta y sale a grandes zancadas.

—Apestas más que Pepe LePew —le grito mientras se aleja. Luego, aturdida, le echo un vistazo al papel.

Parece algún tipo de documento, pero todo en cirílico. La única cosa reconocible es la fecha, que data de hace una década.

Aun así, por alguna razón, el temor me invade por dentro.

Esa tía no me daría algo agradable que leer, eso seguro.

Otra mujer enclenque se acerca hacia mí, una de las invitadas de Art. ¿Una bailarina? ¿También me va a dar unos papeles?

—Hola —digo, ocultando mi agitación—. ¿Hablas ruso?

Ella menea la cabeza.

—No, lo siento. En realidad, soy americana.

—Entonces, ¿puedo tomar tu móvil prestado mientras estás en el baño?

Parece titubear, y ¿por qué no iba a hacerlo?

—Soy la novia —le digo—. La esposa de Art. La mitad del motivo por el que estás aquí.

Eso es suficiente. Ella saca un móvil, lo desbloquea y me lo pasa.

—Vale. Aquí tienes.

Desaparece en las profundidades del baño mientras yo descargo mi aplicación de traducción favorita y la paso por encima del texto.

Las palabras traducidas me miran desde la pantalla, tan confusas como imposibles.

No. No puede ser.

A pesar de eso, un frío siberiano se está esparciendo por mis venas.

Con dedos vacilantes, bajo otra aplicación de traducción y vuelvo a pasar por ella el texto.

Con idéntico resultado.

Localizo una web de traducción y escribo las palabras «certificado de matrimonio». Luego hago clic en «traducir al ruso».

El resultado es exactamente el título del documento que llevo en la mano.

Ya no cabe duda alguna.

En mis mansos tengo la prueba de que un tal Artjoms Skulme ya estaba casado cuando nos conocimos.

Treinta y Siete

EL SHOCK me atenaza los pulmones. Lo único que puedo hacer es dar respiraciones cortas.

Art está casado.

Art tiene una esposa que no soy yo.

Ese había sido un miedo irracional mío: que tuviera una esposa secreta en Rusia.

O tal vez no tan irracional. Reaccionó de forma extraña cuando le pregunté si estaba casado.

¿Cómo podría ser eso verdad?

Mi corazón se atenaza dolorosamente a cada latido frenético. Visiones conmigo en la cárcel y Art siendo deportado regresan aún más potentes. ¿No es eso lo que pasará si el gobierno descubre lo de su poligamia? Decididamente, no tengo dudas de que Cisne Negro se asegurará de que lo descubran.

Siento la boca seca como papel de lija, mientras me pongo a buscar clavos ardiendo de los que agarrarme. ¿Tal vez Art *estuviese* casado pero ahora está divorciado? No, eso no cuadra. Me dijo que no se había casado nunca. De cualquier modo, me mintió. Pero, ¿por qué iría a mentirme sobre lo de estar divorciado? Me habría dado igual ser su segunda esposa, tanto falsa como real. El único escenario que tiene sentido es que no se divorciase. Es decir, que siga casado.

Joder. Me he casado con un hombre casado.

Soy una destrozahogares. Bueno, una falsa, pero aun así. De hecho, no tan falsa. Ya me he acostado dos veces con él. Eso es propio de una destrozahogares.

Mis pulmones se estrechan más. Siento como si una mofeta obesa estuviese sentada en mi pecho. Lo raro es que también siento un escozor en el dedo índice.

Lo levanto a la altura de mis ojos.

Justo lo que me hacía falta ahora. Un corte con el papel. Novecientos noventa y nueve más y lo podré calificar como una tortura china. La tortura rusa, ya la estoy sufriendo ahora.

Un escozor presiona detrás de mis ojos y yo los aprieto con las palmas de las manos para evitar derramar unas estúpidas lágrimas. Qué idiota. ¿Por qué había creído que Art estaría interesado en mí? Por supuesto que tiene una esposa. Por supuesto que esto era totalmente falso, un medio de conseguir el permiso de residencia. Jamás debería haber...

—Oye, Lemon —dice alguien, y bajo las manos para ver a Honey acercándose a toda prisa hacia mí.

Frunce el ceño y se detiene delante de mí.

—¿Qué pasa? Estás más pálida que Gia.

Antes de que pueda responderle, la dueña del móvil

sale así que se lo devuelvo y le doy las gracias con voz temblorosa.

—¿Estás bien? —pregunta, y le dedico una sonrisa tensa.

—Sí, gracias.

Ella se mete el móvil en el bolso y se aleja. En cuanto desaparece de mi vista, lanzo el certificado a las manos de Honey

Ella bizquea mirando el documento.

—¿Qué es lo que estoy mirando?

Mientras le explico la situación con voz quebrada, sus manos se convierten en puños.

—¿Quieres que la raje? —me pregunta en cuanto termino—. ¿O a él?

Meneo la cabeza y me arrastro como un zombi en dirección a mi mesa. Honey dice algo tranquilizador pero no puedo distinguir qué. Estoy demasiado metida en mi cabeza, volviendo a poner imágenes de todos los buenos momentos que ha habido entre Art y yo, pero viéndolos a través de este nuevo y corrupto filtro.

Mentiras, todo mentiras. Viles mentiras.

Cuando llego a la mesa, clavo el dedo en el hombro de Art.

Él levanta la vista y su frente se llena de arrugas.

—¿Cuál es el problema?

Todavía en modo zombi, extiendo la mano derecha y señalo a Cisne Negro.

Él sigue mi mirada y sus cejas se juntan en medio de golpe.

—¿Te ha dicho algo Alisa?

Mi barbilla tiembla traidora.

—Me lo ha contado *todo*.

Él cierra los ojos con fuerza y deja salir una exhalación audible. Los abre, se pone de pie y dice en voz baja.

—Te lo puedo explicar.

¿Que me lo puede explicar? No sé qué me esperaba... Que lo negara, tal vez. Pero no esto.

Le empujo, pero igual podría intentar empujar una pared de ladrillos.

—Mantente lejos de mí.

Su mirada de chocolate parece cargada de dolor. De nuevo, otra actuación digna del Oscar.

—*Kislik*, yo...

—¡No me llames eso! No me llames nada.

Él intenta cogerme la mano.

—Si pudiésemos tan solo...

—¡Para! —Aparto la mano de golpe. Siento como si el corazón se me rompiera en mil pedazos—. Ya no puedo más con esta charada. Adiós.

Me giro en redondo, y salgo corriendo. Art me persigue, gritando algo, pero yo acelero el paso hasta que estoy corriendo a toda velocidad sobre mis tacones. Mi corazón late tan fuerte en mis oídos que ni siquiera puedo distinguir sus mentiras... Y me alegro.

Ya he escuchado demasiadas.

Corro hacia la salida y veo un taxi parado junto a la acera, con Honey dentro. Está sosteniendo la puerta abierta y haciéndome señales.

Me lanzo dentro del taxi y salimos como un

torpedo mientras yo lucho por recuperar el aliento. Siento como si los músculos de mis piernas y mis pies hubiesen sido lijados hasta dejarlos al aire, pero eso no es nada comparado con cómo me siento por dentro.

—¿Adónde vamos? —pregunto con voz ronca después de un minuto.

—A casa —dice Honey con tono comprensivo.

¿A casa? En realidad no tengo casa. Ese sitio en el que he estado pensando como en «casa» es el lugar donde Art y yo fingíamos vivir juntos. Mi viejo agujero está vacío de mis cosas y subarrendado, así que no es casa en ningún sentido del término.

Algo de eso debe leerse en mi cara porque Honey me aprieta la mano:

—Quería decir a mi casa.

—¿Ah, sí? Gracias. —El escozor de mi dedo índice regresa, así que me meto el dedo en la boca. Tiene un sabor a cobre, como a sangre.

—¿Qué estás haciendo? —Los ojos de Honey se posan en mi dedo mientras su rostro se torna pálido.

—Un corte del papel del certificado de matrimonio —digo con voz tensa—. No le bastó con hacerme sangrar metafóricamente. Lo tuvo que hacer de verdad, también.

Al escuchar la palabra «sangrar», Honey se vuelve tan pálida como un fantasma.

—¿Puedo pedirte un enorme favor?

Yo la miro, pestañeando.

—Claro. ¿Qué?

—Primero, prométeme que no vas a hacerme preguntas.

Yo asiento. No tengo la energía para interrogar a nadie, de todas formas.

—No quiero ver ese dedo... Especialmente si hay sangre.

—¿Por qué? — Yo me la quedo mirando, momentáneamente distraída.

—Nada de preguntas. Lo has prometido.

Vale, da igual. Oculto el ofensivo dedo entre los pliegues de mi vestido.

La única explicación en la que puedo pensar es que ella debe de tener algún problema con la sangre, pero eso sería raro. Es famosa por rajar a la gente que la mosquea. Bueno, rajó a una chica en el instituto, al menos. Aun así, no puedes exactamente rajar a una zorra si ver la sangre de dicha zorra hiere tu delicada sensibilidad.

En circunstancias normales, la interrogaría sin piedad, pero ahora mismo no tengo ni la más ligera inclinación a hacerlo. En vez de eso, mis pensamientos vuelven hacia Art y sus mentiras, y el escozor detrás de mis ojos regresa.

No llores. Ni se te ocurra llorar, joder. Él no vale la pena.

Hablando del diablo mentiroso. Suena el móvil de Honey y cuando ella lo mira su boca dibuja sin sonido un: «es él».

¿Eh? Ah, vale. Me he dejado el móvil en «nuestra casa».

Trago saliva con dificultad.

—Dile que no quiero oír ni una sola más de sus mentiras.

Honey coge la llamada.

—Hola —dice—. Que te jodan. Y con eso, cuelga.

Él vuelve a llamar.

Ella le envía al buzón de voz y borra el mensaje que deja.

Él llama una vez más. Sugiero que bloquee su número o que apague el móvil. Ella se decide a bloquearlo y borra el número para asegurarse. Justo cuando termina, el taxi se detiene.

—Ven. —Ella sale y me sostiene la puerta.

Se me encoge el pecho. Art siempre me sostenía las puertas, pero probablemente también hiciese eso para su otra esposa también. Su auténtica esposa.

Mientras sigo a Honey, vuelvo a caminar igual que una zombi.

Al entrar en su casa, casi tropiezo con Bunny.

Si las miradas felinas pudieran matar, ahora mismo yo solo sería un montoncito de cenizas. Lo que tal vez fuese un alivio, dado como me siento.

—Puedes quedarte con mi cama —dice Honey, señalando la puerta de su dormitorio.

—¿Qué? No, no quiero molestar.

Ella coge a Bunny del suelo y acaricia su pelo, pensativa... Creando una imagen que les hace parecer como villanos de las pelis de James Bond.

—¿Qué tal esto? Puedes ganarte mi cama... No mencionando jamás eso del coche. —Ella mira preocupada a mi dedo con el corte de papel.

Hago un puño con la mano para esconder la deformidad.

—¿Lo de la sangre?

Ella hace una mueca.

—Sin preguntas, tampoco.

Suspiro.

—Tenemos un trato.

Para ser honesta, Honey me ha ayudado tanto hoy que le debería mi silencio sobre lo de la sangre aun sin el sacrificio de su dormitorio.

—Si no te importa, me voy a tumbar —digo con tono cansado.

—¿Quieres compañía?

Yo le digo que no con la cabeza.

Ella levanta el gato hacia mí.

—¿Quieres acurrucarte con algo calentito?

Yo vuelvo a negar con la cabeza. Primero, solo quiero estar sola. Pero, más importante aún, no me gustaría morir mientras algo me come los ojos.

—Entendido —dice Honey suavemente—. Dame un grito si necesitas cualquier cosa.

Le doy las gracias y me escabullo al dormitorio.

Siento como si me estuviese sosteniendo por un hilillo... Un hilo que se rompe en cuanto me quedo a solas.

Me dejo caer en la cama, entierro la cara en la almohada y dejo que las lágrimas rueden por fin.

CAPÍTULO

Treinta Y Ocho

ME DESPIERTA el sonido de alguien llamando a la puerta.

Miro a mi alrededor, medio dormida, preguntándome dónde estoy.

Luego todo regresa a mi mente de golpe, incluyendo el hecho de que estoy en casa de Honey.

—¡Hermanita, vas a querer escucharme! —grita Honey—. ¡Vamos, vamos!

Me levanto, voy tambaleándome hasta la puerta y la abro.

—¿Qué?

Honey da un paso hacia atrás.

—Pensándolo mejor, tal vez debieras lavarte antes los dientes.

¿Le ofende *mi* olor? Vaya, qué ironía. Ahora que no estoy tan agobiada, puedo detectar todo tipo de aromas desagradables, como tierra para gatos, la chaqueta de

405

cuero de Honey, su antitranspirante y un vago aroma de la asquerosa colonia de Fabio.

Aun así, lo que es justo es justo. Así que me lavo los dientes con un cepillo extra que me da y me echo un poco de agua en la cara. Sintiéndome un poco más humana, compruebo y me aseguro de que mi corte con el papel, esa horrorosa herida de la noche anterior, se ha curado lo suficiente como para no afectar al frágil estado mental de Honey.

Pues sí. Sin señales de sangre.

Por supuesto, cuando salgo del dormitorio, casi me tropiezo con el maldito gato. Él me bufa y entra danzando en el dormitorio. En eso me recuerda a Woofer, a quien también le gusta esperar a que alguien con pulgares oponibles abra las puertas a su majestad.

—Entonces —digo cuando localizo a Honey en la cocina—. ¿Cuál es la emergencia?

—Esto. —Ondea el papel que me dio Cisne Negro —. Tengo motivos para sospechar que no es un documento auténtico, o al menos, que no es tan viejo como aparenta ser.

Me siento en una silla, de golpe.

—¿Cómo lo sabes?

Empuja un platito con un pequeño pastel de crema hacia mí.

—No estoy segura de si sabes eso, pero soy una experta sobre el papel.

Muerdo el pastelillo pero las hormonas del estrés que corren por mis venas hacen que sepa igual que una galleta integral sin grasa ni azúcar.

—Quieres decir, literalmente, ¿verdad? Porque suena como si estuvieses diciendo que no eres una experta de verdad pero que, sobre el papel, lo eres.

Ella frunce el ceño.

—¿Quieres escuchar esto o no?

—Lo siento. Ya me callo. —Me meto el resto del insípido dulce en la boca, recordando tarde los problemas en los que se metió Honey por falsificar cupones. Su experiencia con el papel debe de provenir de esa parte de su vida.

—De todos modos, como estaba tratando de decir, anoche estuve mirando este certificado y me di cuenta de que parecía demasiado antiguo para la fecha en la que se emitió. Al principio pensé que tal vez el papel ruso sea más malo y por lo tanto envejezca extra rápido, pero después de hacer algunas pruebas, estoy convencida de que esto es algo que alguien acaba de imprimir y que ha sido oscurecido con café.

Le quito el papel de las manos, me saco los filtros nasales e inhalo profundamente.

Joder.

Ella tiene razón.

Por debajo del repulsivo aroma del perfume de Cisne Negro, hay un débil vestigio de algo floral y a madera, como en el café de buena calidad.

Me trago la parte de pastel que se había quedado encajada en mi garganta.

—¿Crees que este certificado es falso?

—¿Por qué si no envejecerlo de esa forma?

Yo me muerdo el labio.

—¿Podría ser que fuese de verdad pero que alguien le tirara café por encima en algún momento a lo largo de los años?

—No. Esto se hizo con café extra diluido, o el papel parecería antiquísimo.

Hay un cosquilleo en mi pecho, como de plumas de cisne acariciando mi corazón.

—Entonces, ¿por qué iba él a admitirlo?

Honey inclina la cabeza a un lado.

—Pero, ¿lo hizo? No sabemos exactamente lo que quería decir cuando dijo: «te lo puedo explicar».

Mierda de mofeta. Ella tiene razón. Tendría que haberle dejado hablar.

—¿Estás segura de esto? —pregunto, con miedo de sentir esperanza.

A Honey le suena el teléfono.

Se me dispara el pulso.

¿Art?

Pero no.

Es un mensaje de Blue, que Honey me muestra con aire triunfal.

*He comprobado el certificado de matrimonio en **clasificado**. En esa fecha, no se emitió nada así en Rusia. También he mirado en **clasificado** y he averiguado que Art nunca ha estado casado, ni en Rusia ni en los Estados Unidos... No hasta Lemon, es decir.*

Otro ruidito, y aparece un nuevo texto de Blue:

Hablando de Lemon, dile que a la zorra bailarina le han dado su merecido. Por razones misteriosas, ella presentó una solicitud para cambiar permanentemente su nombre a

Vagina Reseca, y alguien con amigos en las altas esferas se aseguró de que dicho cambio de nombre se llevara cabo a toda prisa. Sin embargo, volver a cambiar a su nombre normal, si ella lo intenta hacer, llevará tanto tiempo como puedan llevar ese tipo de cosas.

Honey sonríe al móvil. —Imagínate a tu némesis dándole a alguien un carnet donde figure Vagina Reseca. O haciendo una reserva en un restaurante como Vagina Reseca. O yendo al médico y que llamen en voz alta a una paciente llamada Vagina Reseca. O...

Le hago un gesto con la mano para que pare. En estos momentos, no podría importarme menos la venganza contra Cisne Negro. No cuando me estoy dando cuenta de lo monumentalmente gilipollas que he debido de parecerle a Art.

No le di ocasión a responder.

Salí corriendo de nuestra recepción nupcial delante de todo el mundo.

Joder. Joder.

Debe de estar tan mosqueado...

Yo lo estaría, de ser él.

—Tengo que llamarle. —Echo mano al móvil de Honey.

Ella lo aparta lejos de mi alcance.

—Lo bloqueé y borré su número, ¿recuerdas? Veamos si Blue puede ayudar.

Ella escribe un mensaje rápidamente y un minuto después, Blue nos envía el número de Art. Ella también nos informa de que Art estuvo preguntando por mí anoche y que ella le dijo que estaba bien.

—¿Cómo sabía que yo estaba bien? —le pregunto a Honey.

—Ni idea. —Honey mira por todas partes como si buscara micrófonos o cámaras ocultas.

—Bueno —le digo—. Llámale. Ahora.

Honey marca el número y me pasa el móvil.

La llamada se va al buzón de voz.

Se me encoge el corazón de golpe.

—Art, cógelo, por favor.

No lo hace.

Vuelvo a llamar.

Con idéntico resultado.

Maldición.

Tengo que hablar con él ahora mismo. Si no lo hago, reviento.

Le escribo un mensaje a Blue preguntándole si puede localizarle usando su magia vudú. Gracias al autocorrector, el texto dice:

¿Puedes burrar a Art untando su muñeco?

De alguna forma, ella me entiende porque responde con:

Necesito algo de tiempo.

Gruñendo, frustrada, llamo a mamá.

—Namasté, solete —me dice—. ¿Estás...?

—Mamá, ¿dónde está Art? —exijo saber.

—No tengo ni idea —dice ella—. Cuando te fuiste, tu padre y yo reservamos un hotel y nos mudamos a él antes de que Art volviese a casa. No queríamos estar en medio de...

—Gracias. Hablamos pronto. —Cuelgo.

Bueno, eso ha sido un callejón sin salida, y Blue todavía no ha respondido.

Me levanto de un salto y digo:

—Me voy a casa. Probablemente esté allí.

—Voy contigo —dice Honey.

Yo le digo que no con la cabeza.

—Me las apañaré. Te diré como ha ido después.

Ella me hace un saludo militar.

—Ve a por él.

Vuelvo a ponerme los filtros nasales.

—Ese es mi plan.

———

Cuando entro en casa a toda prisa, no hay señales de Art por ningún sitio.

Me acerco a la mansión de Fluffer y el pequeñajo me mira con aire cauto.

¿Por qué tienes la pinta y el olor de un gato mosqueado? ¿Vas a comerme por fin?

La buena noticia es que han dado de comer a la chinchilla hace poco, así que Art volvió a casa anoche.

Cojo el móvil del cargador y le llamo.

Buzón de voz.

Le escribo.

Nada.

Escribo a Blue para ver si por fin sabe dónde está.

Ninguna respuesta.

Corro al despacho de Art y vuelvo a utilizar la contraseña «Baryshnikov».

Vale, estoy dentro. ¿Y ahora qué?

Oh, ya lo sé. Escribo: «encontrar mi teléfono» y hago clic en el primer enlace que aparece.

Eureka. El teléfono está en una dirección de Brighton Beach, y apuesto a que Art está allí también.

Una notificación salta en mi teléfono.

Es Blue, que ha descubierto lo mismo que yo, solo que unos segundos más tarde.

Vale. Decidido, pues. Pido un coche para ir a Brighton Beach.

———

Me acerco al edificio al que voy y se me encoge el corazón. El rótulo de la puerta dice «Easy Fume» pero yo he estado llamándolo mentalmente «el sitio del *taranka*» y sintiendo nauseas al pensarlo.

En retrospectiva, tiene sentido que esté aquí. Me dijo que aquí es donde venía cuando está estresado. Además, ahora tiene sentido que no coja el móvil ni responda a los mensajes. Probablemente lo haya dejado en su taquilla.

¿Tal vez deba esperarle aquí?

No.

Tengo que solucionar esto lo antes posible. Podría estar ahí dentro dándole con unas ramas a otra mujer ahora mismo.

Por encima de mi cadáver.

Cojo aire, profundamente, haciendo un esfuerzo por saturar de oxígeno mi sangre. Espero poder contener el aliento un rato y así no oler ese horror al entrar corriendo.

Cuando casi estoy mareada con esa locura de respiraciones, abro la puerta.

Ahora o nunca.

Me sumerjo en el apestoso olor a pescado.

Treinta Y Nueve

¡No me jodas! No sé ni cómo, pero puedo olerlo hasta sin respirar.

Será mejor que sea rápida.

Corro dentro, ignorando los gritos preocupados de la recepcionista. ¿Qué piensa, que voy a intentar un asalto del local?

Cuando llevo treinta segundos dentro del banya, no puedo evitar coger aire.

Me lloran los ojos y preciso de toda mi fuerza de voluntad para no vomitar.

Es oficial.

El olor a *taranka* es peor que poner tu nariz bajo el rabo de la mofeta más apestosa de la historia de las mofetas. Peor que los huevos podridos, el pan de cebolla y los sobacos perfumados de Cisne Negro (¿o debería decir Vagina Reseca?) juntos.

Siento que me pesan las piernas por la falta de oxígeno.

Con el heroico esfuerzo de una atleta de triatlón aproximándose a la meta, sigo adelante.

En la distancia, veo una pila de toallas. Detrás de mí, la recepcionista sigue gritando algo en ruso.

Vale. Si puedo llegar hasta las toallas, tal vez consiga sobrevivir a este ataque olfativo.

Los gritos a mis espaldas se intensifican.

Mierda de mofeta.

Me obligo a correr, lo que me hace respirar más deprisa, lo que mete más pestilencia en mi pobre nariz, lo que me hace desear dejarme caer y hacerme bola.

No.

Lo conseguiré.

De alguna forma.

Rechinando los dientes, me dirijo hacia las toallas.

Casi estoy allí.

Un par de pasos nada más.

Por fin.

Cojo una toalla y pruebo a respirar a través de ella. El olor queda amortiguado pero resulta mucho más difícil respirar así.

—¿Qué estás haciendo? —chilla la recepcionista, cambiando a un inglés con mucho acento.

Yo no respondo. Eso sería desperdiciar el preciado oxígeno.

Con la toalla apretada contra la cara, paso por la cercana piscina y corro hacia lo que debe ser la puerta de una *parilka*.

El pomo está lo bastante caliente como para

quemarme la mano, pero abro la puerta y grito a las profundidades inundadas de vapor:

—¿Art, estás ahí?

No hay respuesta, y el vapor me hace difícil ver si está o no.

Cierro la puerta y me doy la vuelta.

Allí. Al otro lado de la piscina hay un hombre alto y de constitución atlética de espaldas a mí, que solo lleva un bañador. ¿Será Art?

Es la mejor pista que tengo. Conteniendo el aliento, corro hacia allí... Que es cuando la recepcionista me hace un placaje.

Splash.

Caigo dentro de la piscina.

¡Hija de puta!

Empiezo a mover los brazos, luchando por coger aire... Lo último que querría estar haciendo en este sitio.

De algún modo, estoy sobreviviendo. La peste a cloro de esta piscina normalmente me mataría pero tapa un poco el *taranka* así que estoy agradecida por ello... Al menos hasta que me trago sin querer algo de la asquerosa agua.

Ahora no estoy agradecida, solo temo por mi vida.

—Aguanta, *kislik* —me dice una voz dolorosamente conocida, y entonces unas fuertes manos me agarran y me sacan del agua como a una muñeca empapada. En un abrir y cerrar de ojos, me llevan por el banya en brazos igual que a una novia.

Me froto el agua de la piscina de los ojos y me

deleito en la maravillosa cara de Art. Su cabello oscuro está mojado, y tiene unas gotas de agua colgando de las pestañas, lo que subrayan lo tupidas que son.

—Hola —jadeo.

—No respires. —Voy a sacarte de aquí. —Él acelera y en unos segundos estamos fuera de ese horrible lugar y en la calle.

Inhalo mi primer aliento libre de *taranka* y casi tengo un orgasmo.

Art no me deja en el suelo. Me lleva hasta el otro lado de la calle y por el muelle.

Oh, el aire marino. Es tan bienvenido como las manos que me sostienen.

Al ver el color volviendo a mi rostro, Art por fin me deja sobre mis pies.

—¿Puedo respirar *ahora*? —pregunto.

Sus labios se agitan.

—Supongo que no pase nada.

Lleno con energía mis pulmones del lujoso aire salado y luego lo dejo escapar sonoramente.

—Lo siento. No debería haber…

—No, soy yo quien lo siente. —Hace una mueca—. Tendría que habértelo contado.

—Ese es el tema. No tengo ni idea de qué es eso que deberías haberme contado.

Él frunce el ceño.

—Pero yo creía que Alisa...

—Me hizo creer que estabas casado con otra mujer.

Sus ojos se agrandan.

—¿Que ella qué?

—Me dio un certificado de matrimonio que decía que estabas casado en Rusia.

Su mandíbula se tensa peligrosamente.

—Eso es mentira —dice con una voz ronca y severa—. Yo nunca...

—Ahora ya lo sé. —Me exprimo como un litro de agua de piscina del pelo—. El documento que me dio era falso.

—¿Ah, sí? —Me agarra una mano—. ¿Así que no te contó lo que pasó en realidad?

Tendría que sentir la mano cálida en su palma. ¿Y sí lo que pasó en realidad es peor que lo de la esposa secreta?

—Ella no me dijo gran cosa —digo, cauta—. Pero tú deberías.

Él suspira y me suelta la mano para pasarse los dedos por el húmedo cabello.

—¿Recuerdas cuando te hablé de un par de encuentros casuales con bailarinas?

Oh, mierda de mofeta. Ya veo dónde está yendo todo esto.

—¿Las que causaron tanto drama que ahora evitas a las bailarinas como a la peste?

Él asiente con solemnidad.

—Una en particular me hizo tomar esa decisión. Y, como habrás podido suponer ya, esa fue Alisa.

Me resisto al deseo de darme una palmada en la frente. Eso tiene tanto sentido. Ahora que lo sé, no me puedo creer que no me diera cuenta en el banya. Él se acostó con ella y se montó un drama... Y ella sigue queriendo estar con él, claramente. Agresivamente. Y oye, como yo también me he acostado con él, puedo entenderlo más o menos. Pero no perdonarla.

—¿Estás enfadada? —pregunta.

¿Lo estoy? Un poco. Odio imaginármelo con otra mujer. Por otra parte, eso ocurrió mucho antes de conocernos, y ya ha pagado por ello teniendo que lidiar con su chaladura.

—Estoy más confusa que enfadada —le digo—. Si es algo así como tu ex, ¿por qué la invitaste a nuestra recepción?

Él vuelve a suspirar.

—No lo hice. Ella se coló en la fiesta. No quise montar una escena delante de toda la compañía. —Sus fosas nasales se expanden—. De haber sabido el numerito que iba a montar, la habría hecho salir escoltada por los de seguridad.

¿Es buen momento para decirle que su nombre está a punto de convertirse en Vagina Seca? Noo. Podría sonar a que soy vengativa.

Lo miro con los ojos entornados, más bien en broma que en serio.

—Júrame que ya no sientes nada por ella y me olvidaré de todo esto.

—Nunca sentí nada por ella, para empezar —me dice—. Pero, hablando de sentimientos... Tengo que decirte algo.

CAPÍTULO
Cuarenta

—¿Qué? —Susurro, y espero con aliento entrecortado a que él hable.

Él se acerca más a mí y me coge la cara entre las manos.

Como si estuviese esperando a este momento, la brisa marina se levanta, haciéndome recordar lo mojados que estamos los dos, y en mi caso, de diversas maneras, debido a su contacto.

—Todo lo que dije durante ese brindis de la ceremonia es como me siento de verdad —comienza Art, con sus ojos clavados en los míos—. Te he deseado desde el momento en que te pillé en mi camerino. Creo que por eso te pedí que fueses mi esposa falsa. Tenía que conocerte, y ese fue el mejor pretexto que pude encontrar para meterte en mi vida.

Siento que estoy a punto de salir volando mientras cubro sus manos con las mías.

—¿Quieres decir que no estabas buscando ninguna esposa falsa?

—No hasta que te conocí a ti. Se me ocurrió la idea justo allí, en aquel camerino. Antes de eso estaba considerando otras maneras de conseguir la tarjeta de residencia.

Yo me muerdo el labio y él baja las manos.

—¿Por qué no me has dicho nada antes? ¿Contarme que no era todo falso?

Él hace una mueca.

—No estaba seguro de cómo reaccionarías. No quería presionarte y perderte. Estabas tan convencida de lo de tus reglas sobre no dormir juntos que pensaba que lo único que querías sacar de nuestro trato era el dinero... Y sabía que prefería tenerte en mi vida como falsa esposa a no tenerte en absoluto.

—Entonces... ¿Me estás diciendo que te gusto?

Él niega con la cabeza.

—Tú y yo, sencillamente nos complementamos, como el banya y los abedules. Así que no, no es que solo me gustes. —Me atrae más hacia él, con una mirada dulce y cálida—. *Kislik*... Te quiero.

Mi corazón estalla en plumas de cisne.

—Me enamoré de ti hasta las trancas —continúa—. Yo...

—Espera —exclamo—. Hay algo que deberías saber. El día que nos conocimos, no estaba allí porque me retaran a hacerlo. Mucho antes de eso te había visto en la tele y me había obsesionado tanto contigo que me colé en tu vestuario, igual que una acosadora.

Dejo de respirar, asustada por si mi confesión le hace apartarse de mí.

En vez de eso, me coge ambas manos. Su voz se torna ronca.

—Me siento halagado, *kislik*. Y muy contento de que lo hicieras.

¡Fiuu! ¿Debería contarle el resto? De perdidos, al Volga.

—Olfateé tu cinturón de baile porque quería sacarte de mi cabeza —le espeto.

Una sonrisita se dibuja en sus labios.

—¿Y qué tal te fue eso?

—Me salió el tiro por la culata... Y me hizo creer en amor a primer olfateo.

Él me acerca más.

—¿Quieres decir...?

—Yo también te quiero —digo solemne—. Quiero seguir siendo tu esposa. La persona a la que más estrujes. Ser tu...

Me hace callar con un beso.

Un beso dulce y voraz que promete un millón de mañanas.

Epílogo

ART

—TE LO ESTOY DICIENDO —repite Lemon, con la voz apagada por la máscara de gas—. Huelo a un bastoncillo con alcohol.

La doctora, o Ava, como insiste en que la llamemos, pone los ojos en blanco, pero para que solo yo pueda verlo.

—Imposible —dice—. Tu marido me dejó claro como el agua que tienes hipersensibilidad a los olores, así que me he asegurado personalmente de que no hubiese nada impregnado en alcohol en esta sala. Ni restos del almuerzo. Ni rastros de perfume. Ni...

Lemon gruñe frustrada dentro de su máscara de gas.

—El alcohol está en la habitación contigua.

Ava me mira con aire de súplica.

—Mi *kislik*. —Doy unas cariñosas palmaditas en la parte de la barriga de Lemon que no está cubierta de gel—. Cuanto antes empecemos con este ultrasonido, antes podremos llevarte de vuelta afuera, al aire fresco.

—Claro, claro. —Lemon se vuelve hacia Ava—. Hazlo, entonces. Deprisa.

Ava hace lo suyo. Y hay que concederle que ni pestañea cuando llega al tatuaje de SOLO PARA MR. BIG.

Miro los resultados en pantalla, donde *algo* está ocurriendo.

—Ya está. —Ava señala una masa que se mueve—. Un corazón latiendo.

Mi pecho se inunda de pura alegría.

Un bebé.

Nuestro bebé.

—Un segundo —dice Ava, dándome un susto de muerte—. Hay otro más.

Me quedo boquiabierto contemplando la pantalla.

Lemon se arranca la máscara de gas, revelando su complexión radiante. El embarazo ha hecho maravillas por su rostro ya hermoso.

—¿Puedes volver a decir eso? —dice con voz entrecortada, como si estuviese intentando no respirar —. Creo que la máscara me ha hecho oírte mal.

Ava sonríe.

—Vais a tener gemelos. Felicidades.

Y así, sin más, mi alegría se multiplica por dos.

De un plumazo, mi nueva familia se ha hecho más grande. Y tener una gran familia ha sido mi sueño desde que soy capaz de recordar.

—¡Gemelos! —dice Lemon, anonadada. Parece

haberse olvidado del todo del olor a alcohol. En vez de eso, me mira con aire acusador—. ¿Tú me has puesto dos bebés ahí dentro?

Oh-oh. Le cojo la mano.

—¿No estás contenta?

Pensé que iba a hacer limonada con esta situación tan rápido como yo. ¿Me equivocaba?

Ella pestañea, y luego me aprieta los dedos.

—Sí. No. No lo sé. Estoy algo impactada, pero probablemente no debería estarlo. Los gemelos forman parte del ADN de los Hyman.

Yo sonrío.

—Y ahora también del ADN de los Skulme.

Ella vuelve a parpadear, menea la cabeza y entonces una sonrisa lenta y preciosa se extiende por su cara, haciendo resplandecer sus ojos verdes.

—Gemelos —repite ella suavemente—. Vale, creo que ya me he decidido: Estoy contenta.

Para cuando deja de hablar, sin embargo, tiene un color verdoso. La ayudo a ponerse la máscara antes de que los olores la hagan vomitar, igual que de camino hacia aquí. Y esta mañana en casa. Y anoche. Y cada vez que ella piensa en un banya, en mofetas o en cloro.

Respira hondo unas cuantas veces, y cuando su rostro vuelve a su habitual tono pálido, se vuelve hacia Ava.

—Son solo dos, ¿verdad? ¿No serán seis?

—Pues no. Dos —dice Ava—. Ahora marchaos. Id a por ese aire fresco.

En cuanto llegamos a nuestro apartamento, me aseguro de que Lemon coma algo. Perdió su desayuno por el ambientador del taxi y ahora está comiendo por tres.

Después de terminarse su tostada sin nada, parece visiblemente mejor, así que le traigo una tartaleta de fruta.

—¿Nos lo comemos a medias? —pregunta ella.

Voy encantado a por una cuchara.

La mitad de sus postres son actualmente fruta, y ella los disfruta mucho, especialmente los más dulces y exóticos como el mango y la chirimoya. La otra mitad son procesados y azucarados como esta tartaleta, y como yo ya no danzo de forma profesional, los pruebo ocasionalmente, sobre todo cuando ella me invita a compartirlos. No es que haya estado demasiado de humor para compartir últimamente, teniendo un apetito tan impredecible.

—¿Tiene hambre la bestia? —pregunta cuando nos hemos liquidado el postre.

Quiere decir Fluffer, pero mi cabeza se va a otra parte, y lo que ella llama Mr. Big se despierta. Sus nuevas curvas exuberantes me han estado volviendo loco, y apenas puedo contenerme de saltar sobre ella a todas horas. ¿Tal vez deba unirme a un grupo de apoyo? ¿O crear uno? Esposos Adictos a Esposas Embarazadas Anónimos, EAEEA.

Hago un esfuerzo y aparto mi mente de las ideas de

sábanas enredadas y pechos suaves y deliciosamente turgentes.

—Le he dado antes de comer, no te preocupes.

Fluffer ha tolerado mucho mejor su compañía últimamente, pero sigue prefiriendo que sea yo quien me encargue de él. No puedo decir que me importe.

—En ese caso, voy a escribir una entrada del blog —dice.

¿Debería decirle que esperara, para poder revelarle mis grandes noticias? Es un anuncio que palidece en comparación con lo de los gemelos, pero aun así...

No. Su trabajo es súper importante para ella, especialmente ahora, gracias al enorme éxito que es su colaboración con Belka.

Nos acomodamos juntos en el sofá y yo reviso mis acciones en mi portátil mientras ella escribe en el suyo.

Un rato después, se aclara la garganta.

Cuando la miro, arruga la nariz.

—Vuelvo a notar el olor a aliento de perro.

—En ello. —Cierro el portátil y me encamino al apartamento del otro lado del pasillo para pedirle al vecino que le lave los dientes a su chucho.

Al principio, el vecino creía que Lemon se imaginaba lo del mal aliento de su perro, pero luego él y yo empezamos a registrar sus quejas y nos dimos cuenta de que ella solo decía algo cuando él se olvidaba de cepillarle los dientes a su mascota.

Llamo a su puerta y en cuanto me abre le doy una botella de vino.

—Gracias por ser comprensivo.

Él sonríe.

—Cuando mi esposa estaba preñada también era sensible a los olores.

Sí, pero la suya no tenía ese olfato casi de superhéroe *antes* del embarazo.

Cuando regreso, Lemon me sonríe.

—Mucho mejor. Gracias, querido.

—De nada. ¿Has terminado con el post?

Ella aparta el portátil.

—Acabo de hacerlo. ¿Por qué?

Cojo el sobre súper-importante y se lo entrego.

Ella mira dentro, con los ojos como platos.

—¿Ha llegado?

Yo asiento.

—Soy el orgulloso propietario de un permiso de residencia.

—¿Ya? —Ella se levanta de un salto y me da un gran abrazo—. ¡Yupi! Pensaba que llevaría más tiempo.

Yo le devuelvo el abrazo, inhalando su dulce aroma, y Mr. Big se pone en alerta otra vez. Me cuesta todo el esfuerzo del mundo mantener las cosas en plan platónico, pero lo consigo. De alguna forma. Tampoco le cuento que ha sido su hermana Blue la que ha ayudado a acelerar las cosas, porque Lemon está muy orgullosa de lo bien que lo hizo en la entrevista con los funcionarios.

—Ha sido más rápido de lo que crees —digo cuando se aparta—. La tengo desde hace una semana, pero estaba esperando un buen momento para contártelo.

Me dedica una de sus dulces sonrisas de Lemon, que nunca deja de hacer que se me acelere el pulso.

—Así que ya está, ¿verdad? ¿Vas a quedarte aquí conmigo?

Maldición. Ganar la batalla contra Mr. Big se está volviendo más difícil por segundos.

Ella se inclina y me olisquea el cuello.

Se acabó.

La batalla ha terminado. Ha ganado Mr. Big.

—Sí —gruño—. Voy a quedarme contigo. Para siempre.

Y durante la siguiente hora, le muestro exactamente lo mucho que puedo quedarme con ella.

Anticipo

¡Gracias por formar parte del viaje de Lemon y Art!
Para saber más y registrarte para mi lista de nuevas
publicaciones, visita www.mishabell.com/es/.

¡Pasa la página y lee extractos de *De pulpos y de
hombres* y *Mujer (casi) fatal*!

Extracto de *De pulpos y de hombres* de Misha Bell

El gruñón del vecino de mis abuelos me pone más caliente que el letal sol de Florida. Y al igual que el sol, no es bueno para mí. Tengo el peor gusto del mundo en lo referente a hombres... Si no me creéis preguntadle a mi ex, el de la orden de alejamiento.

Os preguntaréis qué estoy haciendo en Florida con mis abuelos, ¿no? Bueno, es que mi mejor amigo es un pulpo y necesita una residencia acuática más grande que la pecera grande de casa, así que he aceptado un trabajo en un acuario del Estado del sol.

No me esperaba que ese gruñón sexy y melenudo intentase comprar mi pulpo con algún oscuro propósito. Tampoco esperaba ir a nadar tarde una noche y acabar liándome con él en la playa.

Y desde luego, lo último que me esperaba era toparme

con él en el primer día en mi nuevo trabajo... Donde resulta que es mi jefe.

———

—Ah, Alcaparrilla. ¿Qué estás tramando?

Yo sonrío. Mi nombre es Olive, oliva en inglés (mis padres son malvados, con todo ese rollo hippie suyo) y cuando el abuelo me llama Alcaparrilla, queriendo decir «pequeña oliva», me hace volver a sentirme como una niñita. Por supuesto, nunca le diré que el apodo que me da es botánicamente incorrecto: las alcaparras son las flores de un arbusto, mientras que las olivas son un fruto arbóreo de una especie totalmente distinta.

—Voy a sacar a pasear a Piquito —le respondo, señalando el acuario con la cabeza.

El abuelo mira hacia el cristal con los ojos entornados, y Piquito escoge ese preciso momento para adoptar la forma de una roca... igual que hace siempre que el abuelo intenta verle.

El abuelo se frota los ojos.

—¿De verdad hay un pulpo ahí dentro? Me parece como si tu abuela y tú estuvieseis intentando hacerme creer que me estoy volviendo chocho.

—No. Es Piquito el que intenta enredarte.

No puedo culpar a mi abuelo por no ser capaz de ver a mi amigo de ocho brazos. Cuando se trata de camuflaje, los pulpos arrasan comparados con los camaleones, por goleada. Además, si un camaleón estuviese literalmente metido en el agua, no habría camuflaje alguno que le librara de convertirse en el almuerzo de un pulpo.

El abuelo menea la cabeza.

—¿Por qué?

Me encojo de hombros.

—Es una criatura con nueve cerebros, uno en la cabeza y uno en cada brazo. Intentar averiguar cómo piensa solo podría darle dolor de cabeza a cualquiera.

El abuelo vuelve a entornar los ojos y a mirar al acuario, pero Piquito se queda con su forma de roca.

—De todas maneras, ¿por qué le paseas?

—Para evitar que se aburra. Lo que en realidad necesita es un acuario más grande, pero por ahora, tendrá que conformarse con un cambio de paisaje.

—¿Aburrirse?

—Oh, sí. Un pulpo aburrido es peor que un niño de siete años con un subidón de cafeína y pastel de cumpleaños. En Alemania, un pulpo llamado Otto se cargó varias veces todo el sistema eléctrico del Acuario Sea Star salpicando los focos de 2000 vatios del techo con agua. Porque estaba aburrido.

El abuelo enarca sus pobladas cejas.

—¿Pero no fabricas tú puzles para él? ¿No le dejas ver la tele?

Yo asiento. De hecho, soy famosa por crear puzles para pulpos, y esa es la razón por la que conseguí mi actual empleo.

—Los juguetes y la tele ayudan —le digo—, pero sigo teniendo la sensación de que se siente encerrado.

Gruñendo, el abuelo se mete la mano en el bolsillo y saca una pistola del tamaño de mi antebrazo.

—Llévate esto contigo —dice, tendiéndomelo.

Yo pestañeo ante ese instrumento de la muerte.

—¿Para qué?

—Protección.

—¿Contra qué? Estamos en una urbanización vallada.

Él sacude el arma para que la coja con más energía.

—Es mejor tener un arma y no necesitarla.

Yo no cojo lo que me ofrece.

—La tasa de criminalidad en Palm Islet es diez veces menor que la de Nueva York.

El abuelo saca el cargador del revólver, lo examina, mete una bala extra y vuelve a cerrarlo.

—Me haría sentirme más tranquilo que te lo llevaras.

—Por Cthulhu —murmuro entre dientes.

—¡Jesús! —Exclama el abuelo.

—Eso no ha sido un estornudo. He dicho: «Cthulhu». —El abuelo me mira con gesto de no entender y yo suelto un suspiro—. Ese es un ente cósmico ficticio creado por H. P. Lovecraft. Con rasgos de pulpo.

—Oh. ¿Es ese que sale en los dibujos animados sexis de tu abuela?

—Rotundamente no. —Me estremezco al pensarlo —. Cthulhu mide cientos de metros de alto. Es uno de los principales entes Primordiales, así que sus atenciones partirían a cualquier mujer en dos, al tiempo que la harían enloquecer.

—Está bien. —El abuelo vuelve a intentar que yo agarre la pistola con las manos—. Cógela y vete.

Escondo las manos detrás de la espalda.

—No tengo ninguna clase de licencia.

—Me tomas el pelo. —Me mira, incrédulo—. Mañana mismo te llevo a una clase para que aprendas a llevar armas ocultas.

Reprimo un gesto de exasperación del tamaño de Cthulhu.

—Mañana estaré algo ocupada, con todo eso de empezar en un nuevo empleo y demás.

Él frunce el ceño y se guarda el arma yo no sé dónde.

—¿Qué tal este fin de semana?

—Ya veremos —respondo yo, de la forma más evasiva que puedo, antes de coger el bolso del respaldo de una silla cercana y volver a pulsar el botón del mando para hacer que el acuario se mueva hasta el garaje.

Mis abuelos, como otros nativos de Florida, prefieren salir de sus casas por ahí en vez de, digamos, por la puerta principal.

En cuanto mi abuelo desaparece de su vista, Piquito deja de ser una roca, abre los brazos a tope y adopta un excitado tono de rojo.

—Tendrías que sentirte avergonzado —le digo, severa.

Somos el Dios y Emperador del Acuario, ordenados por

Cthulhu. No concederemos la gloria de ver nuestro rostro a los indignos. Apresúrate, nuestra fiel sacerdotisa. Queremos que nuestras ventosas prueben el sol.

Pues sí. Ellen DeGeneres hablaba con un pulpo ficticio pensante en *Buscando a Dory*, mientras que mi pulpo de verdad me habla en mi cabeza. Y no estoy sola en esto de mantener conversaciones imaginarias. Mis hermanas y yo llevamos desde que éramos pequeñas poniéndoles voces a los animales. Dentro de mi cabeza, Piquito suena igual que nueve personas hablando al unísono (el cerebro central y los ocho que tiene en los brazos) y su tono es imperioso (después de todo, los pulpos tienen sangre azul). Oh, y sus palabras se escuchan con ese efecto de sonido vagamente parecido a las gárgaras que se utiliza en *Aquaman* siempre que los atlantes hablan debajo del agua.

Abro la puerta del garaje.

Ahí fuera hay muchísima luz a pesar de los antiguos robles que proporcionan gran cantidad de sombra.

Suspiro, saco del bolso un gran tubo de mi protector solar con base mineral favorito, y me cubro con una gruesa capa de la cabeza a los pies. El índice de radiación ultravioleta es de 10, así que espero unos minutos y vuelvo a ponerme una segunda capa. Lo hago así, furtivamente y en el garaje, para evitar que mis abuelos se metan conmigo por haber aceptado un trabajo en el estado del sol siendo una paranoica de la exposición a sus rayos.

Y no, no es que yo sea ninguna vampira... aunque mi hermana Gia se parezca sospechosamente a una, con todo ese maquillaje gótico que lleva y demás. Evitar el sol tiene sentido de forma auténticamente científica, dados los efectos dañinos de los rayos ultravioletas, tanto los A como los B, sin contar con la luz azul, los infrarrojos y la luz visible. Todos producen daños en el ADN. Este asunto entró en mi radar hace un par de años cuando Sushi, mi pez payaso, desarrolló un cáncer de piel, probablemente debido a que su acuario estaba al lado de una ventana. Llevo desde entonces siendo cuidadosa, y he llegado tan lejos como para pegar una triple capa de recubrimiento protector contra los rayos ultravioletas por fuera del acuario de Piquito.

¿Me doy cuenta de que me preocupo por el sol un pelín más que cualquier otra persona que no sea un dermatólogo paranoico? Claro. ¿Pero puedo parar? Pues no. Creo que mi ADN incluye en su programación cierto nivel de neurosis, al menos a juzgar por mis sextillizas idénticas. Pero bueno, cuando tenga más de ochenta años y parezca más joven que todas mis hermanas, veremos quién ríe la última.

Una vez he terminado con la protección solar, me pongo una chaqueta ligera con cremallera que cuenta con un recubrimiento químico contra los rayos ultravioletas, un sombrero de ala ancha y unas gigantescas gafas de sol.

Eso es. Si de verdad estuviese llevando esto demasiado lejos, me pondría uno de esos visores a lo Darth Vader, ¿verdad?

Mis latidos se aceleran cuando sigo al acuario de

Piquito hasta donde pega el sol de lleno, pero me tranquilizo recordándome a mí misma que el protector solar hará lo que se supone que debe hacer. Cuando el acuario rueda por la calle hasta un paseo a la sombra al borde del lago, mi respiración se calma todavía más.

Por ahora todo bien. Solo espero que los vecinos no me hagan demasiadas preguntas molestas.

Un par de garzas levantan el vuelo ahí al lado mientras paseamos por la orilla del lago. Piquito las mira fijamente y cambia de forma unas cuantas veces.

Deseamos probar el sabor de esas cosas. Sé un buen ente-sacerdotisa y entréganoslas en el acuario.

Yo doy unas palmaditas en la tapa.

—Cuando volvamos, te daré unas gambas.

Los dos vemos un mapache excavando en la hierba de al lado del lago, posiblemente en busca de huevos de tortuga o de caimán.

Deseamos probar eso también.

—Te daré una gamba por fuera del puzle —le digo.

Normalmente le pongo los premios dentro de una de mis creaciones, para añadir un extra de diversión a sus comidas, pero si le ha entrado hambre al ver todos esos animales terrestres, no quiero retrasar su satisfacción.

Un caimán de metro y medio sale arrastrándose del lago.

Sí, decididamente estamos en Florida.

Al verlo, Piquito coge dos cáscaras de coco del fondo de su tanque, se mete dentro y las junta, aparentando para el mundo y para el caimán no ser más que un inocente coco.

—Esa cosa no puede cogerte estando dentro del acuario —le digo con tono tranquilizador—. Sin mencionar que está asustado de mí. Eso espero.

Las estadísticas de ataques causados por caimanes juegan a nuestro favor. En un estado con titulares de noticias como «Hombre de Florida le da una paliza a un caimán» y «Hombre de Florida lanza un caimán por la ventana de pedidos del drive-in de Wendy's », los caimanes han aprendido a mantenerse muy, muy lejos de los humanos.

Como Piquito no lee las noticias ni revisa las estadísticas online, su ojo me mira con escepticismo al asomar por entre las cáscaras del coco.

Vuelvo a dirigir mi atención al camino... y entonces le veo.

Un hombre.

¡Y vaya hombre!

Podría haber salido en *Aquaman* sustituyendo a Jason Momoa. Si fuese a hacer un casting para el protagonista de mis sueños húmedos, este tío decididamente conseguiría el papel.

La idea envía hilillos de calor hacia mis partes bajas, específicamente hacia esa en la que yo pienso como mi wunderpus, una palabra que quiere entremezclar las ideas de maravilla y chochete, en honor del *wunderpus photogenicus*, una asombrosa especie de pulpo que descubrieron en los ochenta.

Por cierto, yo una vez le hice una foto a mi wunderpus, y también resultó ser *photogenicus*.

Pero volvamos al desconocido. Unos rasgos fuertes y masculinos enmarcados por una barba impecablemente arreglada, unos ojos de un tono azul cian tan profundo como el océano, un cuerpo bronceado y musculoso vestido con unos vaqueros de cintura baja y una camiseta sin mangas que muestra unos brazos poderosos, el pelo abundante, rubio y con mechas que le cae hasta esos hombros anchos... tendría toda la pinta de ser un surfista de no ser por la expresión enfurruñada de su rostro.

Piquito debe de haberse olvidado del caimán, porque ha salido de su coco y está mirando al desconocido, fascinado.

Quién iba a decirlo. Aquaman tiene el poder de hablar con los pulpos, además de con el resto de criaturas marinas.

Me doy cuenta de que yo también estoy mirándole boquiabierta, y cuando se acerca, me pongo tensa. A diferencia de en Nueva York, donde lo normal es cruzarse con los desconocidos aparentemente sin notar su existencia, aquí en Florida todo el mundo saluda, como mínimo, a sus vecinos.

¿Qué le digo si me habla? ¿Me atrevo a abrir la boca siquiera? ¿Y si accidentalmente le pido que haga lo que quiera conmigo?

Espera un segundo. Creo que ya lo tengo. También está paseando a una macota, en su caso a un perro de la raza Dachshund, también conocido como perro salchicha, el miembro más fálico de la especie canina. Solo tengo que decirle algo sobre su salchicha... la que está moviendo el rabo, no su Aqua-manubrio.

Cuando el hombre solo está a una docena de pasos, parece verme por primera vez. De hecho, su mirada se clava en el acuario de Piquito, y su expresión sombría se torna auténticamente hostil: la mandíbula apretada, las comisuras de los labios apuntando hacia abajo, la mirada pétrea. Pero lo que es más una locura es que ni así parece menos sexi. Tal vez incluso más.

¿Pero qué me pasa? No es de extrañar que acabe saliendo con gilipollas como...

Su voz profunda y sensual es tan gélida como que parece capaz de poder generar un viento helado, hasta en medio de este ambiente húmedo como de sauna.

—¿Cuánto quieres por el pulpo?

Yo parpadeo y luego le miro con los ojos entornados, con los pelos del cogote erizándoseme igual que las espinas de un pez globo. ¿Quiere comprar a Piquito? ¿Por qué? ¿Querrá comérselo?

Este es el estado en el que la gente se come hasta los caimanes, las tortugas (incluso de especies protegidas), las ranas toro, las pitones birmanas, y la tarta de lima de los cayos.

Aprieto los dientes y señalo al perro que menea la cola junto a él.

—¿Cuánto por la salchicha?

Una sonrisa de suficiencia retuerce sus turgentes labios.

—Déjame adivinar... ¿neoyorkina?

¿Aquaman? Más bien Aqua-gilipollas.

—Déjame adivinar *a mí*. ¿Hombre de Florida? —Puedo imaginarme el resto del titular: «...roba un acuario con un pulpo e intenta mantener sexo con él».

Teniendo en cuenta lo que mi abuela me ha dicho sobre la Regla 34 y dónde estoy, no es algo tan inverosímil. Una vez leí un artículo sobre un hombre de Florida que intentaba vender a un tiburón vivo en el aparcamiento de un centro comercial. ¿Qué es el sexo con un pulpo en comparación?

Sus espesas cejas castañas se juntan en medio.

—Las historias a las que te refieres son sobre trasplantados. Nunca sobre hombres nativos de Florida de verdad.

—Oh, he leído de lo que hablas —digo, con un resoplido—. «Hombre de Florida recibe el primer trasplante de pene de caballo de la historia». Estoy bastante segura de que el artículo decía que ese valiente pionero había nacido y crecido en Melbourne... y eso está como a dos horas de aquí.

¡Ay! ¿Habré ido demasiado lejos? Al parecer, todo el mundo lleva pistola por aquí. Y como antes le he encontrado atractivo, dado mi historial amoroso, él podría resultar ser peligroso.

En vez de sacar un arma, el desconocido se frota el puente de la nariz.

—Me está bien empleado por intentar discutir con una neoyorquina. Olvídate de las noticias. Este acuario es demasiado pequeño para ese pulpo. ¿Qué te parecería tener que vivir tu vida metida en un Mini Cooper?

Cojo aire con fuerza y se me tensa el estómago.

—¿Qué te parecería *a ti* que te pasearan con una correa? —Señalo con la barbilla a su frankfurt, que ya no está meneando el rabo—. ¿O que te forzaran a ignorar la llamada de tu vejiga y de tus intestinos hasta que tu amo se digne a sacarte a pasear? ¿O que alguien te fastidiase los órganos reproductores?

Él me mira furioso.

—Tofu no está castrado. De hecho, él...

—¿Tofu? —Me quedo totalmente boquiabierta—. O sea, ¿un perrito caliente de tofu? ¡Y algunos hablan de crueldad contra los animales!

Esas venas que sobresalen de su cuello me distraen de tan sexis que son.

—¿Qué tiene de malo el nombre Tofu?

Antes de que yo pueda responder, Tofu gime con tono apenado.

—Buen trabajo —dice el desconocido—. Ahora le has disgustado.

—Estoy bastante segura que eres tú el que lo ha hecho. —*Llamando Tofu al pobre perro.*

—Esta conversación ha terminado. —Gira sobre sus talones y da un tirón a su correa—. Vamos, Tofu.

Tofu me dedica una triste mirada que parece decir: *no me gusta cuando mi papá y mi mamá discuten.*

Yo resoplo y conduzco el acuario de Piquito en dirección opuesta.

Visita **www.mishabell.com/es/** para pedir hoy mismo
tu ejemplar de *De pulpos y de hombres*.

Extracto de *Mujer (casi) fatal* de Misha Bell

Me llamo Blue —podéis añadir aquí cualquier bromita sobre la música Blues—, y soy una mujer fatal en prácticas. Mi objetivo es entrar en la CIA. Por desgracia, tengo un problemilla de nada con los pájaros, y lo máximo que he conseguido acercarme a mi sueño es trabajando para una agencia gubernamental que está perturbadoramente y rápidamente al tanto de todas las fotos sexis que enviamos, de nuestras quejas en grupos privados de Facebook, y hasta de las recetas secretas de la familia para las galletas con pepitas de chocolate.

Sé que como espía soy todo un cliché, el de la agente que trabaja en un despacho pero desea fervientemente hacer trabajo de campo. Sin embargo, tengo un plan: voy a infiltrarme en el hermético Hot Poker Club, donde he localizado a un misterioso y sexy desconocido que estoy convencida de que es un espía ruso.

¿Y una vez dentro, qué? Lo único que tengo que hacer es seducir al supuesto espía sin enamorarme de él, para poder descubrir su verdadera identidad y demostrarle a la CIA mis credenciales de mujer fatal. Yo nunca pierdo la concentración en el trabajo, así que eso será coser y cantar para mí. ¡Ah, sí! ¿He mencionado ya que él es sexy?

Lo estoy haciendo por mi país, no por mis ovarios, lo juro con el meñique.

ADVERTENCIA: Ahora que has terminado de leer esto tu dispositivo se autodestruirá en cinco segundos.

———

Meto un dedo en el ano de silicona de Bill.

—¿Qué demonios haces? —exclama Fabio, susurrando horrorizado—. ¡Se lo estás clavando! Tienes que ser más delicada. Cariñosa.

Con un gruñido de frustración, aparto la mano de golpe.

El ano de Bill emite un ávido sonido de succión.

—¿Lo ves? —le digo—. Echa de menos mi dedo. No puede ser que la cosa haya sido *tan* mala.

—Oye, Blue. —Fabio me mira, entornando sus ojos ambarinos—. ¿Quieres mi ayuda o no?

—Vale. —Me lubrico el dedo y examino mi objetivo una vez más. Bill es un torso de silicona sin cabeza, con abdominales, un trasero y un pene (¿o sería mejor llamar a eso un consolador?) enhiesto, al menos normalmente. Ahora mismo, la pobre cosa está aplastada entre el estómago de Bill y mi sofá.

—¿Qué tal si finges que es tu coño? —La nariz de Fabio se arruga con un gesto de asco—. Estoy seguro que *eso* no lo atacas como si fuera un botón de ascensor.

—Cuando me masturbo, normalmente me acaricio el clítoris —murmuro mientras me pongo más lubricante en el dedo—. O uso un vibrador.

Fabio simula una sonora arcada.

—No me pagas lo suficiente como para tenerme que escuchar ese tipo de mierdas.

Yo suspiro y describo unos cuantos círculos seductores con el dedo alrededor de la apertura de Bill, y luego introduzco lentamente solo la punta del índice.

Fabio asiente, así que yo meto el dedo más adentro, hasta la primera falange.

—Mucho mejor —dice—. Ahora intenta señalar apuntando entre su ombligo y su polla.

Yo me encojo. Odio la palabra «polla» y cualquier cosa relacionada con las aves. Aun así, hago lo que me dice.

Fabio menea la cabeza con gesto dramático.

—No dobles el dedo. No le estás pidiendo a nadie que venga.

Saco el dedo y vuelvo a empezar.

Esta vez lo meto derecho.

—¡Vaya! —exclamo, después de llegar a la segunda falange—. Por ahí hay algo. Al tacto me parece como una nuez.

Fabio resopla.

—*Es* una nuez, tontita. La he puesto yo ahí dentro por motivos educativos. La próstata, o el punto P, está más o menos por donde andas tú ahora, pero la de verdad tiene un tacto más blando y suave. Ahora que has llegado hasta ella, masajéala suavemente.

Mientras yo le doy placer a la nuez de Bill, Fabio hace que el maniquí tiemble para simular cómo actuaría un hombre real. Luego empieza a ponerle también voz a Bill, utilizando todas sus habilidades interpretativas de estrella del porno.

«Bill» gime y gruñe hasta que tiene, en palabras de Fabio «el P-orgasmo que los gobierne a todos».

Yo vuelvo a sacar el dedo. Tengo sentimientos encontrados acerca de mi logro.

Fabio me coge por la barbilla y me levanta la cabeza.

—Enséñame la lengua.

Sintiéndome como una niña de cinco años, saco la lengua del todo.

Él niega con la cabeza con aire desaprobación.

—No es lo bastante larga.

Yo vuelvo a metérmela en la boca.

—¿No es lo bastante larga para qué?

—Para alcanzar la nuez, obviamente —Y suelta un

suspiro exagerado—. Supongo que no me quedará otra que trabajar con lo que tengo.

Aj. ¿Puedo abofetearle?

—¿Qué tal si trabajamos en su palito?

El suspira de nuevo y le da la vuelta a Bill.

—¿Te has tomado esas pastillas para la garganta que te he dicho?

No es la primera vez que me surgen dudas acerca de mi instructor. La meta de este entrenamiento es sencilla: Quiero ser una espía, lo que implica adquirir habilidades de seductora/mujer fatal. Visualizad el personaje de Keri Russell en la serie *The Americans*. Según la trama de fondo, ella fue a una espeluznante escuela de espías en la que se daban clases de seducción. De hecho, esas escuelas aparecen mucho en películas de espías rusos... la última salió en *Anna*. Por desgracia, esas escuelas son más difíciles de encontrar en la vida real. Así que pensé en sustituir eso por contratar a una profesional, pero la prostituta a la que pedí ayuda se negó. Lo mismo que todas las estrellas porno femeninas con las que contacté por las redes sociales. Como último recurso, se lo pedí a Fabio, un amigo de la infancia que ahora trabaja como estrella del porno para hombres. Como está en el porno gay, asegura que es capaz de dar placer a un hombre mejor que cualquier mujer.

—Sí, las he estado chupando —le confirmo—. Tengo la garganta adormecida y casi no siento la lengua.

—Genial. Ahora métete toda esa verga hasta la garganta. —Fabio señala a Bill.

Yo calculo con los ojos la longitud de lo de Bill con aprensión.

—¿Estás seguro de esto? ¿No harían las pastillas que el pene también se quedase entumecido? Si Bill fuese real, claro está.

Él arquea una ceja.

—¿Bill?

Me encojo de hombros.

—Pensé que si iba a tener relaciones con él, no debería ser alguien sin nombre.

Fabio me da unas palmaditas en el hombro.

—Las pastillas son solo para que tengas más confianza. Una vez veas que esto te cabe, estarás más relajada cuando te veas en la situación real, y no necesitarás nada que te adormezca la zona. No te preocupes. Te enseñaré a respirar bien y todo eso. En un abrir y cerrar de ojos, serás toda una profesional.

—Vale —me quito mi peluca sexy y la dejo en el sofá. Antes de que Fabio me diga nada, le aseguro que me la dejaré puesta durante un encuentro real.

Así, más cómoda, me inclino y me meto a Bill en la boca todo lo adentro que puedo.

Mis labios tocan la base de silicona. ¡Guau! Esto es más profundo de lo que había sido capaz de tragar con ninguno de mis ex... y ellos no la tenían tan grande. Tengo el reflejo nauseoso muy sensible. En condiciones normales, hasta limpiarme la lengua con un cepillo de dientes me causa problemas. Pero gracias al entumecimiento, el consolador de silicona ha entrado hasta el fondo.

Esto es interesante. ¿Me ayudarán también estas pastillitas a soportar las torturas con agua? Si voy a convertirme en espía, tengo que aprender a soportar las torturas por si acaso me capturan. Por supuesto, las torturas con agua no son mi mayor preocupación. Si el enemigo tiene acceso a un pato... o en realidad, a cualquier pájaro, soltaré todos los secretos de estado del mundo para que mantenga a esa emplumada monstruosidad alejada de mí.

Sí, vale. Tal vez la CIA tuviese una buena razón para rechazar mi candidatura. Por otra parte, en *Homeland*, otra de mis series favoritas, dejaron que Claire Danes se quedase en la CIA con todos *sus* problemas. Lo que me recuerda que tengo que practicar para hacer que me tiemble la barbilla cuando yo quiera.

Fabio me da unos golpecitos en el hombro.

—Suficiente.

Yo me aparto y me trago el exceso de saliva.

—No ha estado tan mal. ¿Lo vuelvo a hacer?

Él niega con la cabeza.

—Creo que necesitas un estímulo para mejorar tu motivación.

Sé de lo que habla, así que saco el teléfono.

—Eso es. —Se frota las manos como los villanos de las películas antiguas de James Bond—. Vuelve a enseñarme la foto.

Abro la imagen con el nombre en clave Calentorro McEspía.

Un agente encubierto del FBI sacó esta foto porque andaba tras uno de los hombres que aparecen en ella, pero no de mi objetivo. No. Todo el mundo piensa que Calentorro McEspía es solo un tío cualquiera... pero *yo* creo que es un agente ruso.

Fabio suelta un silbido.

—Cuanta carne de hombre de primera.

Es verdad. En la foto, un grupo de hombres de aspecto extremadamente delicioso se sientan en torno a una mesa dentro de un *banya* de estilo ruso: un híbrido entre una sala de vapor y una sauna; solo llevan puestas unas toallas, y en el caso de Calentorro McEspía, un par de gafas de sol no reflectantes estilo aviador que deben de tener algún recubrimiento antiniebla. Con el sudor que perla sus músculos relucientes, todos parecen como salidos de un sueño húmedo que se hubiese hecho realidad.

—Están jugando al póquer —digo—. Por eso yo he estado tomando lecciones de póquer.

—Sí, ya me imaginaba algo así , ya que la foto se llama Hot Poker Club —Fabio pronuncia emocionado las últimas tres palabras—. ¿Te das cuenta de que eso suena como el título de una de mis películas?

Me encojo de hombros.

—Uno de los agentes del FBI le puso el nombre, no yo. Iban tras otro tío que estaba en esa habitación y yo les estaba ayudando como parte de la colaboración entre agencias.

Fabio usa el dedo para agrandar con el zoom a Calentorro McEspía.

—¿Y este es el que te interesa?

Yo asiento y me empapo de la imagen una vez más. Calentorro McEspía es el que tiene los músculos más duros y la mandíbula más fuerte de todo ese grupo de tíos impresionantes. Sus rasgos masculinos bien cincelados son vagamente eslavos, un hecho que me hizo sospechar de él desde el principio. Tiene el pelo rubio oscuro, sano como el de un anuncio de champú. Ni siquiera mis pelucas tienen un aspecto tan bonito.

Si al final me enterase de que este hombre era el resultado de unos genetistas rusos que intentaban crear el perfecto espécimen masculino/súper soldado/agente de campo, no me sorprendería en absoluto. Tampoco me chocaría averiguar que él fue la inspiración para el equivalente ruso del muñeco Ken (¿Iván A. Macizo?). Aunque yo no creyera que él sea un espía, me infiltraría igual en esa partida de póquer solo para poder arrancarle esas estúpidas gafas y verle los ojos. Aunque me los imagino...

—Estás babeando —me interrumpe Fabio—. Aunque no es que pueda culparte.

Casi me atraganto con mi traidora saliva.

—No, no lo estoy.

—Sí, claro. Para ser honestos, ¿vas tras él porque podría ser un espía o porque quieres casarte con él?

—La primera opción. —Escondo el móvil—. Espía o no espía, el matrimonio es algo que queda fuera de toda discusión para mí. Mi actitud actual hacia las citas comparte su acrónimo con el nombre de la agencia para la que trabajo, la Agencia de Seguridad Nacional, en cuanto a lo de las parejas, ASN o Agente Sin Novios. De todos modos, no es eso de lo que va todo esto. Si yo consigo descubrir la tapadera de un espía por mi cuenta, a la CIA no le quedará más remedio que admitirlo y repensarse su rechazo a mi candidatura. Y aun en caso de que no me aceptasen, habría hecho de América un lugar más seguro. Los espías rusos siguen siendo una de las mayores amenazas para nuestra seguridad nacional.

—Claro, claro —dice Fabio —. Y que esté así de bueno no tiene nada que ver con que tú, específicamente, te hayas centrado en él.

Yo frunzo el ceño.

—Que esté así de bueno hace que sea el agente perfecto. Piensa en James Bond. Piensa en Tom Cruise en *Misión Imposible*. Piensa en...

Fabio levanta las manos en el aire como si yo hubiese amenazado con dispararle.

—La dama protesta demasiado, ¿no mi lady?

Yo señalo hacia el falo de silicona.

—¿Lo vuelvo a hacer? Creo que se me está pasando el entumecimiento.

Por alguna razón desconocida, me siento súper motivada a hacerle de garganta profunda a alguien.

Fabio saca su móvil.

—Claro. Tú sigue trabajando en ello, pero yo me tengo que marchar corriendo. Mi cita de Grindr me espera.

Me enseña una foto de un pene.

—Tío —le digo—. ¿Es que no tienes bastante acción en el trabajo?

Fabio da un golpecito juguetón a la erección de Bill y esta se menea de lado a lado igual que un péndulo guarro.

—Por eso doy gracias al cielo porque me atraigan los hombres. Su impulso sexual es mucho más potente.

—Eso es sexista. Solo porque las mujeres no se tiren a todo lo que se menea, no quiere decir que nuestros impulsos sexuales sean más débiles...

Él vuelve a darle un golpecito a la masculinidad (¿o será maniquinidad?) de Bill.

—Si no andas siempre con la polla y el culo doloridos, es que hay algo que falla con tu impulso sexual. Y punto.

Yo vuelvo a encogerme. ¿Qué tendrán que ver las hembras de pollo, con sus picos y sus garras afiladas, con los penes? ¿Por qué no llamar al órgano masculino pitón, bratwurst o micrófono? Cualquiera de esos nombres sería más apropiado.

Fabio sonríe y vuelve a darle otro golpecito al apéndice en cuestión.

—Perdón por haber dicho «polla». Soy tan...

Antes de que pueda acabar la frase, un remolino de pelo pasa volando. Un gigantesco felino aterriza sobre la tableta de chocolate de Bill y ataca con sus uñas afiladas como cuchillas al falo en pleno movimiento pendular.

Fabio suelta un chillido en falsete y se aparta del escenario del crimen de odio en proceso.

El dueño de las garras es mi gato, Machete, y aparentemente, todavía no ha terminado, porque clava sus uñas hasta el fondo en lo que queda de la maniquinidad de Bill.

—Eso es simplemente obsceno. —Fabio se ha puesto de pie, con las piernas cruzadas como si tuviese que ir urgentemente al baño—. Tendrías que llevar a tu gato a terapia.

Igual que si entendiese lo que mi amigo acaba de decir, Machete le lanza una mirada felina cargada de odio.

Como siempre, puedo imaginarme lo que Machete diría en un universo imaginario de pesadilla en el que los gatos supiesen hablar:

El macho de silicona no ha podido huir de Machete. Al de carne, más blandito, ya le tocará después.

—Ven aquí, bonito —canturreo mientras me agacho para coger al gato.

Machete debe de sentirse extremadamente magnánimo hoy porque me deja que lo coja y me permite conservar mis dos ojos.

Fabio suelta una risita y yo le miro, intrigada.

—Tu gato estaba intentando matar a Bill, como en la peli, *Kill Bill.*

Machete le suelta un bufido a Fabio.

Machete no lo encuentra divertido. Uma Thurman tiene un gran registro, pero no sabría interpretar a Machete.

Sonrío.

—Debe de haberte oído llamar a eso una polla. —

Hago un gesto hacia el desastre del órgano de Bill—. Mi cielito me protege de los pájaros —Acaricio la piel sedosa de Machete y él me recompensa con un ronroneo grave —. La primera vez que lo traje a casa, él asesinó para mí lo que resultó ser una almohada de plumas de ganso.

Fabio mira hacia la puerta.

—Yo solo sé que tiene pinta de haber participado en un montón de peleas callejeras antes de que lo adoptases. Y de haber perdido muchas veces.

Es verdad. En realidad, Machete tenía incluso peor aspecto cuando lo vi en el refugio. Esa fue también la única vez en que yo recuerde haber apreciado algún tipo de vulnerabilidad en él.

No hace falta decir que utilicé mis recursos del trabajo para encontrar a sus anteriores propietarios y poco después, ellos aparecieron misteriosamente en una lista de exclusión aérea... justo antes de unas importantes vacaciones.

Dejo de acariciarle un momento y Fabio recibe otro bufido.

—Será mejor que me vaya —dice Fabio, echándose hacia atrás.

Yo le sigo. Una videollamada aparece en uno de los monitores de mi pared. Sí, tengo varias pantallas en la pared. En mi casa las tengo configuradas de una forma inspirada por todas las películas en las que los espías observan a alguien desde una sala de vigilancia.

Fabio se olvida del peligro gatuno para detenerse y mirar la pantalla. Si mi amigo fuese de la especie de

Machete, su curiosidad hace tiempo que le habría matado.

—Es mi videoconferencia con Gia y Clarice —le explico— Puedes irte.

Fabio hace un mohín.

—¿Quién es Clarice?

—Mi profesora de póquer —le respondo—. Vete.

Él parece estar a punto de tener una pataleta.

—Pero yo quiero decirle hola a mi Gia...

—Vale. —Acepto la llamada y Gia y Clarice aparecen las dos en pantalla.

———————

Visita www.mishabell.com/es/ para pedir hoy mismo tu ejemplar de *Mujer (casi) fatal.*